La collection
ROMANICHELS PLUS
est dirigée par
Josée Bonneville

Treize contes fantastiques québécois

P. Aubert de Gaspé fils
H. Beaugrand • L. Fréchette
P. Le May • J.-C. Taché

Treize contes fantastiques québécois

anthologie

Romanichels
plus

Dossier d'accompagnement présenté par
Claude Gonthier et Bernard Meney

La publication de cet ouvrage a été rendue possible grâce à l'aide financière du ministère du Patrimoine canadien par l'entremise du Programme d'aide au développement de l'industrie de l'édition (PADIÉ), du Conseil des Arts du Canada (CAC), du ministère de la Culture et des Communications du Québec (MCCQ) et de la Société de développement des entreprises culturelles (SODEC).

XYZ éditeur
1781, rue Saint-Hubert
Montréal (Québec)
H2L 3Z1
Téléphone : 514.525.21.70
Télécopieur : 514.525.75.37
Courriel : info@xyzedit.qc.ca
Site Internet : www.xyzedit.qc.ca

Dépôt légal : 1er trimestre 2006
Bibliothèque nationale du Canada
Bibliothèque nationale du Québec
ISBN 2-89261-451-1

Distribution en librairie :
Au Canada :
Dimedia inc.
539, boulevard Lebeau
Ville Saint-Laurent (Québec)
H4N 1S2
Téléphone : 514.336.39.41
Télécopieur : 514.331.39.16
Courriel : general@dimedia.qc.ca

En Europe :
D.E.Q.
30, rue Gay-Lussac
75005 Paris, France
Téléphone : 1.43.54.49.02
Télécopieur : 1.43.54.39.15
Courriel : liquebec@noos.fr

Conception typographique et montage : Édiscript enr.
Maquette de la couverture : Zirval Design
Illustration de la couverture : Henri Julien, *La chasse-galerie*, 1906, collection Musée national des beaux-arts du Québec. Photographe : Jean-Guy Kérouac

Philippe-Ignace-François
AUBERT DE GASPÉ fils

L'étranger

Légende canadienne

C'était le Mardi gras[2] de l'année 17**. Je revenais à Montréal, après cinq ans de séjour dans le Nord-Ouest[3]. Il tombait une neige collante et, quoique le temps fût très calme, je songeai à camper de bonne heure; j'avais un bois d'une lieue[4] à passer, sans habitation; et je connaissais trop bien le climat pour m'y engager à l'entrée de la nuit. Ce fut donc avec une vraie satisfaction que j'aperçus une petite maison, à l'entrée de ce bois, où j'entrai demander à couvert. Il n'y avait que trois personnes dans ce logis lorsque j'y entrai : un vieillard d'une soixantaine d'années, sa femme et une jeune et jolie fille de dix-sept à dix-huit ans qui chaussait un bas de laine bleue dans un coin de la chambre, le dos tourné à nous, bien entendu; en un mot, elle achevait sa toilette.

---

1. Citation de la seconde partie de *Henry VI*, acte I, scène 4, v. 39-40 : *Descends vers les ténèbres, et vers le lac de feu;/Perfide démon, arrière!*
2. Jour de carnaval précédant le début du Carême pendant lequel les fêtes, les banquets et la danse sont interdits.
3. L'Ouest canadien.
4. Ancienne mesure de distance qui couvre de 4 à 6 kilomètres.

« Tu ferais mieux de ne pas y aller Marguerite », avait dit le père, comme je franchissais le seuil de la porte. Il s'arrêta tout court, en me voyant et, me présentant un siège, il me dit avec politesse :

15

— Donnez-vous la peine de vous asseoir, Monsieur, vous paraissez fatigué ; notre femme rince un verre ; monsieur prendra un coup, ça le délassera.

Les habitants [5] n'étaient pas aussi cossus dans ce temps-là qu'ils le sont aujourd'hui ; oh ! non. La bonne femme prit un

20 petit verre sans pied, qui servait à deux fins, savoir : à boucher la bouteille et ensuite à abreuver le monde ; puis, le passant deux à trois fois dans le seau à boire suspendu à un crochet de bois derrière la porte, le bonhomme me le présenta encore tout brillant des perles de l'ancienne liqueur, que l'eau n'avait pas

25 entièrement détachée, et me dit :

— Prenez, monsieur, c'est de la franche eau-de-vie, et de la vergeuse [6] ; on n'en boit guère de semblable depuis que l'Anglais a pris le pays.

30 Pendant que le bonhomme me faisait des politesses, la jeune fille ajustait une fontange [7] autour de sa coiffe de mousseline en se mirant dans le même seau qui avait servi à rincer mon verre ; car les miroirs n'étaient pas communs alors chez les habitants*. Sa mère la regardait en dessous, avec complaisance, tandis que le

35 bonhomme paraissait peu content.

— Encore une fois, dit-il, en se relevant de devant la porte du poêle et en assujettissant sur sa pipe un charbon ardent d'érable, avec son couteau plombé, tu ferais mieux de ne pas y aller, Charlotte [8].

40 — Ah ! voilà comme vous êtes toujours, papa ; avec vous on ne pourrait jamais s'amuser.

---

5. Fermiers, agriculteurs.
6. Excellente.
7. Ruban qui orne la coiffure des dames.
8. Distraction de l'auteur qui nomme la jeune fille Marguerite à la ligne 13.
* Les mots suivis d'un astérisque renvoient au glossaire.

— Mais aussi, mon vieux, dit la femme, il n'y a pas de mal, et puis José va venir la chercher, tu ne voudrais pas qu'elle lui fît un tel affront ?

45   Le nom de José sembla radoucir le bonhomme.

— C'est vrai, c'est vrai, dit-il entre ses dents, mais promets-moi toujours de ne pas danser sur le Mercredi des Cendres [9] : tu sais ce qui est arrivé à Rose Latulipe…

— Non, non, mon père, ne craignez pas ; tenez, voilà José.

50   Et en effet, on avait entendu une voiture ; un gaillard, assez bien découplé, entra en sautant et en se frappant les deux pieds l'un contre l'autre, ce qui couvrit l'entrée de la chambre d'une couche de neige d'un demi-pouce d'épaisseur. José fit le galant, et vous auriez bien ri, vous autres qui êtes si bien nippés [10], de le 55 voir dans son accoutrement des dimanches : d'abord un bonnet gris lui couvrait la tête, un capot [11] d'étoffe noir dont la taille lui descendait six pouces plus bas que les reins, avec une ceinture de laine de plusieurs couleurs qui lui battait sur les talons, et enfin une paire de culottes vertes à mitasses [12] bordées en tavelle [13] 60 rouge complétait cette bizarre toilette [14].

— Je crois, dit le bonhomme, que nous allons avoir un furieux temps ; vous feriez mieux d'enterrer le Mardi gras* avec nous.

— Que craignez-vous, père, dit José, en se tournant tout à coup et faisant claquer un beau fouet à manche rouge, et dont la 65 mise était de peau d'anguille, croyez-vous que ma guevale [15] ne soit pas capable de nous traîner ? Il est vrai qu'elle a déjà sorti trente cordes d'érable du bois, mais ça n'a fait que la mettre en appétit.

---

9. Chez les catholiques, premier jour du carême, période de jeûne et de pénitence qui s'étend sur les quarante jours précédant Pâques.

10. Vêtus.

11. Manteau.

12. Guêtres ou lanières de cuir.

13. Lisière de tissu utilisé pour border un vêtement.

14. Habillement, accoutrement.

15. Jument, cheval.

Le bonhomme réduit enfin au silence, le galant fit embarquer
70   sa belle dans sa carriole, sans autre chose sur la tête qu'une coiffe
de mousseline, par le temps qu'il faisait ; s'enveloppa dans une
couverte, car il n'y avait que les gros [16] qui eussent des robes de
peau [17] dans ce temps-là ; donna un vigoureux coup de fouet à
Charmante qui partit au petit galop et, dans un instant, ils
75   disparurent gens et bête dans la poudrerie.

— Il faut espérer qu'il ne leur arrivera rien de fâcheux, dit le
vieillard, en chargeant de nouveau sa pipe.

— Mais, dites-moi donc, père, ce que vous avez à craindre
pour votre fille ; elle va sans doute le soir chez des gens honnêtes.

80   — Ha ! monsieur, reprit le vieillard, vous ne savez pas ; c'est
une vieille histoire, mais qui n'en est pas moins vraie ! Tenez,
nous allons bientôt nous mettre à table, et je vous conterai cela
en frappant la fiole. Je tiens cette histoire de mon grand-père, dit
le bonhomme ; et je vais vous la conter comme il me la contait
85   lui-même :

Il y avait autrefois un nommé Latulipe qui avait une fille dont
il était fou ; en effet c'était une jolie brune que Rose Latulipe, mais
elle était un peu scabreuse pour ne pas dire éventée [18]. Elle avait un
amoureux nommé Gabriel Lepard, qu'elle aimait comme la
90   prunelle de ses yeux ; cependant, quand d'autres l'accostaient, on
dit qu'elle lui en faisait passer. Elle aimait beaucoup les divertisse-
ments, si bien qu'un jour de Mardi gras*, un jour comme
aujourd'hui, il y avait plus de cinquante personnes assemblées
chez Latulipe ; et Rose, contre son ordinaire, quoique coquette,
95   avait tenu, toute la soirée, fidèle compagnie à son prétendu ; c'était
assez naturel : ils devaient se marier à Pâques suivant. Il pouvait
être onze heures du soir, lorsque tout à coup, au milieu d'un
cotillon [19], on entendit une voiture s'arrêter devant la porte.

---

16. Les riches.
17. Couvertures de fourrures.
18. Insouciante, écervelée.
19. Danse vive qui soulève les cotillons (les jupons) des dames.

Plusieurs personnes coururent aux fenêtres et, frappant avec leurs poings sur les châssis, en dégagèrent la neige collée en dehors afin de voir le nouvel arrivé, car il faisait bien mauvais.

— Certes! cria quelqu'un, c'est un gros*, comptes-tu[20], Jean, quel beau cheval noir; comme les yeux lui flambent; on dirait, le diable m'emporte, qu'il va grimper sur la maison. Pendant ce discours, le Monsieur était entré et avait demandé au maître de la maison la permission de se divertir un peu.

— C'est trop d'honneur nous faire, avait dit Latulipe, dégreyez-vous[21], s'il vous plaît, nous allons faire dételer votre cheval. L'étranger s'y refusa absolument, sous prétexte qu'il ne resterait qu'une demi-heure, étant très pressé. Il ôta cependant un superbe capot* de chat sauvage et parut habillé en velours noir et galonné sur tous les sens. Il garda ses gants dans ses mains, et demanda la permission de garder aussi son casque, se plaignant du mal de tête.

— Monsieur prendrait bien un coup d'eau-de-vie, dit Latulipe en lui présentant un verre. L'inconnu fit une grimace infernale en l'avalant; car Latulipe, ayant manqué de bouteilles, avait vidé l'eau bénite de celle qu'il tenait à la main, et l'avait remplie de cette liqueur. C'était bien mal au moins. Il était beau, cet étranger, si ce n'est qu'il était très brun et avait quelque chose de sournois dans les yeux. Il s'avança vers Rose, lui prit les deux mains et lui dit:

— J'espère, ma belle demoiselle, que vous serez à moi ce soir et que nous danserons toujours ensemble.

— Certainement, dit Rose à demi-voix et en jetant un coup d'œil timide sur le pauvre Lepard, qui se mordit les lèvres à en faire sortir le sang.

L'inconnu n'abandonna pas Rose du reste de la soirée, en sorte que le pauvre Gabriel, renfrogné dans un coin, ne paraissait pas manger son avoine[22] de trop bon appétit.

---

20. Remarques-tu?
21. Retirez votre manteau.
22. Expression équivalant à *ronger son frein* ou *avaler sa pilule*.

130   Dans un petit cabinet [23] qui donnait sur la chambre de bal était une vieille et sainte femme qui, assise sur un coffre, au pied d'un lit, priait avec ferveur ; d'une main elle tenait un chapelet, et de l'autre se frappait fréquemment la poitrine. Elle s'arrêta tout à coup, et fit signe à Rose qu'elle voulait lui parler.

135   — Écoute, ma fille, lui dit-elle ; c'est bien mal à toi d'abandonner le bon Gabriel, ton fiancé, pour ce Monsieur. Il y a quelque chose qui ne va pas bien ; car chaque fois que je prononce les saints noms de Jésus et de Marie, il jette sur moi des regards de fureur. Vois comme il vient de nous regarder avec des
140   yeux enflammés de colère.

— Allons, tantante, dit Rose, roulez votre chapelet, et laissez les gens du monde s'amuser.

— Que vous a dit cette vieille radoteuse ? dit l'étranger.

— Bah ! dit Rose, vous savez que les anciennes prêchent tou-
145   jours les jeunes.

Minuit sonna et le maître du logis voulut alors faire cesser la danse, observant qu'il était peu convenable de danser sur le Mercredi des Cendres.

— Encore une petite danse, dit l'étranger.

150   — Oh ! oui, mon cher père, dit Rose ; et la danse continua.

— Vous m'avez promis, belle Rose, dit l'inconnu, d'être à moi toute la veillée ; pourquoi ne seriez-vous pas à moi pour toujours ?

— Finissez donc, monsieur, ce n'est pas bien à vous de vous moquer d'une pauvre fille d'habitant* comme moi, répliqua
155   Rose.

— Je vous jure, dit l'étranger, que rien n'est plus sérieux que ce que je vous propose ; dites : Oui… seulement, et rien ne pourra nous séparer à l'avenir.

— Mais, Monsieur !… et elle jeta un coup d'œil sur le mal-
160   heureux Lepard.

— J'entends, dit l'étranger, d'un air hautain, vous aimez ce Gabriel ? ainsi n'en parlons plus.

---

23. Petite pièce qui sert de lieu d'étude ou de repos.

— Oh ! oui… je l'aime… je l'ai aimé… mais tenez, vous autres gros* messieurs, vous êtes si enjôleurs de filles que je ne puis m'y fier.

— Quoi ! belle Rose, vous me croiriez capable de vous tromper, s'écria l'inconnu, je vous jure par ce que j'ai de plus sacré… par…

— Oh ! non, ne jurez pas ; je vous crois, dit la pauvre fille ; mais mon père n'y consentira peut-être pas ?

— Votre père, dit l'étranger avec un sourire amer ; dites que vous êtes à moi et je me charge du reste.

— Eh bien ! oui, répondit-elle.

— Donnez-moi votre main, dit-il, comme sceau de votre promesse.

L'infortunée Rose lui présenta la main qu'elle retira aussitôt en poussant un petit cri de douleur, car elle s'était senti piquer ; elle devint pâle comme une morte et, prétendant un mal subit, elle abandonna la danse. Deux jeunes maquignons rentraient dans cet instant, d'un air effaré, et prenant Latulipe à part, ils lui dirent :

— Nous venons de dehors examiner le cheval de ce Monsieur ; croiriez-vous que toute la neige est fondue autour de lui, et que ses pieds portent sur la terre ? Latulipe vérifia ce rapport et parut d'autant plus saisi d'épouvante qu'ayant remarqué, tout à coup, la pâleur de sa fille auparavant, il avait obtenu d'elle un demi-aveu de ce qui s'était passé entre elle et l'inconnu. La consternation se répandit bien vite dans le bal ; on chuchotait et les prières seules de Latulipe empêchaient les convives de se retirer.

L'étranger, paraissant indifférent à tout ce qui se passait autour de lui, continuait ses galanteries auprès de Rose, et lui disait en riant, et tout en lui présentant un superbe collier en perles et en or :

— Ôtez votre collier de verre, belle Rose, et acceptez, pour l'amour de moi, ce collier de vraies perles. Or, à ce collier de verre pendait une petite croix, et la pauvre fille refusait de l'ôter.

Cependant une autre scène se passait au presbytère de la paroisse où le vieux curé, agenouillé depuis neuf heures du soir,

ne cessait d'invoquer Dieu, le priant de pardonner les péchés que
commettaient ses paroissiens dans cette nuit de désordre, le
200 Mardi gras*. Le saint vieillard s'était endormi, en priant avec
ferveur, et était enseveli, depuis une heure, dans un profond
sommeil, lorsque, s'éveillant tout à coup, il courut à son domestique, en lui criant :

— Ambroise, mon cher Ambroise, lève-toi, et attelle vite ma
205 jument. Au nom de Dieu, attelle vite. Je te ferai présent d'un
mois, de deux mois, de six mois de gages [24].

— Qu'y a-t-il ? monsieur, cria Ambroise, qui connaissait le
zèle du charitable curé ; y a-t-il quelqu'un en danger de mort ?

— En danger de mort ! répéta le curé ; plus que cela mon cher
210 Ambroise ! une âme en danger de son salut éternel. Attelle, attelle
promptement.

Au bout de cinq minutes, le curé était sur le chemin qui con-
duisait à la demeure de Latulipe et, malgré le temps affreux qu'il
faisait, avançait avec une rapidité incroyable ; c'était, voyez-vous,
215 sainte Rose qui aplanissait la route.

Il était temps que le curé arrivât ; l'inconnu en tirant sur le fil du
collier l'avait rompu, et se préparait à saisir la pauvre Rose, lorsque
le curé, prompt comme l'éclair, l'avait prévenu en passant son
étole [25] autour du cou de la jeune fille et, la serrant contre sa poi-
220 trine où il avait reçu son Dieu le matin, s'écria d'une voix tonnante :

— Que fais-tu ici, malheureux, parmi des chrétiens ?

Les assistants étaient tombés à genoux à ce terrible spectacle et
sanglotaient en voyant leur vénérable pasteur qui leur avait
toujours paru si timide et si faible, et maintenant si fort et si cou-
225 rageux, face à face avec l'ennemi de Dieu et des hommes.

— Je ne reconnais pas pour chrétiens, répliqua Lucifer en
roulant des yeux ensanglantés, ceux qui, par mépris de votre
religion, passent à danser, à boire et à se divertir, des jours consa-

---

24. Salaire.
25. Accessoire vestimentaire porté au cou par un curé ou un ecclésiastique. Cette
bande d'étoffe symbolise le pouvoir spirituel de sa fonction.

crés à la pénitence par vos préceptes maudits; d'ailleurs cette
230 jeune fille s'est donnée à moi, et le sang qui a coulé de sa main est
le sceau qui me l'attache pour toujours.

— Retire-toi, Satan, s'écria le curé, en lui frappant le visage de
son étole, et en prononçant des mots latins que personne ne put
comprendre. Le diable disparut aussitôt avec un bruit épouvan-
235 table et laissant une odeur de soufre qui pensa suffoquer l'assemblée. Le bon curé, s'agenouillant alors, prononça une fervente
prière en tenant toujours la malheureuse Rose, qui avait perdu
connaissance, collée sur son sein, et tous y répondirent par de
nouveaux soupirs et par des gémissements.

240 — Où est-il? où est-il? s'écria la pauvre fille en recouvrant
l'usage de ses sens.

— Il est disparu, s'écria-t-on de toutes parts.

— Oh mon père! mon père! ne m'abandonnez pas! s'écria
Rose, en se traînant aux pieds de son véritable pasteur;
245 emmenez-moi avec vous… Vous seul pouvez me protéger… Je
me suis donnée à lui… Je crains toujours qu'il ne revienne… Un
couvent! un couvent!

— Eh bien, pauvre brebis égarée et maintenant repentante, lui
dit le vénérable pasteur, venez chez moi, je veillerai sur vous, je
250 vous entourerai de saintes reliques, et si votre vocation est sincère, comme je n'en doute pas après cette terrible épreuve, vous
renoncerez à ce monde qui vous a été si funeste.

Cinq ans après, la cloche du couvent de *** avait annoncé
depuis deux jours qu'une religieuse, de trois ans de profession
255 seulement, avait rejoint son époux céleste, et une foule de curieux
s'étaient réunis dans l'église, de grand matin, pour assister à ses
funérailles. Tandis que chacun assistait à cette cérémonie lugubre
avec la légèreté des gens du monde, trois personnes paraissaient
navrées de douleur: un vieux prêtre agenouillé dans le sanctuaire
260 priait avec ferveur, un vieillard dans la nef déplorait en sanglo-
tant la mort d'une fille unique, et un jeune homme, en habit de
deuil, faisait ses derniers adieux à celle qui fut autrefois sa fiancée, la malheureuse Rose Latulipe.

L'homme de Labrador

Légende canadienne

Avaunt, and quit my sight! let the earth hide thee!
Thy bones are marrowless, thy blood is cold,
Thou hast no speculation in those eyes,
Which thou dost glare with.

....

What man dare, I dare:
Approach thou like the rugged Russian bear,
The arm'd rhinoceros, or Hyrcanian tyger,
Take any shape but that, and my firm nerves
Shall never tremble: or be alive again,
And dare me to the desert with thy sword;
If trembling I inhibit, then protest me
The baby of a girl. Hence, terrible shadow!
Unreal mock'ry hence[1]!

SHAKESPEARE

---

1. Citation de *Macbeth*, acte III, scène 4 (ou 6 selon les éditions), vers 93 et suiv. (ou 112): *Arrière, et disparais de ma vue!/Que la terre t'ensevelisse! Tes os sont sans moelle, ton sang est glacé,/Il n'y a pas de vie dans tes yeux,/Malgré leurs éclairs furieux.* [...] *Ce qu'un homme peut défier, je le défie,/Approche comme le cruel ours de Russie/Le rhinocéros armé, ou le tigre d'Hyrcanie,/Prends tout autre forme que la tienne, et mon fier courage/Ne tremblera jamais. Ou reviens à la vie./Et défie-moi à l'épée dans un désert./Si je me mets à trembler, qu'on m'accuse d'être une fillette./Va-t'en, horrible spectre,/Irréelle chimère, va-t'en!*

Parmi les nombreux personnages groupés autour de l'âtre brûlant de l'immense cheminée, était un vieillard qui paraissait accablé sous le poids des ans. Assis sur un banc très bas, il tenait un bâton à deux mains, sur lequel il appuyait sa tête chauve. Il n'était nullement nécessaire d'avoir remarqué la besace, près de lui, pour le classer parmi les mendiants. Autant qu'il était possible d'en juger dans cette attitude, cet homme devait être de la plus haute stature. Le maître du logis l'avait vainement sollicité de prendre place parmi les convives ; il n'avait répondu à ses vives sollicitations que par un sourire amer et en montrant du doigt sa besace. C'est un homme qui fait quelques grandes pénitences, avait dit l'hôte en rentrant dans la chambre à souper, car malgré mes offres, il n'a voulu manger que du pain. C'était donc avec un certain respect que l'on regardait ce vieillard absorbé dans ses pensées. La conversation s'engagea néanmoins, et Amand eut soin de la faire tourner sur son sujet favori. « Oui, messieurs, s'écria-t-il, le génie et surtout les livres n'ont pas été donnés à l'homme inutilement ! avec les livres on peut évoquer les esprits de l'autre monde ; le diable même. » Quelques incrédules secouèrent la tête, et le vieillard appuya fortement la sienne sur son bâton.

— Moi-même, reprit Amand, il y a environ six mois, j'ai vu le diable sous la forme d'un cochon.

Le mendiant fit un mouvement d'impatience et regarda tous les assistants.

— C'était donc un cochon, s'écria un jeune clerc notaire, bel esprit du lieu.

Le vieillard se redressa sur son banc, et l'indignation la plus marquée parut sur ses traits sévères.

— Allons, monsieur Amand, dit le jeune clerc notaire, il ne faudrait jamais avoir mis le nez dans la science pour ne pas savoir que toutes ces histoires d'apparitions ne sont que des contes que les grands-mères inventent pour endormir leurs petits-enfants.

Ici, le mendiant ne put se contenir davantage :

— Et moi, monsieur, je vous dis qu'il y a des apparitions, des apparitions terribles, et j'ai lieu d'y croire, ajouta-t-il, en pressant fortement ses deux mains sur sa poitrine.

    — À votre âge, père, les nerfs sont faibles, les facultés
40 affaiblies, le manque d'éducation, que sais-je, répliqua l'érudit.

    — À votre âge ! à votre âge ! répéta le mendiant, ils n'ont que ce mot dans la bouche. Mais, monsieur le notaire, à votre âge, moi, j'étais un homme ; oui, un homme. Regardez, dit-il en se levant avec peine à l'aide de son bâton ; regardez, avec dédain
45 même, si c'est votre bon plaisir, ce visage étique [2], ces yeux éteints, ces bras décharnés, tout ce corps amaigri ; eh bien, monsieur, à votre âge, des muscles d'acier faisaient mouvoir ce corps qui n'est plus aujourd'hui qu'un spectre ambulant. Quel homme osait alors, continua le vieillard avec énergie, se mesurer
50 avec Rodrigue, surnommé bras-de-fer ? et quant à l'éducation, sans avoir mis, aussi souvent que vous, le nez dans la science, j'en avais assez pour exercer une profession honorable, si mes passions ne m'eussent aveuglé ; eh bien, monsieur, à vingt-cinq ans une vision terrible, et il y a de cela soixante ans passés, m'a
55 mis dans l'état de marasme où vous me voyez. Mais, mon Dieu, s'écria le vieillard en levant vers le ciel ses deux mains décharnées : si vous m'avez permis de traîner une si longue existence, c'est que votre justice n'était pas satisfaite ! Je n'avais pas expié mes crimes horribles ! Qu'ils puissent enfin s'effacer, et je croirai
60 ma pénitence trop courte !

Le vieillard, épuisé par cet effort, se laissa tomber sur son siège, et des larmes coulèrent le long de ses joues étiques.

    — Écoutez, père, dit l'hôte, je suis certain que monsieur n'a pas eu l'intention de vous faire de la peine.

65   — Non, certainement, dit le jeune clerc en tendant la main au vieillard, pardonnez-moi ; ce n'était qu'un badinage.

    — Comment ne vous pardonnerais-je pas, dit le mendiant, moi qui ai tant besoin d'indulgence.

---

2. Très amaigri, desséché.

— Pour preuve de notre réconciliation, dit le jeune homme,
70 racontez-nous, s'il vous plaît, votre histoire.

— J'y consens, dit le vieillard, puisque la morale qu'elle
renferme peut vous être utile, et il commença ainsi son récit :

— À vingt ans j'étais un cloaque de tous les vices réunis :
querelleur, batailleur, ivrogne, débauché, jureur et blasphémateur
75 infâme. Mon père, après avoir tout tenté pour me corriger, me
maudit, et mourut ensuite de chagrin. Me trouvant sans ressource,
après avoir dissipé mon patrimoine, je fus trop heureux de trouver
du service comme simple engagé de la compagnie de Labrador.
C'était au printemps de l'année 17**, il pouvait être environ midi, ⌐
80 nous descendions dans la goélette *La Catherine*, par une jolie brise ;
j'étais assis sur la lisse du gaillard d'arrière, lorsque le capitaine
assembla l'équipage et lui dit : « Ah ça, les enfants, nous serons, sur
les quatre heures, au poste du diable ; qui est celui d'entre vous qui
y restera ? » Tous les regards se tournèrent vers moi, et tous
85 s'écrièrent unanimement : « Ce sera Rodrigue bras-de-fer. » Je vis
que c'était concerté ; je serrai les dents avec tant de force que je
coupai en deux le manche d'acier de mon calumet, et frappant
avec force sur la lisse, où j'étais assis, je répondis dans un accès de
rage : « Oui, mes mille tonnerres, oui, ce sera moi ; car vous seriez
90 trop lâches pour en faire autant ; je crains ni Dieu, ni diable, et
quand Satan y viendrait je n'en aurais pas peur. » « Bravo !
s'écrièrent-ils tous. *Huzza* ! pour Rodrigue. » Je voulus rire à ce
compliment ; mais mon rire ne fut qu'une grimace affreuse, et mes
dents s'entrechoquèrent comme dans un violent accès de fièvre.
95 Chacun alors m'offrit un coup, et nous passâmes l'après-midi à
boire. Ce poste de peu de conséquence était toujours gardé,
pendant trois mois, par un seul homme qui y faisait la chasse et la
pêche, et quelque petit trafic avec les sauvages. C'était la terreur de
tous les engagés, et tous ceux qui y étaient restés, avaient raconté
100 des choses étranges de cette retraite solitaire ; de là, son nom de
poste du diable — en sorte que depuis plusieurs années on était ∟
convenu de tirer au sort pour celui qui devait l'habiter. Les autres
engagés qui connaissaient mon orgueil savaient bien qu'en me

nommant unanimement, la honte m'empêcherait de refuser, et par
105 là, ils s'exemptaient d'y rester eux-mêmes, et se débarrassaient d'un
compagnon brutal, qu'ils redoutaient tous.

Vers les quatre heures, nous étions vis-à-vis du poste dont le
nom me fait encore frémir, après un laps de soixante ans, et ce ne
fut pas sans une grande émotion que j'entendis le capitaine
110 donner l'ordre de préparer la chaloupe. Quatre de mes compagnons me mirent à terre avec mon coffre, mes provisions et une
petite pacotille pour échanger avec les sauvages, et s'éloignèrent
aussitôt de ce lieu maudit. « Bon courage ! bon succès ! »
s'écrièrent-ils, d'un air moqueur, une fois éloignés du rivage.
115 « Que le diable vous emporte tous, mes… ! » que j'accompagnai
d'un juron épouvantable. « Bon, me cria Joseph Pelchat, à qui
j'avais cassé deux côtes, six mois auparavant ; bon, ton ami le
diable te rendra plus tôt visite qu'à nous. Rappelle-toi ce que tu
as dit. » Ces paroles me firent mal. « Tu fais le drôle, Pelchat, lui
120 criai-je ; mais suis bien mon conseil, fais-toi tanner la peau par les
sauvages ; car si tu me tombes sous la patte dans trois mois, je te
jure par… (autre exécrable juron), qu'il ne t'en restera pas assez
sur ta maudite carcasse pour raccommoder mes souliers. » « Et
quant à toi, me répondit Pelchat, le diable n'en laissera pas assez
125 sur la tienne pour en faire la babiche. » Ma rage était à son
comble ! Je saisis un caillou, que je lançai avec tant de force et
d'adresse, malgré l'éloignement de la terre, qu'il frappa à la tête le
malheureux Pelchat et l'étendit, sans connaissance, dans la
chaloupe. « Il l'a tué ! » s'écrièrent ses trois autres compagnons,
130 un seul lui portant secours tandis que les deux autres faisaient
force de rames pour aborder la goélette. Je crus, en effet, l'avoir
tué, et je ne cherchai qu'à me cacher dans le bois, si la chaloupe
revenait à terre ; mais une demi-heure après, qui me parut un
siècle, je vis la goélette mettre toutes ses voiles et disparaître.
135 Pelchat n'en mourut pourtant pas subitement, il languit pendant
trois années, et rendit le dernier soupir en pardonnant à son
meurtrier. Puisse Dieu me pardonner au jour du jugement,
comme ce bon jeune homme le fit alors.

Un peu rassuré par le départ de la goélette sur les suites de ma
140   brutalité, car je réfléchissais que si j'eusse tué ou blessé Pelchat
mortellement, on serait venu me saisir, je m'acheminai vers ma
nouvelle demeure. C'était une cabane d'environ vingt pieds
carrés, sans autre lumière qu'un carreau de vitre au sud-ouest ;
deux petits tambours y étaient adossés, en sorte que cette cabane
145   avait trois portes. Quinze lits, ou plutôt grabats, étaient rangés
autour de la pièce principale. Je m'abstiendrai de vous donner
une description du reste ; ça n'a aucun rapport avec mon histoire.

J'avais bu beaucoup d'eau-de-vie pendant la journée, et je
continuai à boire pour m'étourdir sur ma triste situation ; en
150   effet, j'étais seul sur une plage éloignée de toute habitation ; seul
avec ma conscience ! et, Dieu, quelle conscience ! Je sentais le bras
puissant de ce même Dieu, que j'avais bravé et blasphémé tant de
fois, s'appesantir sur moi ; j'avais un poids énorme sur la
poitrine. Les seules créatures vivantes, compagnons de ma soli-
155   tude, étaient deux énormes chiens de Terre-Neuve : à peu près
aussi féroces que leur maître. On m'avait laissé ces chiens pour
faire la chasse aux ours rouges, très communs dans cet endroit.

Il pouvait être neuf heures du soir. J'avais soupé, je fumais ma
pipe près de mon feu, et mes deux chiens dormaient à mes côtés ;
160   la nuit était sombre et silencieuse, lorsque, tout à coup, j'entendis
un hurlement si aigre, si perçant, que mes cheveux se hérissèrent.
Ce n'était pas le hurlement du chien ni celui plus affreux du
loup ; c'était quelque chose de satanique. Mes deux chiens y
répondirent par des cris de douleur, comme si on leur eût brisé
165   les os. J'hésitai ; mais l'orgueil l'emportant, je sortis armé de mon
fusil chargé à trois balles ; mes deux chiens, si féroces, ne me
suivirent qu'en tremblant. Tout était cependant retombé dans le
silence et je me préparais déjà à rentrer lorsque je vis sortir du
bois un homme suivi d'un énorme chien noir ; cet homme était
170   au-dessus de la moyenne taille et portait un chapeau immense,
que je ne pourrais comparer qu'à une meule de moulin, et qui lui
cachait entièrement le visage. Je l'appelai, je lui criai de s'arrêter ;
mais il passa, ou plutôt coula comme une ombre, et lui et son

chien s'engloutirent dans le fleuve. Mes chiens tremblant de tous
175 leurs membres s'étaient pressés contre moi et semblaient me
demander protection.

Je rentrai dans ma cabane saisi d'une frayeur mortelle ; je
fermai et barricadai mes trois portes avec ce que je pus me
procurer de meubles ; et ensuite mon premier mouvement fut de
180 prier ce Dieu que j'avais tant offensé et lui demander pardon de
mes crimes : mais l'orgueil l'emporta, et repoussant ce mouvement de la grâce, je me couchai, tout habillé, dans le douzième
lit, et mes deux chiens se placèrent à mes côtés. J'y étais depuis
environ une demi-heure, lorsque j'entendis gratter sur ma cabane
185 comme si des milliers de chats, ou autres animaux, s'y fussent
cramponnés avec leurs griffes ; en effet je vis descendre dans ma
cheminée, et remonter avec une rapidité étonnante, une quantité
innombrable de petits hommes hauts d'environ deux pieds ; leurs
têtes ressemblaient à celles des singes et étaient armées de
190 longues cornes. Après m'avoir regardé, un instant, avec une
expression maligne, ils remontaient la cheminée avec la vitesse de
l'éclair, en jetant des éclats de rire diaboliques. Mon âme était si
endurcie que ce terrible spectacle, loin de me faire rentrer en
moi-même, me jeta dans un tel accès de rage que je mordais mes
195 chiens pour les exciter, et que saisissant mon fusil je l'armai et
tirai avec force la détente, sans réussir pourtant à faire partir le
coup. Je faisais des efforts inutiles pour me lever, saisir un harpon
et tomber sur les diablotins, lorsqu'un hurlement plus horrible
que le premier me fixa à ma place. Les petits êtres disparurent, il
200 se fit un grand silence, et j'entendis frapper deux coups à ma
première porte ; un troisième coup se fit entendre, et la porte,
malgré mes précautions, s'ouvrit avec un fracas épouvantable.
Une sueur froide coula sur tous mes membres, et pour la première fois, depuis dix ans, je priai, je suppliai Dieu d'avoir pitié
205 de moi. Un second hurlement m'annonça que mon ennemi se
préparait à franchir la seconde porte, et au troisième coup, elle
s'ouvrit comme la première, et avec le même fracas. « Ô mon
Dieu ! mon Dieu ! m'écriai-je, sauvez-moi ! sauvez-moi ! » Et la

voix de Dieu grondait à mes oreilles, comme un tonnerre, et me
210 répondait : « Non, malheureux, tu périras. » Cependant un
troisième hurlement se fit entendre et tout rentra dans le silence ;
ce silence dura une quinzaine de minutes. Mon cœur battait à
coups redoublés ; il me sembla que ma tête s'ouvrait et que ma
cervelle s'en échappait goutte à goutte ; mes membres se cris-
215 paient et lorsqu'au troisième coup, la porte vola en éclats sur
mon plancher, je restai comme anéanti. L'être fantastique que
j'avais vu passer entra alors avec son chien et ils se placèrent vis-
à-vis de la cheminée. Un reste de flamme qui y brillait s'éteignit
aussitôt et je demeurai dans une obscurité parfaite.

220 Ce fut alors que je priai avec ardeur et fis vœu à la bonne
sainte Anne que, si elle me délivrait, j'irais de porte en porte,
mendiant mon pain le reste de mes jours. Je fus distrait de ma
prière par une lumière soudaine ; le spectre s'était tourné de mon
côté, avait relevé son immense chapeau, et deux yeux énormes,
225 brillants comme des flambeaux, éclairèrent cette scène d'horreur.
Ce fut alors que je pus contempler cette figure satanique : un nez
lui couvrait la lèvre supérieure, quoique son immense bouche
s'étendît d'une oreille à l'autre, lesquelles oreilles lui tombaient
sur les épaules comme celles d'un lévrier. Deux rangées de dents
230 noires comme du fer et sortant presque horizontalement de sa
bouche se choquaient avec un fracas horrible. Il porta son regard
farouche de tous côtés et, s'avançant lentement, il promena sa
main décharnée et armée de griffes sur toute l'étendue du
premier lit ; du premier lit il passa au second, et ainsi de suite
235 jusqu'au onzième, où il s'arrêta quelque temps. Et moi,
malheureux ! je calculais, pendant ce temps-là, combien de lits
me séparaient de sa griffe infernale. Je ne priais plus ; je n'en avais
pas la force ; ma langue desséchée était collée à mon palais et les
battements de mon cœur, que la crainte me faisait supprimer,
240 interrompaient seuls le silence qui régnait autour de moi dans
cette nuit funeste. Je le vis étendre la main sur moi ; alors,
rassemblant toutes mes forces, et par un mouvement convulsif, je
me trouvai debout, et face à face avec le fantôme dont l'haleine

enflammée me brûlait le visage. « Fantôme ! lui criai-je, si tu es de la part de Dieu, demeure, mais si tu viens de la part du diable, je t'adjure, au nom du Père, du Fils et du Saint-Esprit, de t'éloigner de ces lieux. » Satan, car c'était lui, messieurs, je ne puis en douter, jeta un cri affreux, et son chien, un hurlement qui fit trembler ma cabane comme l'aurait fait une secousse de tremble-
250 ment de terre. Tout disparut alors, et les trois portes se refer-mèrent avec un fracas horrible. Je retombai sur mon grabat, mes deux chiens m'étourdirent de leurs aboiements, pendant une partie de la nuit, et ne pouvant enfin résister à tant d'émotions cruelles, je perdis connaissance. Je ne sais combien dura cet état
255 de syncope ; mais lorsque je recouvrai l'usage de mes sens, j'étais étendu sur le plancher, me mourant de faim et de soif. Mes deux chiens avaient aussi beaucoup souffert ; car ils avaient mangé mes souliers, mes raquettes et tout ce qu'il y avait de cuir dans la cabane. Ce fut avec beaucoup de peine que je me remis assez de
260 ce terrible choc pour me traîner hors de mon logis, et lorsque mes compagnons revinrent, au bout de trois mois, ils eurent de la peine à me reconnaître : j'étais ce spectre vivant que vous voyez devant vous.

— Mais, mon vieux, dit l'incorrigible clerc notaire.

265 — Mais… mais… que… te serre…, dit le colérique vieillard, en relevant sa besace ; et malgré les instances du maître, il s'éloi-gna en grommelant.

— Eh bien, monsieur le notaire, dit Amand d'un air de triomphe, qu'avez-vous à répondre, maintenant ?

270 — Il me semble, dit l'étudiant, esprit fort, que le mendiant nous en a assez dit pour expliquer la vision d'une manière très naturelle ; il était ivrogne d'habitude, il avait beaucoup bu ce jour-là ; sa conscience lui reprochait un meurtre atroce. Il eut un affreux cauchemar, suivi d'une fièvre au cerveau causée par
275 l'irritation du système nerveux et… et…

— Et c'est ce qui fait que votre fille est muette, dit Amand impatienté.

Joseph-Charles TACHÉ

Ikès le jongleur

(narrateur)

I l y avait un <u>sauvage</u> nommé *Ikès*, reprit le Père Michel en renouant le fil de l'histoire à l'expiration du temps de repos qui lui avait été accordé [1], et ce sauvage était <u>bon chasseur</u>; mais il était redouté des autres sauvages, parce qu'il passait pour <u>sorcier.</u>
5 C'était à qui ne ferait pas la chasse avec lui.

Or, vous n'êtes pas sans savoir que les jongleurs sauvages n'ont aucun pouvoir sur les blancs. La *jonglerie* ne prend que sur le sang des nations [2], et seulement sur les sauvages infidèles, ou sur les sauvages chrétiens qui sont en état de péché mortel.

10 Je savais cela; mais comme, au reste, je n'étais pas trop *farouche* [3], je m'associai avec Ikès pour la <u>chasse d'hiver.</u>

Il est bon de vous dire qu'il y a plusieurs espèces de jongleries chez les sauvages. Il y en a une, par exemple, qui s'appelle *médecine*: ceux qui la pratiquent prétendent guérir les malades,
15 portent une espèce de sac qu'ils appellent *sac à médecine*,

---

1. Dans *Forestiers et voyageurs*, Taché retranscrit les récits du Père Michel, un célèbre conteur à la verve légendaire. Après quelques histoires contées lors d'une veillée, le vieil homme demande à son auditoire une courte pause. C'est au retour de celle-ci qu'il amorce «Ikès le jongleur».

2. Le mot *les nations*, chez les Canadiens, a la même valeur que le mot *les gentils* relativement aux Juifs; il désigne d'une façon générale tous les peuples qui ne sont pas catholiques: ici, il se rapporte particulièrement aux aborigènes. (Note de Taché)

3. Peureux, distant.

s'enferment dans des *cabanes à sueries*, avalent du poison et font mille et un tours, avec le secours du diable comme vous pensez bien.

Ikès n'appartenait point à cette classe de jongleurs : il était ce qu'on appelle un *adocté* ; c'est-à-dire qu'il avait un pacte secret avec un *Mahoumet* [4] : ils étaient unis tous deux par serment comme des francs-maçons. Il n'y a que le baptême, ou la confession et l'absolution qui soient capables de rompre ce charme et de faire cesser ce pacte.

Tout le monde sait que le *mahoumet* est une espèce de gobelin, un diablotin qui se donne à un sauvage, moyennant que celui-ci fasse des actes de soumission et des sacrifices, de temps en temps. Les chicanes ne sont pas rares entre les deux associés ; mais comme c'est l'*adocté* qui est l'esclave, c'est lui qui porte les coups.

Le *mahoumet* se montre assez souvent à son *adocté* ; il lui parle, lui donne des nouvelles et des avis, il l'aide dans ses difficultés, quand il n'est pas contrecarré par une puissance supérieure. Avec ça, le pouvoir du *mahoumet* dépend, en grande partie, de la soumission de l'*adocté*.

Il y en a qui disent qu'il n'y a pas de sorciers et de sorcières, et qui ne veulent pas croire aux esprits. Eh bien ! moi je vous dis qu'il y a des sorciers, et que nous sommes entourés d'esprits bons et mauvais. Je ne vous dis pas que ces esprits sont obligés de se rendre visibles à tous ceux qui voudraient en voir ; mais je vous dis qu'il y en a qui sont familiers avec certaines gens, et que souvent, plus souvent qu'on ne pense, ils apparaissent ou font sentir leur présence aux hommes.

Demandez aux voyageurs des *pays d'en haut* qui ont vécu longtemps avec les sauvages infidèles, demandez aux *bourgeois* [5]

---

4. Il me serait impossible de donner l'origine de ce nom de *mahoumet*, que les Canadiens du Bas-du-Fleuve attribuent à ces génies familiers des anciens sauvages : à moins de dire que, le fondateur de l'islamisme étant considéré comme une des incarnations du mal, on a fait de son nom altéré le nom patronymique des lutins sauvages. (Note de Taché)

5. Riche propriétaire ou directeur, ici, de postes de traite des fourrures.

45 *des postes*, demandez aux missionnaires, s'il y a des sorciers, ou jongleurs comme vous voudrez, et vous verrez ce qu'ils vous répondront. À preuve de tout cela, je vais vous raconter ce que j'ai vu et entendu, moi, sur les bords du lac Kidouamkizouik.

50 J'étais donc associé avec Ikès-le-jongleur. Nous avions commencé, de bonne heure l'automne, à *emménager* notre chemin de chasse. Ce chemin n'était pas tout à fait nouveau, il était déjà en partie établi, depuis la montagne des Bois-brûlés jusqu'au lac : Ikès et moi y ajoutâmes deux branches, à partir du lac, une courant au Nord-Est, l'autre au Sud-Ouest. Nous étions vigou-

55 reux, entendus et assez *chanceux* tous les deux ; de plus, nous étions bien approvisionnés, nous comptions faire une grosse chasse.

Le premier voyage que nous fîmes ensemble dans les bois dura presque trois mois, pendant lesquels nous avions travaillé comme

60 des nègres. Une fois tout notre chemin *mis à prendre*, nous descendîmes en visitant nos *martrières*[6], nos autres *tentures*[7] et nos pièges : si bien que, rendus à la mer[8], nous avions déjà un bon commencement de chasse : des martes, de la loutre et du castor. Nous arrivions gais comme pinson quoique pas mal fatigués,

65 pour passer les fêtes à Rimouski.

Ikès avait sa cabane sur la côte du *Brûlé*, où il laissait sa famille ; moi je logeais chez les habitants*.

— Eh bien ! Michel, me demandait-on partout à mon retour, comment vous trouvez-vous de votre associé ?

70 — Mais pas mal, que je répondais ; c'est le meilleur garçon du monde et un fort travaillant : je ne crois pas qu'il y en ait beaucoup qui aient apporté plus de pelleteries que nous autres, pour le temps.

— Vous n'avez pas eu connaissance de son *mahoumet* ?

---

6. Piège pour petits animaux.
7. Appâts.
8. Le fleuve Saint-Laurent, familièrement appelé *la mer* parce que, à cette hauteur de l'estuaire, l'eau est salée.

75   — Ma foi, non ; et s'il en a eu connaissance, lui, la chose a dû se faire bien à la cachette ; car on ne s'est pas laissé d'un instant.

    — Vous ne perdez rien pour attendre.

    — Tenez, je crois qu'on a tort de faire courir tous ces bruits-là sur le compte d'Ikès.

80   — Ah ! le *satané bigre* ! Ah ! C'est un *chétif*[9] et vous verrez qu'il finira mal. Entre lui, l'Algonquin et la vieille *Mouine*[10], il y aura du grabuge qui fera bien rire le diable avant longtemps.

    Cette vieille Mouine était une jongleuse, elle aussi : autrefois mariée à un Algonquin, elle était veuve alors, et l'*Algonquin*, dont
85 parlaient les gens de Rimouski, était son fils, ainsi nommé du nom de la nation de son père.

    Il existait une rancune entre Ikès et l'Algonquin dont voici l'origine. Les deux sauvages revenaient un jour en canot de la chasse au loup-marin : avant d'arriver à l'Île Saint-Barnabé, ils
90 rencontrèrent une goélette, à bord de laquelle ils échangèrent un loup-marin qu'ils avaient tué, pour quelques effets et du rhum.

    L'échange *faite*, nos deux gaillards font halte au bout d'en bas de l'Île, pour *saigner le cochon*, c'est-à-dire pour tirer du rhum
95 de leur petit baril. Après avoir bu copieusement, ils remettent leur canot à l'eau pour gagner terre ; mais la mer avait baissé, et aux deux tiers de la traverse ils ne pouvaient plus avancer. Ils étaient si soûls tous les deux qu'Ikès, se croyant au rivage, débarqua sur la batture, et que l'Algonquin, n'en pouvant plus,
100 se coucha dans le canot. Le premier, en pataugeant dans la vase, tombant et se relevant, finit par se rendre aux maisons et de là chez lui, où il s'endormit en arrivant ; le second, emporté dans son canot par un petit vent et le courant, se réveilla quelques heures après, à plus d'une lieue* au large et vis-à-vis de la
105 Pointe-aux-pères.

---

9. Hypocrite, paresseux, vaurien.
10. *Mouine* est un mot micmac (écrit à la française) qui veut dire une ourse. (Note de Taché)

Or, l'Algonquin s'imagina que son camarade Ikès avait voulu le faire périr, et ne voulut jamais revenir de cette impression. Ikès, de son côté, ne pouvant faire entendre raison à l'autre, finit par se fâcher : ce fut désormais entre eux une haine à mort, dans laquelle la vieille Mouine prenait part pour son fils.

Les jongleurs, par le pouvoir de leurs *mahoumets*, se jouent de vilains tours entre eux ; mais comme ils sont sur leurs gardes, les uns à l'égard des autres, la guerre dure souvent longtemps avant que l'un d'eux périsse ; mais cela finit toujours par arriver. Les sauvages n'ont pas mémoire d'un jongleur qui, n'ayant pas abandonné la jonglerie, soit mort de mort naturelle.

Enfin, malgré la mauvaise réputation de mon associé, je repartis bientôt avec lui pour le bois, emportant des provisions pour plusieurs semaines. Nous devions revenir, au bout de ce temps, avec nos pelleteries, et remonter une troisième fois pour finir notre chasse au printemps.

Nous nous rendîmes de campement en campement sur notre chemin, enlevant le gibier des tentures et mettant les peaux *sur les moules*, jusqu'à notre principale cabane du lac Kidouamkizouik, sans aventure particulière. Ikès était toujours de bonne humeur.

Le soir de notre retour au lac, je venais de regarder au souper, que j'avais mis sur le feu, et mon compagnon achevait d'arranger une peau de marte sur son *moule*, lorsqu'un cri clair et perçant, traversant l'air, vint frapper mon oreille en me clouant à ma place : jamais je n'ai entendu, ni avant ni depuis, rien de pareil. Ikès bondit et s'élança hors de la cabane, en me faisant signe de la main de ne pas le suivre.

Je restai stupéfait.

— C'est son *mahoumet*, me dis-je, et je fis un signe de croix !

Au bout de cinq minutes, mon sauvage rentra l'air triste et abattu.

— Il est fâché, me dit-il ; nous aurons bien de l'ouvrage à faire.

— C'est donc vrai que tu as un *mahoumet*, tu ne m'en as jamais parlé. Comment est-il fait ? et que t'a-t-il donc annoncé ?

Ikès me dit, sans détour, que son diablotin était un petit homme haut de deux pieds, ayant des jambes et des bras très grêles, la peau grise et luisante comme celle d'un lézard, une toute petite tête et deux petits yeux ardents comme des tisons. Il me raconta qu'après l'avoir appelé, il s'était présenté à lui, debout sur une souche, en arrière de la cabane, et lui avait reproché de le négliger, et de ne lui avoir rien offert depuis le commencement de sa chasse d'automne. Le *mahoumet* avait les deux mains fermées, et la conversation suivante avait eu lieu entre lui et son *adocté*.

— Devine ce que j'ai là-dedans, avait dit le lutin en montrant sa main droite à Ikès.

— C'est de la graisse de castor, avait répondu Ikès, à tout hasard.

— Non. C'est de la graisse de loup-cervier : il y en a un qui venait de se prendre dans ton premier collet, ici tout près ; mais je l'ai fait échapper. Qu'ai-je dans la main gauche, maintenant ?

— De la graisse de loutre.

— Non, c'est du poil de marte : tes *martrières* du Sud-Ouest et du Nord-Est sont empestées, les martes n'en approchent pas. Je crois, avait ajouté le *mahoumet* en se moquant, que les *pécans*[11] ont visité ton chemin : tes tentures sont brisées, et tes pièges à castor sont pendus aux branches des bouleaux, dans le voisinage des étangs.

Puis le diablotin avait disparu, en poussant un ricanement d'enfer, que j'avais entendu dans la cabane, sans pouvoir m'expliquer ce que ce pouvait être.

— Ton diable de *mahoumet*, dis-je à Ikès quand il eut fini de me raconter cette entrevue, ton diable de *mahoumet* nous a fait une belle affaire, si seulement la moitié de ce qu'il t'a dit est vrai.

— Tout est vrai, répondit Ikès.

— N'importe, répliquai-je, comme je n'ai pas envie d'y aller ce soir et que j'ai terriblement faim, je vais retirer la chaudière du feu et nous allons manger.

---

11. Animal, appartenant à la famille dite de petits ours, qui fait le désespoir des chasseurs par sa finesse et ses espiègleries malicieuses. (Note de Taché)

Ikès ne m'aida pas à compléter les préparatifs du souper : il se tenait assis sur le sapin, les bras croisés sur les jambes et la tête dans les genoux. Quand je l'avertis que le repas était prêt, il me dit :

— Prends ta part dans le *cassot* [12] d'écorce et donne-moi la mienne dans la chaudière.

Sans m'enquérir des raisons qui le faisaient agir ainsi, je fis ce qu'il m'avait demandé. Il prit alors la chaudière et en répandit tout le contenu dans le feu ; puis, s'enveloppant de sa *couverte*, il se coucha sur le sapin et s'endormit.

 Je compris qu'il venait de faire un sacrifice à son manitou. Mais, bien que sans crainte pour moi-même, j'étais tout de même embêté de tout cela, et je faisais des réflexions plus ou moins réjouissantes, en fumant ma pipe auprès de mon sauvage qui dormait comme un sourd.

Parbleu ! me dis-je à la fin, Ikès est plus proche voisin du diable que moi ; puisqu'il dort, je puis bien en faire autant ! j'attisai le feu, je me couchai et m'endormis auprès de mon compagnon.

J'étais tellement certain que ce manitou ne pouvait rien contre ma personne, que je n'en avais aucune peur, et que, même, j'aurais aimé à le voir.

Dès le petit matin du lendemain, je sortis de la cabane, en me disant : « Je vas toujours aller voir si cet animal de *mahoumet* a dit vrai pour le loup-cervier. » Montant sur mes raquettes, je me rendis à l'endroit où était tendu le collet qu'il avait indiqué.

Effectivement, je trouvai la perche piquée dans la neige à côté de la fourche, et le collet coupé comme avec un rasoir.

— Si tout le reste s'ensuit, me dis-je, en reprenant la direction de notre campement, nous en avons pour quinze jours avant d'avoir rétabli nos deux branches de chemin.

Le gredin de *mahoumet* n'avait, hélas ! dit que trop vrai, et nous mîmes douze jours à réparer les dégâts. Pendant tout ce

---

12. Petit contenant en écorce de bouleau.

temps Ikès ne prit pas un seul souper et ne fuma pas une seule pipe : tous les soirs il jetait son souper dans le feu, et tous les matins il lançait la moitié d'une torquette[13] de tabac dans le bois.

210 Enfin nous terminâmes notre besogne : mon malheureux sauvage avait travaillé comme deux.

Nous étions revenus à notre cabane du lac. C'était le matin, il faisait encore noir, nous déjeunions, en ce moment : tout à coup nous entendîmes un sifflement suivi de trois cris de joie : « hi ! hi ! hi ! » Ikès s'élança, comme la première fois, hors de la cabane, en 215 m'enjoignant de ne pas bouger de ma place... Il rentra peu de temps après tout joyeux.

— Déjeunons vite, dit-il, il y a deux orignaux, dans le pendant de la côte, là au Sud, à une demi-heure de marche.

— Ton *mahoumet* aura besoin de nous donner bonne chasse, 220 lui répondis-je, s'il veut être juste et m'indemniser du tort qu'il m'a fait, à moi qui n'ai pas d'affaire à lui et ne lui dois rien, Dieu merci. Mais il se moque de toi, avec ses deux orignaux. Qui, diable, va aller courir l'orignal, avec seulement dix-huit pouces de neige encore molle ?

225 — C'est à l'affût qu'on va les tuer : puis il y a une loutre dans le bord du lac, pas loin d'ici.

Nous tuâmes les orignaux et la loutre ; mais je crois que l'argent que j'ai fait avec cette chasse était de l'argent du diable et qu'elle n'a pas porté bonheur à ma fortune, comme vous verrez 230 plus tard. Les anciens avaient bien raison de dire : *Farine du diable s'en retourne en son !*

Je vous assure que, le soir, Ikès fit un fameux souper et fuma d'importance. Avant de se coucher, il étendit sa *couverte* sur le sapin, puis, prenant un charbon, il traça sur la laine la figure d'un 235 homme.

— Qu'est-ce que tu fais donc là, lui demandai-je ; ne finiras-tu pas avec tes diableries ?

---

13. Feuilles de tabac à chiquer (parfois à fumer) que l'on presse en étroits rouleaux pratiques pour le voyage.

— Tiens, tu vois *ben*, répondit Ikès, toute ma chicane avec mon petit homme vient de la vieille *Mouine*, et c'est l'Algonquin
240 qui est la cause de cela.

— Et qu'est-ce que ta couverte peut avoir à faire avec l'Algonquin et la vieille sorcière !

— La *Mouine* n'est pas avec l'Algonquin ; il est à la chasse, et, en ce moment, dans un endroit qu'il n'a pas indiqué à sa mère en
245 partant ; ils se sont oubliés : c'est le temps de lui donner *une pincée* !

En ce disant, Ikès avait en effet donné une terrible *pincée* dans sa *couverte*, à l'endroit de la figure humaine qu'il avait tracée. Il ajouta avec un sourire féroce :
250 — Il ne dormira pas beaucoup cette nuit, va ! Tiens, l'entends-tu comme il se plaint ? c'est la colique, tu vois *ben*.

Ma parole, je ne sais pas si je me suis trompé, mais j'ai cru entendre des gémissements, comme ceux d'un homme qui souffre d'atroces douleurs : or, l'Algonquin était, en ce moment, à
255 dix lieues* de nous. J'ai appris ensuite qu'il avait été fort malade d'une maladie d'entrailles.

— Ikès, dis-je à mon compagnon de chasse, tout cela finira mal. D'abord, et c'est l'essentiel, ton salut est en danger ; si tu meurs dans ce commerce, il est bien sûr que le diable
260 t'empoignera pour l'éternité. Dans ce monde-ci même, tu n'as aucune chance contre la vieille Mouine, elle est plus sorcière que toi : tu sais bien que c'est elle qui a prédit l'arrivée des Anglais[14], et il n'y avait pas longtemps alors qu'elle faisait de la jonglerie.

— C'est vrai, répondit Ikès : puis il s'enveloppa dans sa *cou-*
265 *verte*, s'étendit sur le sapin et s'endormit.

L'été suivant, je n'étais pas à Rimouski ; mais j'ai appris que le malheureux est mort dans les circonstances suivantes. Il était toujours campé sur le *Brûlé* ; la vieille *Mouine* et l'Algonquin

---

14. Une tradition, qui n'est pas encore tout à fait perdue, rapporte qu'une sauvagesse a prédit, deux ou trois ans à l'avance, la prise du pays par les Anglais. (Note de Taché)

avaient leur cabane à la *Pointe-à-Gabriel.* Un soir, Ikès *flambotait*
270　dans la rivière, il allait darder un saumon, lorsqu'il fut pris d'une
douleur de ventre qui lui fit tomber le *nigogue*[15] des mains :
transporté dans sa cabane, il languit quelque temps et mourut
dans une stupide indifférence.

　　C'était une *dernière pincée* de la *Mouine,* et le *dernier coup* de
275　son *Mahoumet* !

---

15. Ou nigog. Harpon utilisé pour pêcher des poissons, des anguilles.

L'hôte à Valiquet

La seconde histoire que j'ai apprise au <u>campement des Écores</u> n'est pas si vieille que la première, puisqu'elle ne date que des <u>premières années des Anglais dans le pays.</u>

Dans ce temps-là donc, et dans cette même <u>paroisse</u> des Écores, un pendu avait été mis dans une cage de fer et accroché à un poteau sur le chemin du roi[1]. Il paraît que c'était la façon des Anglais, dans ce temps-là, de mettre les pendus en cage, et vous n'êtes pas sans avoir entendu parler de la cage de la Pointe-Lévis[2].

Un habitant* de la paroisse, nommé Valiquet, avait *fait baptiser*, <u>un bon matin</u>, et il donnait, <u>le soir,</u> un repas à ses amis : en revenant de faire ses invitations, il avait à passer devant la cage du pendu. Valiquet avait avec lui, dans sa *carriole*, un de ses voisins qui lui dit, en apercevant de loin la cage :

— Sais-tu que j'ai toujours *souleur*[3] quand je passe devant cet objet ? on devrait bien ne pas nous mettre des choses comme ça sur les chemins passants.

— Moi, répondit Valiquet, je m'en moque pas mal, et tu vas voir comme j'en ai pas peur de ton squelette.

---

1. Route traversant le cœur du territoire québécois depuis l'époque de la Nouvelle-France. Elle relie Montréal à Québec en longeant la rive nord du Saint-Laurent.
2. Voir le volume de 1862 des *Soirées canadiennes*. (Note de Taché.) La Pointe-Lévis s'avance dans le fleuve en face de Québec.
3. Peur, sueurs froides.

20   Là-dessus il fait augmenter le train de son cheval et serre la
clôture de près, attendu qu'on était aux *premières neiges*, pour
passer près de la cage qui pendait au-dessus de cette clôture.

Arrivé en face du pendu, il lui cingle un coup de fouet, en lui
disant :

25   — Je t'invite à venir souper avec moi ce soir !

— Ce n'est pas bien ce que tu as fait là, Valiquet, lui dit son
voisin. Ces restes ont appartenu à un grand scélérat, c'est vrai ;
mais il a subi son châtiment devant les hommes, et si son
repentir a été sincère, c'est peut-être un saint dans le Ciel aujour-
30   d'hui !

Ces réflexions touchèrent Valiquet ; mais la chose était faite, et
le mieux pour lui, pensa-t-il probablement, était de tâcher de
l'oublier.

Tout le monde était à table chez Valiquet, le soir, et la com-
35   pagnie était en train de s'amuser : on en était même rendu à
chanter des chansons après le gros du repas couru [4], lorsqu'on
entendit frapper trois coups à la porte, laquelle s'ouvrit d'elle-
même au troisième coup pour laisser entrer le pendu. Il tenait sous
son bras gauche sa cage de fer, qu'il alla déposer dans un coin de la
40   chambre ; puis, s'avançant un peu, il dit au maître de la maison :

— Je te prie de m'excuser si je suis venu un peu tard ; mais les
morts n'ont point grand appétit, ils ont plus besoin de respect
que de nourriture, et il est toujours temps d'en profiter.

Vous pouvez penser si la compagnie en eut une venette : les
45   femmes se trouvaient mal, les enfants se sauvaient, et les plus
hardis n'osaient pas regarder devant eux. Aux chansons et aux
rires avait succédé un silence de mort. Enfin, Valiquet, qui au
fond était *brave comme l'épée du Roi*, comprit que, s'il y avait
quelque chose à faire, c'était à lui à l'entreprendre : il se leva donc,
50   malgré la faiblesse de ses jambes, et dit à son invité :

— Je vous ai insulté bien mal à propos, je le confesse, et vous
en demande pardon. Si un service, un libera ou d'autres prières

---

4. Expression signifiant très avancé.

peuvent vous être utiles, je m'offre à vous les faire dire; mais, je vous en prie, retirez-vous !

55 — Il ne m'est pas permis, répondit le cadavre, de te laisser savoir si j'ai besoin des secours que tu m'offres. Quant à me retirer, je ne le ferai qu'à une condition, pour ne pas rester en dette de politesse avec toi qui m'as invité à souper ce soir, la condition de me promettre de venir demain soir, au *coup de*
60 *minuit*, danser au pied de mon poteau.

— Je le promets, dit Valiquet.

Le pendu reprit alors sa cage de fer sous son bras, passa la porte, qui s'ouvrit d'elle-même devant lui, et disparut.

La réjouissance était finie ! On alla donner quelques explica-
65 tions à la nouvelle accouchée, qui, de sa chambre, n'avait rien vu, mais qui avait entendu les cris d'effroi et ne pouvait en comprendre la cause, non plus que la raison du morne silence qui avait suivi ; puis, on se mit à réciter le rosaire, qu'on fit suivre du *De profundis*.

70 Mais, pour Valiquet le pire n'était pas fait. On tint conseil une partie de la nuit. Bien des avis furent ouverts et rejetés ; parce que tous ces avis allaient à empêcher la visite du coup de minuit, et que Valiquet, fier de sa parole, répondait toujours :

— J'ai promis, j'irai !

75 Enfin, la femme de Valiquet, qui n'avait point donné de conseils jusque-là, dit à son mari :

— Je ne sais pas ce que je sens ; mais il me semble que je n'ai pas peur du mort, moi, et qu'il ne nous arrivera rien de mal dans cette affaire ; n'avons-nous pas ici un cher innocent, un ange
80 pour nous protéger ? Valiquet, tu as fait une mauvaise action, ainsi tu iras rendre ta visite au pendu pour ta punition ; mais tu iras avec le petit dans les bras. Du reste, demain matin, il faut que tu ailles consulter M. le Curé, et puis faire plus que cela encore, tu me comprends !… Avec ça, ajouta la bonne chrétienne de femme,
85 on peut dormir en paix.

Valiquet suivit de point en point les sages avis de son excellente femme, et, le soir à minuit, il alla au rendez-vous, portant le nouveau baptisé dans ses bras et accompagné de ses voisins qui récitaient le chapelet.

90 — Tu n'es pas généreux, lui dit le pendu dès que son insulteur fut en face de lui, tu n'es pas généreux! Hier soir, je me suis débarrassé de ma cage afin de pouvoir m'asseoir à ta table, et toi, cette nuit, tu viens chargé d'un fardeau afin de ne pas danser avec moi; j'avais pourtant une belle ronde à te proposer, la mesure se
95 bat à coup de fouet. C'est égal, tu auras toujours appris à *respecter les morts*: tu peux t'en retourner.

Personne, comme on le pense bien, ne se fit prier pour quitter l'endroit: Valiquet prit congé de son *Hôte* en se promettant bien de ne pas lui faire de nouvelle invitation [5].

Le respect des morts

---

5. Feu M. Jacques Viger a parlé de cette tradition, à propos du fait historique qui lui a donné lieu. M. Viger, dans ses notes sur l'*Archéologie religieuse*, dit, à l'article consacré à la paroisse de Saint-Vincent-de-Paul: Le 9 mars 1761, un Français du nom de Saint-Paul commit un crime horrible dans la maison de Charles Bellanger, de la côte Saint-François. Après avoir enlevé tout l'argent, il donna la mort à Bellanger, à sa femme et à ses enfants. Puis, pour mieux couvrir son crime et ensevelir sous les ruines jusqu'à la dernière trace, il mit le feu à la maison.

La Providence se chargea de révéler son forfait. Le grenier, qui était rempli de blé, s'affaissa de bonne heure sous l'action des flammes, et les cadavres, recouverts par le blé, échappèrent à la destruction. Ils servirent à constater le crime; les soupçons tombèrent sur Saint-Paul qu'on avait vu dans ces parages. Saisi par la justice, il finit bientôt par tout avouer, et il raconta lui-même les horribles détails de ce drame sanglant.

Condamné à la potence, il fut exécuté dans la ville de Montréal; mais la sentence portait que son cadavre serait encerclé et suspendu jusqu'à sa totale destruction sur les lieux mêmes, théâtre de son forfait. Ce ne fut qu'un an après qu'un habitant, fatigué de ce hideux spectacle, détacha ces restes décharnés et les ensevelit, près de là, sous un monceau de pierres.

C'est ce fait mémorable, dont le souvenir est encore vivant dans le pays, que l'on raconte aujourd'hui avec des circonstances qui tiennent du merveilleux et qui reposent sur la tradition populaire.

Honoré BEAUGRAND

Le fantôme de l'avare

Légende du jour de l'an

Pendant qu'un vent glacé pleurait dans le grand orme
La porte s'entr'ouvrit, puis une étrange forme
S'avança lentement parmi les invités
— « Mon frère ne sait point que les cieux irrités
Punissent le chrétien qui ne fait pas l'aumône »,
Dit le nouveau venu, relevant son front jaune[1].

— Vous connaissez tous, vieillards et jeunes gens, l'histoire que je vais vous raconter[2]. La morale de ce récit, cependant, ne saurait vous être redite trop souvent, et rappelez-vous que derrière la légende, il y a la leçon terrible d'un Dieu vengeur qui ordonne au riche de faire la charité.

C'était la veille du jour de l'an de grâce 1858.

Il faisait un froid sec et mordant.

La grande route qui longe la rive nord du Saint-Laurent de Montréal à Berthier[3] était couverte d'une épaisse couche de neige, tombée avant la Noël.

---

1. Citation des six premiers vers du 7ᵉ chant des *Vengeances*, poème publié en 1875 par Pamphile Le May.
2. C'est le maître d'école qui parle (cf. ligne 222).
3. Village de la rive nord du Saint-Laurent, en face de Sorel et à une cinquantaine de kilomètres en aval de Montréal.

Les chemins étaient lisses comme une glace de Venise[4]. Aussi, fallait-il voir si les fils des habitants* à l'aise des paroisses du fleuve se plaisaient à *pousser* leurs chevaux fringants, qui passaient comme le vent au son joyeux des clochettes de leurs harnais argentés.

15 　Je me trouvais en veillée chez le père Joseph Hervieux, que vous connaissez tous. Vous savez aussi que sa maison qui est bâtie en pierre, est située à mi-chemin entre les églises de Lavaltrie[5] et de Lanoraie[6]. Il y avait fête ce soir-là chez le père Hervieux. Après avoir copieusement soupé, tous les membres de la famille s'étaient 20 　rassemblés dans la grande salle de réception.

Il est d'usage que chaque famille canadienne donne un festin au dernier jour de chaque année, afin de pouvoir saluer, à minuit, avec toutes les cérémonies voulues, l'arrivée de l'inconnu qui nous apporte à tous une part de joies et de douleurs.

25 　Il était dix heures du soir.

Les bambins, poussés par le sommeil, se laissaient les uns après les autres rouler sur les robes de buffle qui avaient été étendues autour de l'immense poêle à fourneau de la cuisine.

Seuls, les parents et les jeunes gens voulaient tenir tête à 30 　l'heure avancée, et se souhaiter mutuellement une bonne et heureuse année, avant de se retirer pour la nuit.

Une fillette vive et alerte, qui voyait la conversation languir, se leva tout à coup et allant déposer un baiser respectueux sur le front du grand-père de la famille, vieillard presque centenaire, lui 35 　dit d'une voix qu'elle savait irrésistible :

— Grand-père, redis-nous, je t'en prie, l'histoire de ta rencontre avec l'esprit de ce pauvre Jean-Pierre Beaudry — que Dieu ait pitié de son âme — que tu nous racontas l'an dernier, à pareille époque. C'est une histoire bien triste, il est vrai, mais ça 40 　nous aidera à passer le temps en attendant minuit.

---

4. Miroir.
5. Village de la rive nord du Saint-Laurent, à une trentaine de kilomètres en aval de Montréal.
6. Village de la rive nord du Saint-Laurent, à dix kilomètres en aval de Lavaltrie.

— Oh! oui! grand-père, l'histoire du jour de l'an, répétèrent en chœur les convives qui étaient presque tous les descendants du vieillard.

— Mes enfants, reprit d'une voix tremblotante l'aïeul aux cheveux blancs, depuis bien longtemps, je vous répète à la veille de chaque jour de l'an, cette histoire de ma jeunesse. Je suis bien vieux, et peut-être pour la dernière fois, vais-je vous la redire ici ce soir. Soyez toute attention, et remarquez surtout le châtiment terrible que Dieu réserve à ceux qui, en ce monde, refusent l'hospitalité au voyageur en détresse.

Le vieillard approcha son fauteuil du poêle, et ses enfants ayant fait cercle autour de lui, il s'exprima en ces termes:

— Il y a de cela soixante-dix ans aujourd'hui. J'avais vingt ans alors.

Sur l'ordre de mon père, j'étais parti de grand matin pour Montréal, afin d'aller y acheter divers objets pour la famille; entre autres, une magnifique dame-jeanne[7] de jamaïque[8], qui nous était absolument nécessaire pour traiter dignement les amis à l'occasion du nouvel an. À trois heures de l'après-midi, j'avais fini mes achats, et je me préparais à reprendre la route de Lanoraie*. Mon *brelot*[9] était assez bien rempli, et comme je voulais être de retour chez nous avant neuf heures, je fouettai vivement mon cheval qui partit au grand trot. À cinq heures et demie, j'étais à la traverse du bout-de-l'île[10], et j'avais jusqu'alors fait bonne route. Mais le ciel s'était couvert peu à peu et tout faisait présager une forte bordée de neige. Je m'engageai sur la traverse, et avant que j'eusse atteint Repentigny il neigeait à plein temps. J'ai vu de fortes tempêtes de neige durant ma vie, mais je ne m'en rappelle

---

7. Grand vase ou cruche contenant des liquides.
8. Alcool qu'on supposait être du rhum importé des Antilles, mais qui provenait souvent de distilleries canadiennes clandestines.
9. Ou berlot. Traîneau rudimentaire — sorte de coffre rectangulaire posé sur patins — que le cheval fait glisser sur la neige et la glace.
10. La traverse de Repentigny sur la glace, l'hiver, et par bateau, l'été, relie l'île de Montréal aux rives du Saint-Laurent. Elle est remplacée par un pont en 1843.

aucune qui fût aussi terrible que celle-là. Je ne voyais ni ciel ni
70   terre, et à peine pouvais-je suivre le *chemin du roi** devant moi,
les *balises*[11] n'ayant pas encore été posées, comme l'hiver n'était
pas avancé. Je passai l'église Saint-Sulpice à la brunante ; mais
bientôt, une obscurité profonde et une *poudrerie* qui me fouettait
la figure, m'empêchèrent complètement d'avancer. Je n'étais pas
75   bien certain de la localité où je me trouvais, mais je croyais alors
être dans les environs de la ferme du père Robillard. Je ne crus
pouvoir faire mieux que d'attacher mon cheval à un pieu de la
clôture du chemin, et de me diriger à l'aventure à la recherche
d'une maison pour y demander l'hospitalité en attendant que la
80   tempête fût apaisée. J'errai pendant quelques minutes et je
désespérais de réussir, quand j'aperçus, sur la gauche de la grande
route, une masure à demi ensevelie dans la neige et que je ne me
rappelais pas avoir jamais vue. Je me dirigeai en me frayant avec
peine un passage dans les bancs de neige vers cette maison que je
85   crus tout d'abord abandonnée. Je me trompais cependant ; la
porte en était fermée, mais je pus apercevoir par la fenêtre la
lueur rougeâtre d'un bon feu de *bois franc* qui brûlait dans l'âtre.
Je frappai et j'entendis aussitôt les pas d'une personne qui
s'avançait pour m'ouvrir. Au *qui est là ?* traditionnel, je répondis
90   en grelottant que j'avais perdu ma route, et j'eus le plaisir immédiat d'entendre mon interlocuteur lever le loquet. Il n'ouvrit la
porte qu'à moitié, pour empêcher autant que possible le froid de
pénétrer dans l'intérieur, et j'entrai en secouant mes vêtements
qui étaient couverts d'une épaisse couche de neige.
95   — Soyez le bienvenu, me dit l'hôte de la masure en me tendant une main qui me parut brûlante, et en m'aidant à me débarrasser de ma ceinture fléchée et de mon capot* d'étoffe du pays[12].
Je lui expliquai en peu de mots la cause de ma visite, et après
l'avoir remercié de son accueil bienveillant, et après avoir accepté

---

11. Arbres ou simples morceaux de bois qui, l'hiver, jalonnent les chemins recouverts
de neige et permettent de ne pas s'égarer.
12. Laine.

[…] j'aperçus, sur la gauche de la grande route,
une masure à demi ensevelie dans la neige […].
(Lignes 81-82)
Le Courrier de Montréal, le 25 août 1875.

100   un verre d'eau-de-vie qui me réconforta, je pris place sur une chaise boiteuse qu'il m'indiqua de la main au coin du foyer. Il sortit, en me disant qu'il allait sur la route quérir mon cheval et ma voiture, pour les mettre sous une remise, à l'abri de la tempête.

    Je ne pus m'empêcher de jeter un regard curieux sur l'ameu-
105   blement original de la pièce où je me trouvais. Dans un coin, un misérable banc-lit [13] sur lequel était étendue une peau de buffle, devait servir de couche au grand vieillard aux épaules voûtées qui m'avait ouvert la porte. Un ancien fusil, datant probablement de la domination française, était accroché aux soliveaux en bois brut qui
110   soutenaient le toit en chaume [14] de la maison. Plusieurs têtes de chevreuils, d'ours et d'orignaux étaient suspendues comme tro-phées de chasse aux murailles blanchies à la chaux. Près du foyer, une bûche de chêne solitaire semblait être le seul siège vacant que le maître de céans eût à offrir au voyageur qui, par hasard, frappait
115   à sa porte pour lui demander l'hospitalité.

    Je me demandai qui pouvait être l'individu qui vivait ainsi en sauvage en pleine paroisse de Saint-Sulpice, sans que j'en eusse jamais entendu parler. Je me torturai en vain la tête, moi qui connaissais tout le monde, depuis Lanoraie* jusqu'à Montréal,
120   mais je n'y voyais goutte. Sur ces entrefaites, mon hôte rentra et vint, sans dire mot, prendre place vis-à-vis de moi, à l'autre coin de l'âtre.

    — Grand merci de vos bons soins, lui dis-je, mais voudriez-vous bien m'apprendre à qui je dois une hospitalité aussi franche.
125   Moi qui connais la paroisse de Saint-Sulpice comme mon *pater* [15], j'ignorais jusqu'aujourd'hui qu'il y eût une maison située à l'endroit qu'occupe la vôtre, et votre figure m'est inconnue.

    En disant ces mots, je le regardai en face, et j'observai pour la première fois les rayons étranges que produisaient les yeux de
130   mon hôte; on aurait dit les yeux d'un chat sauvage. Je reculai

13. Sorte de divan-lit non rembourré.
14. Paille.
15. *Pater noster* ou *Notre Père*, prière des catholiques.

instinctivement mon siège en arrière, sous le regard pénétrant du vieillard qui me regardait en face, mais qui ne me répondait pas.

Le silence devenait fatigant, et mon hôte me fixait toujours de ses yeux brillants comme les tisons du foyer.

135 Je commençais à avoir peur.

Rassemblant tout mon courage, je lui demandai de nouveau son nom. Cette fois, ma question eut pour effet de lui faire quitter son siège. Il s'approcha de moi à pas lents, et posant sa main osseuse sur mon épaule tremblante, il me dit d'une voix 140 triste comme le vent qui gémissait dans la cheminée :

« Jeune homme, tu n'as pas encore vingt ans, et tu demandes comment il se fait que tu ne connaisses pas Jean-Pierre Beaudry, jadis le richard du village. Je vais te le dire, car ta visite ce soir me sauve des flammes du purgatoire où je brûle depuis cinquante 145 ans, sans avoir jamais pu jusqu'aujourd'hui remplir la pénitence que Dieu m'avait imposée. Je suis celui qui jadis, par un temps comme celui-ci, avait refusé d'ouvrir sa porte à un voyageur épuisé par le froid, la faim et la fatigue. »

Mes cheveux se hérissaient, mes genoux s'entrechoquaient, et 150 je tremblais comme la feuille du peuplier pendant les fortes brises du nord. Mais le vieillard, sans faire attention à ma frayeur, continuait toujours d'une voix lente :

« Il y a de cela cinquante ans. C'était bien avant que l'Anglais eût jamais foulé le sol de ta paroisse natale. J'étais riche, bien 155 riche, et je demeurais alors dans la maison où je te reçois, ici, ce soir. C'était la veille du jour de l'an, comme aujourd'hui, et seul près de mon foyer, je jouissais du bien-être d'un abri contre la tempête et d'un bon feu qui me protégeait contre le froid qui faisait craquer les pierres des murs de ma maison. On frappa à 160 ma porte, mais j'hésitai à ouvrir. Je craignais que ce ne fût quelque voleur, qui sachant mes richesses, ne vînt pour me piller, et qui sait, peut-être m'assassiner.

« Je fis la sourde oreille et après quelques instants, les coups cessèrent. Je m'endormis bientôt, pour ne me réveiller que le 165 lendemain au grand jour, au bruit infernal que faisaient deux

jeunes hommes du voisinage qui ébranlaient ma porte à grands coups de pied. Je me levai à la hâte pour aller les châtier de leur impudence, quand j'aperçus en ouvrant la porte, le corps inanimé d'un jeune homme qui était mort de froid et de misère
170 sur le seuil de ma maison. J'avais, par amour pour mon or, laissé mourir un homme qui frappait à ma porte, et j'étais presque un assassin. Je devins fou de douleur et de repentir.

« Après avoir fait chanter un service solennel pour le repos de l'âme du malheureux, je divisai ma fortune entre les pauvres des
175 environs, en priant Dieu d'accepter ce sacrifice en expiation du crime que j'avais commis. Deux ans plus tard, je fus brûlé vif dans ma maison et je dus aller rendre compte à mon créateur de ma conduite sur cette terre que j'avais quittée d'une manière si tragique. Je ne fus pas trouvé digne du bonheur des élus et je fus
180 condamné à revenir à la veille de chaque nouveau jour de l'an, attendre ici qu'un voyageur vint frapper à ma porte, afin que je pusse lui donner cette hospitalité que j'avais refusée de mon vivant à l'un de mes semblables. Pendant cinquante hivers, je suis venu, par l'ordre de Dieu, passer ici la nuit du dernier jour de
185 chaque année, sans que jamais un voyageur dans la détresse ne vînt frapper à ma porte. Vous êtes enfin venu ce soir, et Dieu m'a pardonné. Soyez à jamais béni d'avoir été la cause de ma délivrance des flammes du purgatoire, et croyez que, quoi qu'il vous arrive ici-bas, je prierai Dieu pour vous là-haut. »

190 Le revenant, car c'en était un, parlait encore quand, succombant aux émotions terribles de frayeur et d'étonnement qui m'agitaient, je perdis connaissance…

Je me réveillai dans mon brelot*, sur le chemin du roi*, vis-à-vis de l'église de Lavaltrie*.

195 La tempête s'était apaisée et j'avais sans doute, sous la direction de mon hôte de l'autre monde, repris la route de Lanoraie*.

Je tremblais encore de frayeur quand j'arrivai ici à une heure du matin, et que je racontai aux convives assemblés, la terrible
200 aventure qui m'était arrivée.

Mon défunt père, que Dieu ait pitié de son âme — nous fit mettre à genoux, et nous récitâmes le rosaire, en reconnaissance de la protection spéciale dont j'avais été trouvé digne, pour faire sortir ainsi des souffrances du purgatoire une âme en peine qui
205 attendait depuis si longtemps sa délivrance. Depuis cette époque, jamais nous n'avons manqué, mes enfants, de réciter à chaque anniversaire de ma mémorable aventure, un chapelet en l'honneur de la Vierge Marie, pour le repos des âmes des pauvres voyageurs qui sont exposés au froid et à la tempête.
210 Quelques jours plus tard, en visitant Saint-Sulpice, j'eus l'occasion de raconter mon histoire au curé de cette paroisse. J'appris de lui que les registres de son église faisaient en effet mention de la mort tragique d'un nommé Jean-Pierre Beaudry, dont les propriétés étaient alors situées où demeure maintenant
215 le petit Pierre Sansregret. Quelques esprits forts ont prétendu que j'avais rêvé sur la route. Mais où avais-je donc appris les faits et les noms qui se rattachaient à l'incendie de la ferme du défunt Beaudry, dont je n'avais jusqu'alors jamais entendu parler. M. le curé de Lanoraie*, à qui je confiai l'affaire, ne voulut rien en dire,
220 si ce n'est que le doigt de Dieu était en toutes choses et que nous devions bénir son saint Nom.

....

Le maître d'école avait cessé de parler depuis quelques moments, et personne n'avait osé rompre le silence religieux avec lequel on avait écouté le récit de cette étrange histoire. Les jeunes
225 filles émues et craintives se regardaient timidement sans oser faire un mouvement, et les hommes restaient pensifs en réfléchissant à ce qu'il y avait d'extraordinaire et de merveilleux dans cette apparition surnaturelle du vieil avare, cinquante ans après son trépas.
230 Le père Montépel fit enfin trêve à cette position gênante en offrant à ses hôtes une dernière rasade de bonne eau-de-vie de la Jamaïque*, en l'honneur du retour heureux des voyageurs.

On but cependant cette dernière santé avec moins d'entrain que les autres, car l'histoire du maître d'école avait touché la corde sensible dans le cœur du paysan franco-canadien : la croyance à tout ce qui touche aux histoires surnaturelles et aux revenants.

Après avoir salué cordialement le maître et la maîtresse de céans et s'être redit mutuellement de sympathiques bonsoirs, garçons et filles reprirent le chemin du logis. Et en parcourant la grande route qui longe la rive du fleuve, les fillettes serraient en tremblotant le bras de leurs cavaliers, en entrevoyant se balancer dans l'obscurité la tête des vieux peupliers ; et en entendant le bruissement des feuilles, elles pensaient encore malgré les doux propos de leurs amoureux, à la légende du *Fantôme de l'avare*.

La chasse-galerie

Conte du jour de l'an

I

Pour lors que je vais vous raconter une rôdeuse d'histoire, dans le fin fil ; mais s'il y a parmi vous autres des lurons qui auraient envie de courir la chasse-galerie ou le loup-garou, je vous avertis qu'ils font mieux d'aller voir dehors si les chats-huants [1] font le sabbat, car je vais commencer mon histoire en faisant un grand signe de croix pour chasser le diable et ses diablotins. J'en ai eu assez de ces maudits-là dans mon jeune temps.

Pas un homme ne fit mine de sortir ; au contraire tous se rapprochèrent de la cambuse [2] où le *cook* [3] finissait son préambule et se préparait à raconter une histoire de circonstance.

narrateur

---

1. Oiseaux rapaces nocturnes, aussi appelés hulottes.
2. Grand feu de foyer dans un camp de bûcherons et, par extension, la cuisine comme lieu et les mets qu'on y prépare.
3. Cuisinier. Dans le milieu de travail des bûcherons, la langue des grands propriétaires forestiers s'impose à tous. Honoré Beaugrand évite de franciser à outrance afin de conserver une certaine authenticité à son récit.

Page de titre pour *La chasse-galerie* publiée
dans l'*Almanach du peuple illustré*, 1893.
Dessin d'Henri Julien.

On était à la veille du jour de l'an 1858, en pleine forêt vierge, dans les chantiers des Ross[4], en haut de la Gatineau[5]. La saison avait été dure et la neige atteignait déjà la hauteur du toit de la cabane.

Le bourgeois* avait, selon la coutume, ordonné la distribution du contenu d'un petit baril de rhum parmi les hommes du chantier, et le cuisinier avait terminé de bonne heure les préparatifs du fricot de pattes et des glissantes[6] pour le repas du lendemain. La mélasse mijotait dans le grand chaudron pour la partie de tire qui devait terminer la soirée.

Chacun avait bourré sa pipe de bon tabac canadien, et un nuage épais obscurcissait l'intérieur de la cabane, où un feu pétillant de pin résineux jetait, cependant, par intervalles, des lueurs rougeâtres qui tremblotaient en éclairant par des effets merveilleux de clair-obscur, les mâles figures de ces rudes travailleurs des grands bois.

Joe le *cook** était un petit homme assez mal fait, que l'on appelait assez généralement le bossu, sans qu'il s'en formalisât, et qui faisait chantier depuis au moins 40 ans. Il en avait vu de toutes les couleurs dans son existence bigarrée et il suffisait de lui faire prendre un petit coup de jamaïque* pour lui délier la langue et lui faire raconter ses exploits.

II

Je vous disais donc, continua-t-il, que si j'ai été un peu *tough*[7] dans ma jeunesse, je n'entends plus risée[8] sur les choses de la

---

4. Les frères John et James Gibbs Ross, propriétaires des nombreuses scieries de la Ross & Co., fondée en 1858. Ils possédaient probablement plus d'un chantier forestier dans la région de la Gatineau.
5. Important affluent nord de l'Outaouais.
6. Boule de pâte ajoutée à la soupe ou au ragoût.
7. Dur, rude, grossier, voyou.
8. À rire.

religion. J'vas à confesse régulièrement tous les ans, et ce que je vais vous raconter là se passait aux jours de ma jeunesse quand je ne craignais ni Dieu ni diable. C'était un soir comme celui-ci,

40 la veille du jour de l'an, il y a de cela 34 ou 35 ans. Réuni avec tous mes camarades autour de la cambuse*, nous prenions un petit coup ; mais si les petits ruisseaux font les grandes rivières, les petits verres finissent par vider les grosses cruches, et dans ces temps-là, on buvait plus sec et plus souvent qu'aujourd'hui, et il

45 n'était pas rare de voir finir les fêtes par des coups de poings et des tirages de tignasse. La jamaïque* était bonne, — pas meilleure que ce soir, — mais elle était bougrement bonne, je vous le parsouête [9]. J'en avais bien lampé une douzaine de petits gobelets, pour ma part, et sur les onze heures, je vous l'avoue

50 franchement, la tête me tournait et je me laissai tomber sur ma robe [10] de carriole pour faire un petit somme en attendant l'heure de sauter à pieds joints par-dessus la tête d'un quart de lard, de la vieille année dans la nouvelle, comme nous allons le faire ce soir sur l'heure de minuit, avant d'aller chanter la

55 guignolée et souhaiter la bonne année aux hommes du chantier voisin.

Je dormais donc depuis assez longtemps lorsque je me sentis secouer rudement par le boss [11] des piqueurs [12], Baptiste Durand, qui me dit :

60 — Joe ! minuit vient de sonner et tu es en retard pour le saut du quart. Les camarades sont partis pour faire leur tournée et moi je m'en vais à Lavaltrie* voir ma blonde. Veux-tu venir avec moi ?

— À Lavaltrie* ! lui répondis-je, es-tu fou ? nous en sommes à

65 plus de cent lieues* et d'ailleurs aurais-tu deux mois pour faire le

---

9. Persuade.
10. Couverture dont on s'emmitoufle pendant les voyages en carriole.
11. Anglicisme pour patron, responsable ou chef, imposé par les propriétaires des chantiers dont la langue est l'anglais.
12. Ouvriers qui déplacent les billes de bois en les piquant, afin de les mener à l'équarrissage.

voyage, qu'il n'y a pas de chemin de sortie dans la neige. Et puis, le travail du lendemain du jour de l'an?

— Animal! répondit mon homme, il ne s'agit pas de cela. Nous ferons le voyage en canot d'écorce, à l'aviron, et demain matin à six heures nous serons de retour au chantier.

Je comprenais.

Mon homme me proposait de courir la chasse-galerie et de risquer mon salut éternel pour le plaisir d'aller embrasser ma blonde, au village. C'était raide! Il était bien vrai que j'étais un peu ivrogne et débauché et que la religion ne me fatiguait pas à cette époque, mais risquer de vendre mon âme au diable, ça me surpassait [13].

— Cré poule mouillée! continua Baptiste, tu sais bien qu'il n'y a pas de danger. Il s'agit d'aller à Lavaltrie* et de revenir dans six heures. Tu sais bien qu'avec la chasse-galerie, on voyage au moins 50 lieues* à l'heure lorsqu'on sait manier l'aviron comme nous. Il s'agit tout simplement de ne pas prononcer le nom du bon Dieu pendant le trajet, et de ne pas s'accrocher aux croix des clochers en voyageant. C'est facile à faire et pour éviter tout danger, il faut penser à ce qu'on dit, avoir l'œil où l'on va et ne pas prendre de boisson en route. J'ai déjà fait le voyage cinq fois et tu vois bien qu'il ne m'est jamais arrivé malheur. Allons, mon vieux, prends ton courage à deux mains et si le cœur t'en dit, dans deux heures de temps, nous serons à Lavaltrie*. Pense à la petite Liza [14] Guimbette et au plaisir de l'embrasser. Nous sommes déjà sept pour faire le voyage mais il faut être deux, quatre, six ou huit et tu seras le huitième.

— Oui! tout cela est très bien, mais il faut faire un serment au diable, et c'est un animal qui n'entend pas à rire lorsqu'on s'engage à lui.

— Une simple formalité, mon Joe. Il s'agit simplement de ne pas se griser et de faire attention à sa langue et à son aviron.

---

13. Dépassait.
14. La femme d'Honoré Beaugrand se nomme Éliza (Liza) Walker.

Un homme n'est pas un enfant, que diable! Viens! viens! nos camarades nous attendent dehors et le grand canot de la *drave*[15] est tout prêt pour le voyage.

Je me laissai entraîner hors de la cabane où je vis en effet six de nos hommes qui nous attendaient, l'aviron à la main. Le grand canot était sur la neige dans une clairière et avant d'avoir eu le temps de réfléchir, j'étais déjà assis dans le devant, l'aviron[16] pendante sur le plat-bord, attendant le signal du départ. J'avoue que j'étais un peu troublé, mais Baptiste qui passait, dans le chantier, pour n'être pas allé à confesse depuis sept ans, ne me laissa pas le temps de me débrouiller. Il était à l'arrière, debout, et d'une voix vibrante il nous dit:

— Répétez avec moi!

Et nous répétâmes:

— Satan! roi des enfers, nous te promettons de te livrer nos âmes, si d'ici à six heures nous prononçons le nom de ton maître et du nôtre, le bon Dieu, et si nous touchons une croix dans le voyage. À cette condition tu nous transporteras, à travers les airs, au lieu où nous voulons aller et tu nous ramèneras de même au chantier.

III

Acabris! Acabras! Acabram!
Fais-nous voyager par-dessus les montagnes!

À peine avions-nous prononcé les dernières paroles que nous sentîmes le canot s'élever dans l'air à une hauteur de cinq ou six cents pieds[17]. Il me semblait que j'étais léger comme une plume

---

15. Anglicisme pour désigner le flottage de billots de bois sur un cours d'eau rapide. Ici, le grand canot sert à se rendre sur le chantier à l'automne et participe à la drave au printemps.

16. Beaugrand emploie parfois ce mot au féminin. Plus qu'une rame, il s'agit en fait d'une pagaie, plus facile à manœuvrer sur les cours d'eau tumultueux.

17. 150 à 180 mètres.

Acabris! Acabras! Acabram!
Fais-nous voyager par-dessus les montagnes!
(Lignes 117-118)
«Canot d'écorce qui vole».
Dessin à la plume d'Henri Julien.
Musée du Québec.

et, au commandement de Baptiste, nous commençâmes à nager [18]
comme des possédés que nous étions. Aux premiers coups d'aviron le canot s'élança dans l'air comme une flèche, et c'est le cas
de le dire, le diable nous emportait. Ça nous en coupait le respire
et le poil en frisait sur nos bonnets de carcajou [19].

Nous filions plus vite que le vent. Pendant un quart d'heure,
environ, nous naviguâmes au-dessus de la forêt sans apercevoir
autre chose que les bouquets des grands pins noirs. Il faisait une
nuit superbe et la lune, dans son plein, illuminait le firmament
comme un beau soleil du midi. Il faisait un froid du tonnerre
et nos moustaches étaient couvertes de givre, mais nous étions
cependant tous en nage. Ça se comprend aisément puisque c'était
le diable qui nous menait et je vous assure que ce n'était pas sur le
train de la *Blanche* [20]. Nous aperçûmes bientôt une éclaircie, c'était
la Gatineau* dont la surface glacée et polie étincelait au-dessous de
nous comme un immense miroir. Puis, p'tit à p'tit nous aperçûmes
des lumières dans les maisons d'habitants* ; puis des clochers
d'églises qui reluisaient comme des baïonnettes de soldats, quand
ils font l'exercice sur le champ de Mars [21] de Montréal. On passait
ces clochers aussi vite qu'on passe les poteaux de télégraphe, quand
on voyage en chemin de fer. Et nous filions toujours comme tous
les diables, passant par-dessus les villages, les forêts, les rivières et
laissant derrière nous comme une traînée d'étincelles. C'est
Baptiste, le possédé, qui gouvernait, car il connaissait la route et
nous arrivâmes bientôt à la rivière des Outaouais [22] qui nous servit
de guide pour descendre jusqu'au lac des Deux-Montagnes.

— Attendez un peu, cria Baptiste. Nous allons raser Montréal
et nous allons effrayer les coureux qui sont encore dehors à c'te

18. Ramer.

19. Blaireau d'Amérique.

20. Allure nonchalante, peu empressée.

21. Au XIXᵉ siècle, lieu où se déroulent les exercices militaires de la garnison de
Montréal.

22. Affluent nord du Saint-Laurent à la hauteur de Montréal. Cette importante
rivière délimite en partie le sud du Québec.

150 heure cite. Toi, Joe! là, en avant, éclaircis-toi le gosier et chante-
nous une chanson sur l'aviron.

En effet, nous apercevions déjà les mille lumières de la
grande ville, et Baptiste, d'un coup d'aviron, nous fit descendre
à peu près au niveau des tours de Notre-Dame [23]. J'enlevai
155 ma chique pour ne pas l'avaler, et j'entonnai à tue-tête cette
chanson de circonstance que tous les canotiers répétèrent en
chœur :

> *Mon père n'avait fille que moi,*
> *Canot d'écorce qui va voler,*
160 > *Et dessus la mer il m'envoie :*
> *Canot d'écorce qui vole, qui vole,*
> *Canot d'écorce qui va voler !*
>
> *Et dessus la mer il m'envoie,*
> *Canot d'écorce qui va voler,*
165 > *Le marinier qui me menait :*
> *Canot d'écorce qui vole, qui vole,*
> *Canot d'écorce qui va voler !*
>
> *Le marinier qui me menait,*
> *Canot d'écorce qui va voler,*
170 > *Me dit ma belle embrassez-moi :*
> *Canot d'écorce qui vole, qui vole,*
> *Canot d'écorce qui va voler !*
>
> *Me dit, ma belle, embrassez-moi,*
> *Canot d'écorce qui va voler,*
175 > *Non, non, monsieur, je ne saurais :*

---

23. Anachronisme de Beaugrand. L'action se déroule en 1822 ou 1823, mais le
premier clocher de l'église Notre-Dame de Montréal n'est érigé qu'en 1841.
S'agit-il d'une erreur volontaire? Est-il possible que l'auteur donne ici un indice
voilé sur la foi qu'il faut accorder à cette légende?

Canot d'écorce qui vole, qui vole,
Canot d'écorce qui va voler!

Non, non, monsieur, je ne saurais,
    Canot d'écorce qui va voler,
180 Car si mon papa le savait:
    Canot d'écorce qui vole, qui vole,
    Canot d'écorce qui va voler!

Car si mon papa le savait,
    Canot d'écorce qui va voler,
185 Ah! c'est bien sûr qu'il me battrait:
    Canot d'écorce qui vole, qui vole,
    Canot d'écorce qui va voler!

IV

Bien qu'il fût près de deux heures du matin, nous vîmes des groupes s'arrêter dans les rues pour nous voir passer, mais nous
190 filions si vite qu'en un clin d'œil nous avions dépassé Montréal et ses faubourgs, et alors je commençai à compter les clochers: la Longue-Pointe, la Pointe-aux-Trembles, Repentigny, Saint-Sulpice, et enfin les deux flèches argentées de Lavaltrie* qui dominaient le vert sommet des grands pins du domaine.
195 — Attention! vous autres, nous cria Baptiste. Nous allons atterrir à l'entrée du bois, dans le champ de mon parrain, Jean-Jean Gabriel, et nous nous rendrons ensuite à pied pour aller surprendre nos connaissances dans quelque fricot ou quelque danse du voisinage.
200 Qui fut dit fut fait, et cinq minutes plus tard notre canot reposait dans un banc de neige à l'orée du bois de Jean-Jean Gabriel; et nous partîmes tous les huit à la file pour nous rendre au village. Ce n'était pas une mince besogne car il n'y avait pas de chemin battu et nous avions de la neige jusqu'au califourchon.

205 Baptiste qui était plus effronté que les autres alla frapper à la
porte de la maison de son parrain où l'on apercevait encore de la
lumière, mais il n'y trouva qu'une fille *engagère*[24] qui lui annonça
que les vieilles gens étaient à un *snaque*[25] chez le père Robillard,
mais que les farauds[26] et les filles de la paroisse étaient presque
210 tous rendus chez Batissette Augé, à la Petite-Misère[27], en bas de
Contrecœur[28], de l'autre côté du fleuve, où il y avait un rigodon
du jour de l'an.

— Allons au rigodon, chez Batissette Augé, nous dit Baptiste,
on est certain d'y rencontrer nos blondes.

215 — Allons chez Batissette !

Et nous retournâmes au canot, tout en nous mettant mutuellement en garde sur le danger qu'il y avait de prononcer certaines paroles et de prendre un coup de trop, car il fallait
reprendre la route des chantiers et y arriver avant six heures du
220 matin, sans quoi nous étions flambés comme des carcajous*, et
le diable nous emportait au fin fond des enfers.

> *Acabris ! Acabras ! Acabram !*
> *Fais-nous voyager par-dessus les montagnes !*

cria de nouveau Baptiste. Et nous voilà repartis pour la Petite-
225 Misère, en naviguant en l'air comme des renégats que nous
étions tous. En deux tours d'aviron, nous avions traversé le fleuve
et nous étions rendus chez Batissette Augé dont la maison était
toute illuminée. On entendait vaguement, au dehors, les sons du
violon et les éclats de rire des danseurs dont on voyait les ombres
230 se trémousser, à travers les vitres couvertes de givre. Nous

---

24. Domestique, jeune fille employée aux travaux de la ferme, de la maison.
25. Ou snack. Anglicisme pour désigner ici un grand repas, un festin.
26. Cavaliers, jeunes hommes qui courtisent les filles.
27. Rang de la Petite-Misère, à l'est de Contrecœur, dont les terres sablonneuses, impropres à toute culture, deviennent lucratives lorsqu'on y plante du tabac quelques décennies plus tard.
28. Village sur la rive sud du Saint-Laurent, en face de Lavaltrie.

cachâmes notre canot derrière les tas de bourdillons[29] qui bordaient la rive, car la glace avait refoulé, cette année-là.

— Maintenant, nous répéta Baptiste, pas de bêtises, les amis, et attention à vos paroles. Dansons comme des perdus, mais pas
235 un seul verre de Molson[30], ni de jamaïque*, vous m'entendez! Et au premier signe, suivez-moi tous, car il faudra repartir sans attirer l'attention.

Et nous allâmes frapper à la porte.

V

Le père Batissette vint ouvrir lui-même et nous fûmes reçus à
240 bras ouverts par les invités que nous connaissions presque tous.

Nous fûmes d'abord assaillis de questions :

— D'où venez-vous ?

— Je vous croyais dans les chantiers !

— Vous arrivez bien tard !
245 — Venez prendre une larme !

Ce fut encore Baptiste qui nous tira d'affaire en prenant la parole :

— D'abord, laissez-nous nous décapoter[31] et puis ensuite laissez-nous danser. Nous sommes venus exprès pour ça. Demain
250 matin, je répondrai à toutes vos questions et nous vous raconterons tout ce que vous voudrez.

Pour moi j'avais déjà reluqué Liza Guimbette qui était faraudée[32] par le p'tit Boisjoli de Lanoraie*. Je m'approchai d'elle pour la saluer et pour lui demander l'avantage de la prochaine qui était
255 un *reel* à quatre. Elle accepta avec un sourire qui me fit oublier que j'avais risqué le salut de mon âme pour avoir le plaisir de me

---

29. Morceaux de glace entassés.
30. Bière populaire de la célèbre brasserie montréalaise fondée en 1786.
31. Enlever nos manteaux (capots).
32. Courtisée.

trémousser et de battre des ailes de pigeon en sa compagnie. Pendant deux heures de temps, une danse n'attendait pas l'autre et ce n'est pas pour me vanter si je vous dis que, dans ce temps-là, il n'y avait pas mon pareil à dix lieues* à la ronde pour la gigue simple ou la voleuse[33]. Mes camarades, de leur côté, s'amusaient comme des lurons, et tout ce que je puis vous dire, c'est que les garçons d'habitants* étaient fatigués de nous autres, lorsque quatre heures sonnèrent à la pendule. J'avais cru apercevoir Baptiste Durand qui s'approchait du buffet où les hommes prenaient des nippes[34] de whisky blanc, de temps en temps, mais j'étais tellement occupé avec ma partenaire que je n'y portai pas beaucoup d'attention. Mais maintenant que l'heure de remonter en canot était arrivée, je vis clairement que Baptiste avait pris un coup de trop et je fus obligé d'aller le prendre par le bras pour le faire sortir avec moi, en faisant signe aux autres de se préparer à nous suivre sans attirer l'attention des danseurs. Nous sortîmes donc les uns après les autres sans faire semblant de rien et cinq minutes plus tard, nous étions remontés en canot, après avoir quitté le bal comme des sauvages, sans dire bonjour à personne ; pas même à Liza que j'avais invitée pour danser un *foin*[35]. J'ai toujours pensé que c'était cela qui l'avait décidée à me trigauder[36] et à épouser le petit Boisjoli sans même m'inviter à ses noces, la boufresse[37]. Mais pour revenir à notre canot, je vous avoue que nous étions rudement embêtés de voir que Baptiste Durand avait bu un coup, car c'était lui qui nous gouvernait et nous n'avions juste que le temps de revenir au chantier pour six heures du matin, avant le réveil des hommes qui ne travaillaient pas le jour de l'an. La lune était disparue et il ne faisait plus aussi

---

33. Au XIXe siècle, les Canadiens rebaptisent, par des noms se terminant en -euse, plusieurs danses folkloriques, d'origine européenne, exécutées sur un air de violon.
34. Ici, petits verres.
35. Sorte de danse.
36. Tromper.
37. Bougresse, malfaisante, vaurienne.

Pendant deux heures de temps, une danse n'attendait pas l'autre [...].
(Ligne 258)
« La danse chez Batissette Augé ».
Dessin d'Henri Julien.
Almanach du peuple illustré, 1893.

285 clair qu'auparavant, et ce n'est pas sans crainte que je pris ma position à l'avant du canot, bien décidé à avoir l'œil sur la route que nous allions suivre. Avant de nous enlever dans les airs, je me retournai et je dis à Baptiste :

— Attention ! là, mon vieux. Pique tout droit sur la montagne 290 de Montréal, aussitôt que tu pourras l'apercevoir.

— Je connais mon affaire, répliqua Baptiste, et mêle-toi des tiennes ! Et avant que j'aie eu le temps de répliquer :

> *Acabris ! Acabras ! Acabram !*
> *Fais-nous voyager par-dessus les montagnes !*

VI

295 Et nous voilà repartis à toute vitesse. Mais il devint aussitôt évident que notre pilote n'avait plus la main aussi sûre, car le canot décrivait des zigzags inquiétants. Nous ne passâmes pas à cent pieds du clocher de Contrecœur et au lieu de nous diriger à l'ouest, vers Montréal, Baptiste nous fit prendre des bordées vers 300 la rivière Richelieu. Quelques instants plus tard, nous passâmes par-dessus la montagne de Belœil [38], et il ne s'en manqua pas de dix pieds que l'avant du canot n'allât se briser sur la grande croix de tempérance que l'évêque de Québec [39] avait plantée là.

— À droite ! Baptiste ! à droite ! mon vieux, car tu vas nous 305 envoyer chez le diable, si tu ne gouvernes pas mieux que ça !

Et Baptiste fit instinctivement tourner le canot vers la droite en mettant le cap sur la montagne de Montréal [40] que nous

---

38. Plus couramment appelée aujourd'hui le mont Saint-Hilaire.
39. Nouvel anachronisme de Beaugrand. C'est l'évêque Forbin-Janson de Nancy, et non celui de Québec, qui, en 1841, pendant une campagne de tempérance au Canada, fait dresser cette croix sur le mont de Belœil (ou de Saint-Hilaire). Elle y demeure jusqu'en 1846. En 1823, le canot des bûcherons ne peut donc manquer s'y « briser ».
40. Le mont Royal, dont le sommet atteint 235 mètres.

apercevions déjà dans le lointain. J'avoue que la peur commençait à me tortiller car si Baptiste continuait à nous conduire de travers, 310 nous étions flambés comme des gorets qu'on grille après la boucherie. Et je vous assure que la dégringolade ne se fit pas attendre, car au moment où nous passions au-dessus de Montréal, Baptiste nous fit prendre une *sheer*[41] et avant d'avoir eu le temps de m'y préparer, le canot s'enfonçait dans un banc de 315 neige, dans une éclaircie, sur le flanc de la montagne. Heureusement que c'était dans la neige molle, que personne n'attrapa de mal et que le canot ne fut pas brisé. Mais à peine étions-nous sortis de la neige que voilà Baptiste qui commence à sacrer comme un possédé et qui déclare qu'avant de repartir pour la Gatineau*, il veut des- 320 cendre en ville prendre un verre. J'essayai de raisonner avec lui, mais allez donc faire entendre raison à un ivrogne qui veut se mouiller la luette. Alors, rendus à bout de patience, et plutôt que de laisser nos âmes au diable qui se léchait déjà les babines en nous voyant dans l'embarras, je dis un mot à mes autres compagnons qui 325 avaient aussi peur que moi, et nous nous jetons tous sur Baptiste que nous terrassons, sans lui faire de mal, et que nous plaçons ensuite au fond du canot, — après l'avoir ligoté comme un bout de saucisse et lui avoir mis un bâillon pour l'empêcher de prononcer des paroles dangereuses, lorsque nous serions en l'air. Et :

330   *Acabris ! Acabras ! Acabram !*

nous voilà repartis sur un train de tous les diables car nous n'avions plus qu'une heure pour nous rendre au chantier de la Gatineau*. C'est moi qui gouvernais, cette fois-là, et je vous assure que j'avais l'œil ouvert et le bras solide. Nous remontâmes 335 la rivière Outaouais* comme une poussière jusqu'à la Pointe à Gatineau[42] et de là nous piquâmes au nord vers le chantier. Nous n'en étions plus qu'à quelques lieues*, quand voilà-t-il pas cet

---

41. Anglicisme pour virage abrupt, dérapage, embardée.
42. Lieu où la Gatineau se déverse dans l'Outaouais.

animal de Baptiste qui se détortille de la corde avec laquelle nous
l'avions ficelé, qui s'arrache son bâillon et qui se lève tout droit,
340 dans le canot, en lâchant un sacre qui me fit frémir jusque dans la
pointe des cheveux. Impossible de lutter contre lui dans le canot
sans courir le risque de tomber d'une hauteur de deux ou trois
cents pieds, et l'animal gesticulait comme un perdu en nous
menaçant tous de son aviron qu'il avait saisi et qu'il faisait tour-
345 noyer sur nos têtes en faisant le moulinet comme un Irlandais
avec son *shilelagh*[43]. La position était terrible, comme vous le
comprenez bien. Heureusement que nous arrivions, mais j'étais
tellement excité, que par une fausse manœuvre que je fis pour
éviter l'aviron de Baptiste, le canot heurta la tête d'un gros pin et
350 que nous voilà tous précipités en bas, dégringolant de branche en
branche comme des perdrix que l'on tue dans les épinettes. Je ne
sais pas combien je mis de temps à descendre jusqu'en bas, car je
perdis connaissance avant d'arriver, et mon dernier souvenir était
comme celui d'un homme qui rêve qu'il tombe dans un puits qui
355 n'a pas de fond.

VII

Vers les huit heures du matin, je m'éveillai dans mon lit dans
la cabane, où nous avaient transportés des bûcherons qui nous
avaient trouvés sans connaissance, enfoncés jusqu'au cou, dans
un banc de neige du voisinage. Heureusement que personne ne
360 s'était cassé les reins mais je n'ai pas besoin de vous dire que
j'avais les côtes sur le long comme un homme qui a couché sur
les ravalements[44] pendant toute une semaine, sans parler d'un
blackeye[45] et de deux ou trois déchirures sur les mains et dans la

---

43. Mot irlandais désignant un lourd bâton de chêne.
44. Les combles : partie de la maison qui soutient la toiture et qui peut servir de lieu
de rangement ou, plus rarement, de pièce habitable.
45. Anglicisme pour un œil au beurre noir.

[…] nous voilà tous précipités en bas, dégringolant de branche en branche
comme des perdrix […].
(Lignes 350-351)
« La dégringolade ».
Dessin d'Henri Julien.
Almanach du peuple illustré, 1893.

figure. Enfin, le principal, c'est que le diable ne nous avait pas
365   tous emportés et je n'ai pas besoin de vous dire que je ne m'em-
pressai pas de démentir ceux qui prétendirent qu'ils m'avaient
trouvé, avec Baptiste et les six autres, tous saouls comme des
grives, et en train de cuver notre jamaïque* dans un banc de
neige des environs. C'était déjà pas si beau d'avoir risqué de
370   vendre son âme au diable, pour s'en vanter parmi les camarades ;
et ce n'est que bien des années plus tard que je racontai l'histoire
telle qu'elle m'était arrivée.

     Tout ce que je puis vous dire, mes amis, c'est que ce n'est pas si
drôle qu'on le pense que d'aller voir sa blonde en canot d'écorce,
375   en plein cœur d'hiver, en courant la chasse-galerie ; surtout si
vous avez un maudit ivrogne qui se mêle de gouverner. Si vous
m'en croyez, vous attendrez à l'été prochain pour aller embrasser
vos p'tits cœurs, sans courir le risque de voyager aux dépens du
diable.

380   Et Joe le *cook** plongea sa micouane [46] dans la mélasse bouillonnante aux reflets dorés, et déclara que la tire était cuite à point
et qu'il n'y avait plus qu'à l'*étirer*.

---

46. Large cuillère en bois.

Et Joe le *cook* plongea sa micouane dans la mélasse bouillonnante [...].
(Lignes 380-381)
« Joe le cook ».
Dessin d'Henri Julien.
Almanach du peuple illustré, 1893.

La bête à grand'queue

Récit populaire

I

C'est absolument comme je te le dis, insista le p'tit Pierriche Desrosiers, j'ai vu moi-même la queue de la bête. Une queue poilue d'un rouge écarlate et coupée en sifflet pas loin du trognon. Une queue de six pieds, mon vieux !

— Oui c'est ben bon de voir la queue de la bête, mais c'vlimeux de Fanfan Lazette est si blagueur qu'il me faudrait d'autres preuves que ça pour le croire sur parole.

— D'abord, continua Pierriche, tu avoueras ben qu'il a tout ce qu'il faut pour se faire poursuivre par la bête à grand'queue. Il est blagueur, tu viens de le dire, il aime à prendre la goutte[1], tout le monde le sait, et ça court sur la huitième année qu'il fait des pâques[2] de renard. S'il faut être sept ans sans faire ses pâques ordinaires pour courir le loup-garou, il suffit de faire des pâques de renard pendant la même période, pour se faire attaquer par la bête à grand'queue. Et il l'a rencontrée en face du manoir de

---

1. Boire de l'alcool.
2. Faire ses Pâques, c'est communier dans le temps de Pâques. Faire des Pâques de renard, c'est attendre la date limite prescrite par l'Église, soit le dimanche de la Quasimodo, une semaine après Pâques, pour faire ses Pâques.

Dautraye[3], dans les grands arbres qui bordent la route où le soleil ne pénètre jamais, même en plein midi. Juste à la même place où Louison Laroche s'était fait arracher un œil par le maudit animal, il y a environ une dizaine d'années.

20   Ainsi causaient Pierriche Desrosiers et Maxime Sansouci, en prenant clandestinement un p'tit coup dans la maisonnette du vieil André Laliberté qui vendait un verre par ci et par là, à ses connaissances, sans trop s'occuper des lois de patente[4] ou des remontrances du curé.

25   — Et toi, André, que penses-tu de tout ça? demanda Pierriche. Tu as dû en voir des bêtes à grand'queue dans ton jeune temps. Crois-tu que Fanfan Lazette en ait rencontré une, à Dautraye?

— C'est ce qu'il prétend, mes enfants, et, comme le voici qui vient prendre sa nippe* ordinaire, vous n'avez qu'à le faire jaser
30   lui-même si vous voulez en savoir plus long.

II

Fanfan Lazette était un mauvais sujet qui faisait le désespoir de ses parents, qui se moquait des sermons du curé, qui semait le désordre dans la paroisse et qui — conséquence fatale — était la coqueluche de toutes les jolies filles des alentours.

35   Le père Lazette l'avait mis au collège de l'Assomption, d'où il s'était échappé pour aller à Montréal faire un métier quelconque. Et puis il avait passé deux saisons dans les chantiers et était revenu chez son père qui se faisait vieux, pour diriger les travaux de la ferme.

40   Fanfan était un rude gars au travail, il fallait lui donner cela, et il besognait comme quatre lorsqu'il s'y mettait; mais il était journalier, comme on dit au pays, et il faisait assez souvent des

---

3. La seigneurie D'Autray ou Dautré, voisine celle de Lanoraie à l'est. Le manoir est aujourd'hui disparu.
4. Permis de distillerie et de vente d'alcool au Bas-Canada.

neuvaines [5] qui n'étaient pas toujours sous l'invocation de saint
François Xavier.

45 Comme il faisait tout à sa tête, il avait pris pour habitude de
ne faire ses pâques* qu'après la période de rigueur, et il mettait
une espèce de fanfaronnade à ne s'approcher des sacrements
qu'après que tous les fidèles s'étaient mis en règle avec les commandements de l'Église.

50 Bref, Fanfan était un luron que les commères du village
traitaient de *pendard*, que les mamans qui avaient des filles à
marier craignaient comme la peste et qui passait, selon les lieux
où on s'occupait de sa personne, pour un bon diable ou pour un
mauvais garnement.

55 Pierriche Desrosiers et Maxime Sansouci se levèrent pour lui
souhaiter la bienvenue et pour l'inviter à prendre un coup, qu'il
s'empressa de ne pas refuser.

— Et maintenant, Fanfan, raconte-nous ton histoire de bête à
grand'queue. Maxime veut faire l'incrédule et prétend que tu
60 veux nous en faire accroire.

— Ouidà, oui! Eh bien, tout ce que je peux vous dire, c'est
que si c'eût été Maxime Sansouci qui eût rencontré la bête au lieu
de moi, je crois qu'il ne resterait plus personne pour raconter
l'histoire, au jour d'aujourd'hui.

65 Et s'adressant à Maxime Sansouci :

— Et toi, mon p'tit Maxime, tout ce que je te souhaite, c'est de
ne jamais te trouver en pareille compagnie ; tu n'as pas les bras
assez longs, les reins assez solides et le corps assez raide pour te
tirer d'affaire dans une pareille rencontre. Écoute-moi bien et tu
70 m'en diras des nouvelles ensuite.

Et puis :

— André, trois verres de Molson* réduit [6].

---

5. Prière de pénitence ou de supplique récitée pendant neuf jours. Ici, au figuré, est
ainsi fait allusion à la longue cuite d'un ivrogne.

6. Coupée avec de l'eau pour en réduire la teneur en alcool.

III

D'abord, je n'ai pas d'objection à reconnaître qu'il y a plus de sept ans que je fais des pâques* de renard et même, en y réfléchissant bien, j'avouerai que j'ai même passé deux ans sans faire de pâques* du tout, lorsque j'étais dans les chantiers. J'avais donc ce qu'il fallait pour rencontrer la bête, s'il faut en croire Baptiste Gallien, qui a étudié ces choses-là dans les gros livres qu'il a trouvés chez le notaire Latour.

Je me moquais bien de la chose auparavant ; mais, lorsque je vous aurai raconté ce qui vient de m'arriver à Dautraye, dans la nuit de samedi à dimanche, vous m'en direz des nouvelles. J'étais parti samedi matin avec vingt-cinq poches d'avoine pour aller les porter à Berthier[7] chez Rémi Tranchemontagne et pour en remporter quelques marchandises : un p'tit baril de mélasse[8], un p'tit quart de cassonade, une meule de fromage, une dame-jeanne* de jamaïque* et quelques livres de thé pour nos provisions d'hiver. Le grand Sem à Gros-Louis Champagne m'accompagnait et nous faisions le voyage en grand'charrette avec ma pouliche blonde[9] — la meilleure bête de la paroisse, sans me vanter ni la pouliche non plus. Nous étions à Berthier* sur les onze heures de la matinée et, après avoir réglé nos affaires chez Tranchemontagne, déchargé notre avoine, rechargé nos provisions, il ne nous restait plus qu'à prendre un p'tit coup en attendant la fraîche du soir pour reprendre la route de Lanoraie*. Le grand Sem Champagne fréquente une petite Laviolette de la petite rivière de Berthier*, et il partit à l'avance pour aller farauder* sa prétendue jusqu'à l'heure du départ.

Je devais le prendre en passant, sur les huit heures du soir, et, pour tuer le temps, j'allai rencontrer des connaissances chez Jalbert, chez Gagnon et chez Guilmette, où nous payâmes chacun une tournée, sans cependant nous griser sérieusement ni les uns

---

7. Une quinzaine de kilomètres séparent Lanoraie de Berthier.
8. L'auteur respecte la prononciation populaire de l'époque.
9. Baie.

ni les autres. La journée avait été belle, mais sur le soir, le temps
devint lourd et je m'aperçus que nous ne tarderions pas à avoir
105   de l'orage. Je serais bien parti vers les six heures, mais j'avais
donné rendez-vous au grand Sem à huit heures et je ne voulais
pas déranger un garçon qui *gossait*[10] sérieusement et pour le bon
motif. J'attendis donc patiemment et je donnai une bonne
portion à ma pouliche, car j'avais l'intention de retourner à
110   Lanoraie* sur un bon train. À huit heures précises, j'étais à la
petite rivière, chez le père Laviolette, où il me fallut descendre
prendre un coup et saluer la compagnie. Comme on ne part
jamais sur une seule jambe, il fallut en prendre un deuxième
pour rétablir l'équilibre, comme dit Baptiste Gallien, et après
115   avoir dit le bonsoir à tout le monde, nous prîmes le chemin du
roi*. La pluie ne tombait pas encore, mais il était facile de voir
qu'on aurait une tempête avant longtemps et je fouettai ma pouliche dans l'espoir d'arriver chez nous avant le grain[11].

IV

En entrant chez le père Laviolette, j'avais bien remarqué que
120   Sem avait pris un coup de trop ; et c'est facile à voir chez lui, car
vous savez qu'il a les yeux comme un morue gelée, lorsqu'il se
met en fête, mais les deux derniers coups du départ le finirent
complètement et il s'endormit comme une marmotte au mouvement de la charrette. Je lui plaçai la tête sur une botte de foin que
125   j'avais au fond de la voiture et je partis grand train. Mais j'avais à
peine fait une demi-lieue*, que la tempête éclata avec une fureur
terrible. Vous vous rappelez la tempête de samedi dernier. La
pluie tombait à torrents, le vent sifflait dans les arbres et ce n'est
que par la lueur des éclairs que j'entrevoyais parfois la route.
130   Heureusement que ma pouliche avait l'instinct de me tenir dans

10. Ici, courtisait (sérieusement, c'est-à-dire en vue du mariage).
11. Averse.

le milieu du chemin, car il faisait noir comme dans un four. Le grand Sem dormait toujours, bien qu'il fût trempé comme une lavette. Je n'ai pas besoin de vous dire que j'étais dans le même état. Nous arrivâmes ainsi jusque chez Louis Trempe dont j'aper-
135 çus la maison jaune à la lueur d'un éclair qui m'aveugla, et qui fut suivi d'un coup de tonnerre qui fit trembler ma bête et la fit s'arrêter tout court. Sem lui-même s'éveilla de sa léthargie et poussa un gémissement suivi d'un cri de terreur :

— Regarde, Fanfan ! la bête à grand'queue !

140 Je me retournai pour apercevoir derrière la voiture, deux grands yeux qui brillaient comme des tisons et, tout en même temps, un éclair me fit voir un animal qui poussa un hurlement de *bête-à-sept-têtes* [12] en se battant les flancs d'une queue rouge de six pieds de long. — J'ai la queue chez moi et je vous la montrerai
145 quand vous voudrez ! — Je ne suis guère peureux de ma nature, mais j'avoue que me voyant ainsi, à la noirceur, seul avec un homme saoul, au milieu d'une tempête terrible et en face d'une bête comme ça, je sentis un frisson me passer dans le dos et je lançai un grand coup de fouet à ma jument qui partit comme une
150 flèche. Je vis que j'avais la double chance de me casser le cou dans une coulée [13] ou en roulant en bas de la côte, ou bien de me trouver face à face avec cette fameuse bête à grand'queue dont on m'avait tant parlé, mais à laquelle je croyais à peine. C'est alors que tous mes pâques de renard* me revinrent à la mémoire et je
155 promis bien de faire mes devoirs comme tout le monde, si le bon Dieu me tirait de là. Je savais bien que le seul moyen de venir à bout de la bête, si ça en venait à une prise de corps, c'était de lui couper la queue au ras du trognon, et je m'assurai que j'avais bien dans ma poche un bon couteau à ressort de chantier qui coupait
160 comme un rasoir. Tout cela me passa par la tête dans un instant

---

12. Bête fabuleuse de *L'Apocalypse selon saint Jean* qui symbolise le pouvoir et la présence du démon.
13. Fossé, ravin. Dans cette phrase, le personnage parle d'une alternative : la coulée, bordant la route, ou le bas de la côte que franchit le chemin.

pendant que ma jument galopait comme une déchaînée et que le grand Sem Champagne, à moitié dégrisé par la peur, criait:

— Fouette, Fanfan! la bête nous poursuit. J'lui vois les yeux dans la noirceur.

165   Et nous allions un train d'enfer. Nous passâmes le village des Blais et il fallut nous engager dans la route qui longe le manoir de Dautraye. La route est étroite, comme vous savez. D'un côté, une haie en hallier[14] bordée d'un fossé assez profond sépare le parc du chemin, et de l'autre, une rangée de grands arbres longe la

170   côte jusqu'au pont de Dautraye. Les éclairs pénétraient à peine à travers le feuillage des arbres et le moindre écart de la pouliche devait nous jeter dans le fossé du côté du manoir, ou briser la charrette en morceaux sur les troncs des grands arbres. Je dis à Sem:

175   — Tiens-toi bien mon Sem! Il va nous arriver un accident.

Eh vlan! patatras! un grand coup de tonnerre éclate et voilà la pouliche affolée qui se jette à droite dans le fossé, et la charrette qui se trouve sens dessus dessous. Il faisait une noirceur à ne pas se voir le bout du nez, mais en me relevant tant bien que mal,

180   j'aperçus au-dessus de moi les deux yeux de la bête qui s'était arrêtée et qui me reluquait d'un air féroce. Je me tâtai pour voir si je n'avais rien de cassé. Je n'avais aucun mal et ma première idée fut de saisir l'animal par la queue et de me garer de sa gueule de possédé. Je me traînai en rampant, et tout en ouvrant mon cou-

185   teau à ressort que je plaçai dans ma ceinture, et au moment où la bête s'élançait sur moi en poussant un rugissement infernal, je fis un bond de côté et je l'attrapai par la queue que j'empoignai solidement de mes deux mains. Il fallut voir la lutte qui s'ensuivit. La bête, qui sentait bien que je la tenais par le bon bout,

190   faisait des sauts terribles pour me faire lâcher prise, mais je me cramponnais comme un désespéré. Et cela dura pendant au moins un quart d'heure. Je volais à droite, à gauche, comme une casserole au bout de la queue d'un chien, mais je tenais bon.

---

14. Arbuste large et fourni.

La bête, qui sentait bien que je la tenais par le bon bout, faisait des sauts
terribles pour me faire lâcher prise […].
(Lignes 189-190)
« La bête à grand'queue ».
Dessin de Raoul Barré.
La chasse-galerie, 1900.

J'aurais bien voulu saisir mon couteau pour la couper, cette
195   maudite queue, mais impossible d'y penser tant que la charogne
se démènerait ainsi. À la fin, voyant qu'elle ne pouvait pas me
faire lâcher prise la voilà partie sur la route au triple galop, et moi
par derrière, naturellement.

Je n'ai jamais voyagé aussi vite que cela de ma vie. Les cheveux
200   m'en frisaient en dépit de la pluie qui tombait toujours à
torrents. La bête poussait des beuglements pour m'effrayer
davantage et, à la faveur d'un éclair, je m'aperçus que nous filions
vers le pont de Dautraye. Je pensais bien à mon couteau, mais je
n'osais pas me risquer d'une seule main, lorsqu'en arrivant au
205   pont, la bête tourna vers la gauche et tenta d'escalader la palis-
sade. La maudite voulait sauter à l'eau pour me noyer. Heureusement que son premier saut ne réussit pas, car, avec l'air d'aller
que j'avais acquis, j'aurais certainement fait le plongeon. Elle
recula pour prendre un nouvel élan et c'est ce qui me donna ma
210   chance. Je saisis mon couteau de la main droite et, au moment où
elle sautait, je réunis tous mes efforts, je frappai juste et la queue
me resta dans la main. J'étais délivré et j'entendis la charogne qui
se débattait dans les eaux de la rivière Dautraye et qui finit par
disparaître avec le courant. Je me rendis au moulin où je racontai
215   mon affaire au meunier et nous examinâmes ensemble la queue
que j'avais apportée. C'était une queue longue de cinq à six pieds,
avec un bouquet de poil au bout, mais une queue rouge écarlate ;
une vraie queue de possédée, quoi !

La tempête s'était apaisée et, à l'aide d'un fanal, je partis à la
220   recherche de ma voiture que je trouvai embourbée dans un fossé
de la route, avec le grand Sem Champagne qui, complètement
dégrisé, avait dégagé la pouliche et travaillait à ramasser mes
marchandises que le choc avait éparpillées sur la route.

Sem fut l'homme le plus étonné du monde de me voir revenir
225   sain et sauf car il croyait bien que c'était le diable en personne
qui m'avait emporté.

Après avoir emprunté un harnais au meunier pour remplacer
le nôtre, qu'il avait fallu couper pour libérer la pouliche, nous

reprîmes la route du village où nous arrivâmes sur l'heure de
230   minuit.

— Voilà mon histoire et je vous invite chez moi un de ces
jours pour voir la queue de la bête. Baptiste Lambert est en train
de l'empailler pour la conserver.

V

Le récit qui précède donna lieu, quelques jours plus tard, à un
235   démêlé resté célèbre dans les annales criminelles de Lanoraie*.
Pour empêcher un vrai procès et les frais ruineux qui s'ensuivent,
on eut recours à une commission royale d'arbitrage dont voici le
procès-verbal :

« Ce septième jour de novembre 1856, à 3 heures de relevée,
240   nous soussignés, Jean-Baptiste Gallien, instituteur diplômé et
maître-chantre [15] de la paroisse de Lanoraie*, Onésime Bom-
benlert, bedeau de la dite paroisse, et Damase Briqueleur, épicier,
dûment nommés commissaires royaux et p'tit banc politique et
permanent, ayant été choisis comme arbitres du plein gré des
245   intéressés en cette cause, avons rendu la sentence d'arbitrage qui
suit dans le différend survenu entre *François-Xavier Trempe*,
surnommé *Francis Jean-Jean* et Joseph, surnommé *Fanfan Lazette*.

Le susnommé F. X. Trempe revendique des dommages-intérêts,
au montant de cent francs [16], au dit Fanfan Lazette, en l'accusant
250   d'avoir coupé la queue de son taureau rouge dans la nuit du
samedi, 3 octobre dernier, et d'avoir ainsi causé la mort dudit
taureau d'une manière cruelle, illégale et subreptice, sur le pont de
la rivière Dautraye près du manoir des seigneurs de Lanoraie*.

---

15. Chef du chœur pendant un office religieux.
16. Au Québec, le dollar devient la monnaie légale à la fin de la décennie 1850. Le
franc a donc encore plus ou moins cours légal en 1856. Dans tous les cas, l'emploi
de « franc » est encore très populaire pour désigner l'argent, ce qui justifie sa
présence dans le texte juridique inventé par Beaugrand. Cents francs équivalent à
vingt dollars.

Ledit Fanfan Lazette nie d'une manière énergique l'accusation
255 dudit F. X. Trempe et la déclare malicieuse et irrévérencieuse, au
plus haut degré. Il reconnaît avoir coupé la queue d'un animal
connu dans nos campagnes sous le nom de *bête à grand'queue*,
dans des conditions fort dangereuses pour sa vie corporelle et
pour le salut de son âme, mais cela à son corps défendant et parce
260 que c'est le seul moyen reconnu de se débarrasser de la bête.

Et les deux intéressés produisent chacun un témoin pour
soutenir leurs prétentions, tel que convenu dans les conditions
d'arbitrage.

Le nommé Pierre Busseau, engagé au service dudit F. X.
265 Trempe, déclare que la queue produite par le susdit Fanfan
Lazette lui paraît être la queue du défunt taureau de son maître,
dont il a trouvé la carcasse échouée sur la grève, quelques jours
auparavant dans un état avancé de décomposition. Le taureau est
précisément disparu dans la nuit du 3 octobre, date où ledit
270 Fanfan Lazette prétend avoir rencontré la *bête à grand'queue*. Et
ce qui le confirme dans sa conviction, c'est la couleur de la susdite queue du susdit taureau qui quelques jours auparavant,
s'était amusé à se gratter le derrière sur une barrière récemment
peinte en vermillon.

275 Et se présente ensuite le nommé Sem Champagne, surnommé
Sem-à-gros-Louis, qui désire confirmer de la manière la plus
absolue les déclarations de Fanfan Lazette, car il était avec lui
pendant la tempête du 3 octobre et il a aperçu et vu distincte-
ment la *bête à grand'queue* telle que décrite dans la déposition
280 dudit Lazette.

En vue [17] de ces témoignages et dépositions et :

Considérant que l'existence de la bête à grand'queue a été de
temps immémoriaux reconnue comme réelle, dans nos campagnes, et que le seul moyen de se protéger contre la susdite bête
285 est de lui couper la queue comme paraît l'avoir fait si bravement
Fanfan Lazette, un des intéressés en cette cause ;

---

17. En considération.

Considérant d'autre part, qu'un taureau rouge appartenant à F. X. Trempe est disparu à la même date et que la carcasse a été trouvée, échouée et sans queue, sur la grève du Saint-Laurent par
290 le témoin Pierre Busseau, quelques jours plus tard ;

Considérant qu'en face de témoignages aussi contradictoires il est fort difficile de faire plaisir à tout le monde, tout en restant dans les bornes d'une décision péremptoire :

Décidons :

295 1. Qu'à l'avenir ledit Fanfan Lazette soit forcé de faire ses pâques* dans les conditions voulues par notre Sainte Mère l'Église, ce qui le protégera contre la rencontre des loups-garous, bêtes-à-grand'queue et feux follets quelconques, en allant à Berthier* ou ailleurs.

300 2. Que ledit F. X. Trempe soit forcé de renfermer ses taureaux de manière à les empêcher de fréquenter les chemins publics et de s'attaquer aux passants dans les ténèbres, à des heures indues du jour et de la nuit.

3. Que les deux intéressés en cette cause, les susdits Fanfan
305 Lazette et F. X. Trempe soient condamnés à prendre la queue coupée par Fanfan Lazette et à la mettre en loterie parmi les habitants* de la paroisse afin que la somme réalisée nous soit remise à titre de compensation pour notre arbitrage pour suivre la bonne tradition qui veut que, dans les procès douteux, les juges et les
310 avocats soient rémunérés, quel que soit le sort des plaideurs qui sont renvoyés dos-à-dos, chacun payant les frais.

En foi de quoi nous avons signé,

Jean-Baptiste Gallien,
Onésime Bombenbert,
315 Damase Briqueleur

Commissaires royaux et arbitres du p'tit banc municipal.

Pour copie conforme,
Honoré Beaugrand.

Louis FRÉCHETTE

La maison hantée

C'était en 1858.

J'étudiais plus ou moins au Collège de Nicolet.

Notre directeur, l'abbé Thomas Caron [1] — Dieu bénisse un
des plus saints prêtres de notre temps, et l'un des plus nobles
cœurs qui aient honoré l'humanité! — l'abbé Thomas Caron me
permettait d'aller tous les soirs travailler dans sa chambre, durant
ce que nous appelions les *trois quarts d'heure* — période importante qui s'écoulait entre la prière du soir et le coucher, et que
cinq ou six d'entre nous employaient à étudier l'histoire, et le
reste... à *cogner des clous*.

Il me tolérait même quelquefois jusqu'au moment de sa tournée dans les dortoirs, c'est-à-dire une heure de plus.

Que voulez-vous? Comme dans tous les autres collèges du
pays, il était de tradition à Nicolet de défendre comme un crime
aux élèves la perpétration d'un seul vers français.

Que le vers fût rimé ou non; que la mesure y fût ou n'y fût
pas, il importait peu; l'intention était tout.

Or, non seulement j'étais un coupable, mais j'étais encore un
récidiviste incorrigible.

Et le brave abbé, indulgent pour toutes les faiblesses — ne
comprenant guère d'ailleurs pourquoi l'on fait un crime à des
collégiens de rythmer en français ce qui leur passe de beau et de

---

1. L'abbé Thomas Caron (1819-1878).

bon dans la tête, tandis qu'on les oblige de s'ankyloser l'imagination à charpenter des vers latins, d'autant plus boiteux qu'ils ont
25   de plus vilains pieds et de plus belles chevilles, — le brave abbé
m'avait dit :

— Le règlement est là, vois-tu, je n'y puis rien. Mais viens à
ma chambre, le soir ; tu auras une table, une plume, de l'encre et
du papier. Si tu fais des vers, c'est moi qui te punirai.

30   Cela m'avait donné confiance, et, tous les soirs — pendant que
le saint homme lisait son bréviaire ou confessait quelque garnement coupable de désobéissance ou de distraction dans ses
prières — je piochais courageusement mes alexandrins, en rêvant
toutefois aux océans de délices dans lesquels devaient nager les
35   heureux possesseurs d'un dictionnaire de rimes.

J'avouerai que l'inspiration ne donnait pas toujours ; et
lorsque le bon abbé voulait faire diversion à mes efforts par la
lecture d'un article de journal plus ou moins intéressant, je ne
protestais pas plus qu'il ne faut au nom de mes droits outragés.

40   Il en était de même lorsqu'un visiteur se présentait.

Si je sentais qu'il n'y avait point indiscrétion, je n'avais aucun
scrupule à lâcher une strophe à moitié finie pour écouter de mes
deux oreilles, quand la conversation devenait intéressante.

Le soir dont je veux vous parler, elle l'était.

45   Le visiteur — aucun inconvénient à le nommer — s'appelait
l'abbé Bouchard ; il était curé à Saint-Ferdinand[2], dans le town-
ship d'Halifax.

Il se rendait — avec un ancien élève nommé Legendre — à
Trois-Rivières, où il allait consulter son évêque au sujet d'une
50   affaire mystérieuse à laquelle il s'était trouvé mêlé, et dont il ne se
rendait aucun compte.

Voici en résumé ce qu'il nous raconta :

— Vous allez peut-être me prendre pour un fou, dit-il. Je vous
l'avouerai, du reste, je me demande moi-même quelquefois si ce
55   que j'ai vu et palpé est bien réel : et je douterais de ma propre

---

2. Aujourd'hui Bernierville, village de la Mauricie-Bois-Francs.

raison si des centaines de mes paroissiens — hommes intelligents et dignes de foi — n'étaient pas là pour attester les mêmes faits.

En tout cas, si le témoignage des sens peut avoir quelque valeur et quelque autorité, je serais sur mon lit de mort que je n'ajouterais ni ne retrancherais une syllabe à ce que je vais vous dire.

À peu de distance de mon presbytère, il existe une petite maison pauvre, habitée par une veuve et ses deux enfants : un garçon d'à peu près vingt-quatre ans, et sa sœur cadette qui, elle aussi, a dépassé la vingtaine.

L'appartement n'est composé que d'une seule pièce. Dans un coin, le lit de la mère ; dans l'autre, celui de la fille ; au centre et faisant face à la porte d'entrée, un poêle à fourneau — ce que nos campagnards appellent un poêle *à deux ponts*.

Le garçon, lui, couche au grenier, qui communique avec l'étage inférieur par une trappe et une échelle.

L'autre jour, le bedeau vint m'annoncer qu'on avait *jeté un sort* chez les Bernier.

— Allez donc vous promener, lui dis-je, avec vos sorts. Vous êtes fou !

— Mais, monsieur le curé, un tel et un tel peuvent vous le dire.

— Vous êtes fous tous ensemble ; laissez-moi tranquille !

J'eus beau, cependant, me moquer de ces racontars, tous les jours ils prenaient une telle consistance, les témoins se présentaient si nombreux, les détails semblaient si positifs, que cela finit par m'intriguer, et je consentis à me rendre aux sollicitations de plusieurs personnes qui désiraient me voir juger par moi-même des choses extraordinaires qui se passaient, disait-on, chez les Bernier.

Le soir même, j'arrivais sur les lieux en compagnie de M. Legendre, que voici ; et je me trouvai au milieu d'une dizaine de voisins et voisines réunis là par la curiosité.

Il n'y avait pas cinq minutes que j'étais entré que j'avais pris place sur une des chaises plus ou moins éclopées qui, avec les lits, le poêle, une vieille table et un coffre, composent l'ameublement du logis, lorsqu'un son métallique me fit tourner la tête.

C'était tout carrément le tisonnier qui s'introduisait de lui-même dans ce que nous appelons la *petite porte* du poêle.

95   Convaincu que tout cela n'était qu'une supercherie, et bien déterminé à la découvrir, je ne me laissai pas impressionner tout d'abord par la vue de cette tige de fer qui semblait animée par quelque force mystérieuse.

Je la pris dans ma main, pour m'assurer si elle n'était pas mue 100   par quelque fil invisible.

Nulle apparence de rien de ce genre.

Au même instant, voilà la trappe de la cave qui se soulève, et des centaines de pommes de terre se mettent à monter et à trotter dans toutes les directions sur le plancher.

105   Je pris de la lumière, ouvris la trappe et visitai la cave.

Personne ! rien d'étrange, si ce n'est les pommes de terre qui se précipitaient dans mes jambes et roulaient sous mes pieds, en cabriolant du haut en bas et du bas en haut des quelques marches branlantes qui conduisaient au sous-sol.

110   Je remontai assez perplexe, mais pas encore convaincu.

À peine eus-je reparu dans la chambre, ma chandelle à la main, qu'une vieille cuiller de plomb, lancée par je ne sais qui, vint tomber droit dans mon chandelier.

Cela me parut venir de la table ; et je n'en doutai plus quand je 115   vis tout ce qu'il y avait de cuillers cassées, de couteaux ébréchés et de fourchettes veuves de leurs fourchons [3], sortir du tiroir et sauter aux quatre coins de la pièce avec un cliquetis de vieille ferraille.

J'ouvris le tiroir et l'examinai attentivement.

Il était dans l'état le plus normal du monde.

120   Pas un fil, pas un truc.

Cela commençait à m'intriguer vivement.

Je repris mon siège, et me remis à observer avec plus d'attention que jamais.

---

3. Dents d'une fourchette.

Pendant tout ce temps, les autres spectateurs — désireux d'avoir mon avis, et, dans ce but, voulant probablement me laisser toute liberté d'action — restaient silencieux et tranquilles, chuchotant à peine de temps en temps quelques paroles entre eux.

— Tiens, fit tout à coup la mère Bernier, qu'est donc devenue ma tabatière ? Je viens de la déposer ici sur le bout de mon rouet. C'est encore ce vieux démon qui fait ça pour me taquiner, j'en suis sûre. Il me fait quelquefois chercher ma tabatière durant des heures ; et puis tout à coup il me la remet là, sous le nez.

— Il ne la vide pas, au moins ? demanda quelqu'un.

— Non, mais il ne me la remplit pas non plus, bien qu'elle en ait grand besoin. C'est à peine s'il me reste une prise ou deux dans le fond.

Je ne fis guère attention à ce bavardage, mon regard était attiré depuis un instant vers le lit de la jeune fille, où il me semblait voir remuer quelque chose.

Enfin, j'étais fixé : il n'y avait plus à en douter, quelqu'un devait être sous le lit, qui tirait les couvertures dans la ruelle [4].

— Allons, dis-je aux quelques jeunes gens qui se trouvaient là, que le moins peureux de vous autres aille voir qui est caché là-dessous.

Un gros gaillard s'avance, se baisse, et au moment où il se glissait la tête sous la couchette, reçoit une claque en plein visage qui l'envoie rouler à deux pas plus loin.

Tout le monde avait entendu le bruit du soufflet, et chacun put en constater les traces sur la figure du pauvre diable qui l'avait reçu.

Je repris la chandelle, et regardai sous le lit ; il n'y avait rien.

En revanche, je fus témoin, comme je relevais la tête, du phénomène le plus extraordinaire et le plus concluant qui puisse frapper les sens d'un homme éveillé et *compos mentis* [5].

4. Il s'agit de l'espace qui se trouve entre le lit et le mur de la chambre.
5. Maître de lui-même.

C'est ce phénomène, absolument inexplicable et radicalement impossible sans intervention surnaturelle, qui est la cause de mon voyage ici.

Jugez-en.

160   Cette couchette de la jeune fille est faite, comme plusieurs couchettes d'enfants à la campagne, avec de petits barreaux verticaux qui en font tout le tour, à distance de quelques pouces les uns des autres, emmortaisés[6] par le haut et par le bas dans la charpente du lit.

165   Les uns peuvent être plus ou moins solides dans leurs alvéoles ; mais j'ai pu constater — plus tard — que la plupart adhéraient aux mortaises, parfaitement immobilisés.

Imaginez-vous donc si je restai pétrifié, lorsque ma chandelle à la main, je vis là, sous mes yeux, tous ces barreaux se mettre à tourner

170   d'eux-mêmes comme des toupies, avec un bruit de machine en rotation, sans que personne autre que moi fût à portée du lit.

Et, pendant ce temps-là, les vitres tintaient, les cuillers sautaient, toute la ferblanterie de la maison jouait du tambour, et les pommes de terre dansaient une sarabande diabolique dans tous

175   les coins.

Je passai mon chandelier à quelqu'un, et j'empoignai deux des barreaux : ils me roulèrent dans les mains en me brûlant la peau.

M. Legendre en fit autant : ses solides poignets n'eurent pas plus de succès que les miens.

180   J'étais abasourdi.

Mais un incident comique devait se mêler à toute cette fantasmagorie ; je me retournai tout à coup, sur une exclamation de la mère Bernier :

— Monsieur le curé ! criait-elle, voici ma tabatière revenue. Et

185   voyez, elle est pleine ! Décidément, les sorciers ont du bon.

La vieille prenait vaillamment son parti des circonstances ; et quant à moi, j'avais aussi pris le mien.

---

6. Encastrés les uns dans les autres grâce à des tenons insérés dans des entailles appelées mortaises.

Me voici, accompagné d'un témoin, qui peut déclarer que je n'ai pas perdu la raison, et demain j'aurai une entrevue avec mon évêque.

— Mais, intervint M. l'abbé Caron, à quoi les gens de la maison attribuent-ils tout cela ?

— Voici ! répondit le curé de Saint-Ferdinand.

On raconte que, quelques jours avant ces manifestations, un vieux mendiant — c'est toujours quelque vieux mendiant — était entré chez les Bernier et leur avait demandé à manger.

On lui avait donné des pommes de terre bouillies, mais sans lui offrir à partager ni la table de famille, ni le morceau de lard qui se trouvait dessus.

Le vieux était parti mécontent, grommelant les paroles de rigueur :

— Vous vous souviendrez de moi !

En le regardant aller, on l'avait vu se pencher sur un ruisseau qui coule au coin de la maison, et y jeter quelque chose.

Le premier seau d'eau qu'on avait retiré du ruisseau s'était répandu de lui-même sur le plancher.

On en avait puisé d'autres, mais pas moyen d'en retenir une goutte dans aucun vase de la maison.

La famille dut s'approvisionner ailleurs.

On sait le reste.

L'abbé Bouchard quitta le collège le lendemain matin et, le soir venu, je dis à notre bon vieux directeur :

— Eh bien, que pensez-vous de ce qui nous a été raconté hier au soir ?

— Peuh ! me répondit-il avec une certaine hésitation ; il y a une jeune fille dans la maison, cela pourrait bien tout expliquer.

Et il changea de conversation.

Que voulait-il dire ?

Avait-il un pressentiment des futures découvertes de Charcot[7] relatives aux phénomènes de l'hystérie ?

---

7. Jean-Martin Charcot (1825-1893), médecin. Ses études sur les maladies mentales le conduisent à ranger l'hystérie parmi les affections du système nerveux.

220   En tout cas, je n'entendis reparler de cette étrange histoire
qu'un peu plus tard, à Québec, où je rencontrai le même curé
Bouchard, accompagné cette fois d'un nommé Bergeron.

— Voyons, lui dis-je, et votre affaire de sorciers, où en est-
elle?

225   — Cela s'est passé comme c'est venu, me répondit-il, j'ai
exorcisé, et tout a été fini.

— Je vais vous le dire, moi, fit le nommé Bergeron, quand le
curé eut tourné le dos.

On a pris les moyens ordinaires pour se débarrasser de ces
230   sortilèges.

Voyant que les prières du curé n'aboutissaient à rien, un jour
qu'un vieux moyeu de roue était entré de lui-même dans la
maison et s'était précipité dans le poêle, qu'il avait failli démonter, le jeune Bernier saisit le moyeu et se mit à le larder de coups
235   de couteau.

Le lendemain, le mendiant dont la visite avait été le signal de
tout le tintamarre, fit son apparition, livide, courbé, tremblant,
marchant avec peine et demandant pardon.

— Cherchez dans le ruisseau, dit-il; vous y trouverez un petit
240   caillou vert. Enterrez-le bien profondément quelque part, et rien
d'extraordinaire ne vous arrivera plus.

C'est ce qu'on fit, et tout rentra dans le calme.

Mais le plus surprenant, c'est que le jour même où le moyeu
de roue avait été ainsi lacéré par une lame d'acier, un vieux
245   mendiant s'était présenté chez un médecin d'une paroisse voisine
de Saint-Ferdinand, le dos tout sillonné de coupures sanguino-
lentes…

Vrai ou non, c'est ce qu'on m'a rapporté, fit mon interlocuteur
sous forme de conclusion. »

La mare au sorcier

Une année — j'étais tout petit enfant — mon père loua un cocher du nom de Napoléon Fricot, qui eut, plus tard, son moment de notoriété dans le pays.

Compromis comme complice dans le procès retentissant d'Anaïs Toussaint, qui fut condamnée à mort — en 1856, je crois — pour avoir empoisonné son mari, dans le faubourg Saint-Roch, à Québec, il eut la chance, s'il n'échappa point aux mauvaises langues, d'échapper au moins à la cour d'assises.

Le pauvre diable devait être innocent, d'ailleurs.

Je ne l'exonérerais point aussi facilement du soupçon d'avoir fait un doigt ou deux de cour à la jolie criminelle ; le gaillard était — dans l'infériorité de sa condition — une espèce de rêveur romantique très susceptible de s'empêtrer dans une intrigue amoureuse ; mais, j'en répondrais sur ma tête, il était incapable de prêter la main à un crime.

La question est, du reste, parfaitement étrangère à mon récit, et je n'y fais allusion qu'incidemment.

Il y avait, à la porte de notre écurie, un vieil orme fourchu, dont les branches pendantes descendaient jusqu'au ras du sol.

Les jours de soleil surtout, quand son service lui laissait des loisirs — ce qui arrivait souvent — Napoléon Fricot y grimpait, s'asseyait au point de jonction, à quatre ou cinq pieds de terre ; et là, dans le frissonnement des feuilles et les alternatives fuyantes

25 des ombres et de la lumière, il composait des ballades et des complaintes, qu'il me chantait, le soir, d'une voix très douce et très mélancolique.

J'allais souvent m'asseoir sur une des racines du colosse, et alors le poète rustique lâchait le fil de ses rêveries pour me conter
30 des histoires.

Comme tous les campagnards de sa classe et de son instruction, il était fort superstitieux.

Il croyait aux revenants, aux loups-garous, aux « chasse-galeries », mais surtout aux feux follets. Il prononçait *fi-follets*.
35 M'en a-t-il défilé, des aventures tragiques de pauvres diables égarés par les artifices de ces vilains esprits, chargés par le démon d'entraîner les bons chrétiens hors des droits sentiers !

Laissez-moi vous en rapporter une.

— Les fi-follets, disait-il, ne sont point, comme le croient les
40 gens qui ne connaissent pas mieux, des âmes de trépassés en quête de prières.

Ce sont des âmes de vivants comme vous et moi, qui quittent leur corps pour aller rôder la nuit, au service du Méchant.

Quand un chrétien a été sept ans sans faire ses pâques, il court
45 le loup-garou, chacun sait ça.

Eh ben, quand il y a quatorze ans, il devient fi-follet.

Il est condamné pas Satan à égarer les passants attardés.

Il entraîne les voitures dans les ornières, pousse les chevaux en bas des ponts, attire les gens à pied dans les fondrières, les
50 trous, les cloaques, n'importe où, pourvu qu'il leur arrive malheur.

C'est à l'appui de cette théorie que Napoléon Fricot racontait l'histoire en question.

La chose était arrivée dans une paroisse des environs
55 de Kamouraska [1] — je ne me souviens plus quelle paroisse c'était.

---

1. Village du Bas-du-Fleuve sur un plateau dominant le Saint-Laurent en amont de Rivière-du-Loup.

Son oncle, un nommé Pierre Vermette, qui résidait tout près de l'église — un *habitant* riche* — avait engagé, pour ses travaux, un garçon de ferme étranger à la *place*[2].

60 C'était un grand individu de trente et quelques années, solide et vigoureux, qui venait *de par en-bas*, — un Acadien, selon les probabilités, vu qu'il parlait *drôlement*. Il disait *oun houmme* pour un homme, il *faisions beng biau* pour il fait bien beau.

On remarquait en outre cette particularité chez lui qu'on ne le
65 voyait jamais ni à la messe ni à confesse et, par extraordinaire, nul ne lui connaissait d'amoureuse dans le canton. Jamais il n'allait *voir les filles*, suivant l'expression du terroir.

Ce n'était pas naturel, on l'admettra.

Pas l'air méchant, mais un caractère *seul*. Le soir, quand les
70 autres *jeunesses* s'amusaient, il se rencoignait[3] quelque part, et fumait sa pipe en *jonglant*[4].

Quelques-uns avaient remarqué que dans ces moments-là, les yeux du garçon de ferme avaient un éclat tout à fait extraordinaire, et qu'il lui passait, droit entre les deux sourcils, des lueurs étranges.
75 « Un individu à se méfier », comme on disait.

À part de cela, il était rangé, honnête, bon travailleur, — exemplaire.

Il ne sortait jamais.

Excepté, pourtant, le samedi soir — dans la nuit.
80 Le samedi soir, vers onze heures et demie, quand tout le monde était couché, le gros terre-neuve[5] chargé de la garde des *bâtiments*[6] faisait entendre un long hurlement plaintif, comme s'il eût *senti le cadavre*, et, réveillés en sursaut, les gens de la ferme se signaient et récitaient un *ave*[7] pour les *bonnes âmes*.

---

2. Au village, à la région. L'Acadien est donc un étranger, un survenant.

3. Rencognait, se blottissait, se cachait.

4. Rêvassant, réfléchissant, remuant des pensées.

5. Gros chien à tête large et longs poils, originaire de la province éponyme, reconnu pour son intelligence et ses capacités à porter secours.

6. Ceux de la ferme : grange, étable, écurie, poulailler, etc.

7. *Ave Maria* : prière à la Vierge Marie.

85   C'est alors qu'on constatait l'absence de l'Acadien, qui ne ren-
trait que sur le matin, le pas lourd, la démarche hésitante, et se
jetait, disait-on, sur son lit comme un homme *en fête*[8].

Il ne pouvait guère être ivre cependant ; point de cabarets dans
l'endroit : et puis l'homme avait horreur de toute liqueur forte[9].

90   N'allant point à la messe, il dormait la grasse matinée du
lendemain, et profitait de l'éloignement des gens de la maison
pour préparer son déjeuner lui-même.

Avec quoi ? On n'avait jamais pu savoir.

Quelqu'un l'avait surpris à cuisiner une espèce de friture ni
95   chair ni poisson, qui n'avait l'air de rien de connu, et dont personne ne put jamais deviner la nature.

Où allait-il ainsi une fois par semaine ?

Que faisait-il ?

Quel était le but de ces pérégrinations nocturnes ?

100   En quoi consistait cet étrange déjeuner ?

Ceux qui osèrent l'interroger là-dessus n'eurent pour toute
réponse qu'un de ces coups d'œil qui n'invitent pas à recommencer.

En somme, ses allures n'étaient pas celles d'un chrétien ordinaire, et cela commençait à faire jaser.

105   On parlait de sortilèges, de sabbat, de rendez-vous macabres,
de loups-garous, que sais-je ? Chacun comprend jusqu'où
peuvent aller les cancans, une fois sur cette piste-là.

Il ne fut bientôt plus question, dans toute la paroisse, que du
« sorcier à Pierre Vermette ».

110   Les passants s'arrêtaient à la dérobée pour le regarder travailler au loin dans les champs.

Quand on le rencontrait sur la route, les hommes détour-
naient la tête, les femmes se faisaient une petite croix sur la
poitrine avec le pouce, et les enfants enjambaient les clôtures,
115   pour *piquer* à travers le clos.

Et puis on l'accusait d'avoir le mauvais œil.

---

8. Ivre, *en boisson*.
9. Eau-de-vie, alcool.

Si une vache tombait malade, si les poules refusaient de pondre, si une barattée de beurre tournait, le sorcier à Pierre Vermette était la cause de tout.

La réprobation publique s'attaquait même au fermier.

Pourquoi gardait-il ce mécréant à son service ?

Un bon paroissien, craignant Dieu, ne devait avoir aucun rapport avec ces suppôts de l'enfer. Il s'en repentirait bien sûr.

La fille de Nazaire Tellier n'était-elle pas morte de la *picote*, parce qu'elle avait dansé avec un étranger qui s'était mis à table sans faire le signe de la croix ? C'était là un fait connu de tout le monde.

Un *coureux de nuit* comme ça, ne pouvait qu'attirer la malchance sur tout le village.

— Mon pauvre oncle Vermette — je laisse ici Napoléon Fricot s'exprimer directement, — mon pauvre oncle Vermette sentait bien qu'il aurait dû renvoyer son engagé.

Mais il y avait un marché[10] ; et c'était encore de valeur, un si bon travaillant, sobre, tranquille, pas bâdreux[11], toujours le premier à la besogne et pas dur d'entretien !

À part le drôle de comportement qu'on lui reprochait, il n'avait pas de défauts.

Cependant, il faut bien songer à son âme tout de même, et mon oncle se promit de watcher[12] l'individu, et de découvrir à tout prix le secret de ses escapades du soir.

Comme de fait, le samedi arrivé, il fit semblant de se coucher à la même heure que de coutume, et alla se mettre au guet derrière une corde de bois[13] qui faisait clôture au coin de la maison.

Là, il attendit.

---

10. Entente verbale entre le propriétaire fermier et son ouvrier agricole qui garantit l'engagement de ce dernier pour un certain laps de temps, souvent un an.

11. Pas importun, qui ne cause pas d'ennuis.

12. Anglicisme pour surveiller, superviser.

13. Bûches de bois de chauffage empilées. D'un peu plus d'un mètre de haut sur autant de large, et du double en longueur, la corde de bois présente des faces, *tirées à la corde*, donc parfaitement droites.

145   Un peu avant les minuit, la porte s'ouvrit; et, comme le temps était clair, mon oncle vit l'Acadien descendre le perron tout doucement et traverser le chemin, après avoir jeté un coup d'œil défiant autour de lui.

Il portait à la main comme manière de petit sac, et marchait la
150   tête baissée, l'air inquiet, en sifflotant, du bout des lèvres, suivant son habitude, quelque chose de triste qu'on ne connaissait pas.

À une dizaine d'arpents, sur la terre de mon oncle Vermette, il y avait une espèce de petit marais — une grenouillère, comme on appelle ça par chez nous — qui croupissait sous des flaques
155   verdâtres, au milieu de vieux saules tortus-bossus et de grosses talles d'aunes puants.

On n'aimait pas à rôder dans ces environs-là, la nuit, vu qu'un quêteux, que personne n'avait jamais ni vu ni connu, y avait été trouvé noyé l'année des Troubles[14].

160   Il avait les pieds pris dans les joncs; sans cela, on ne l'aurait peut-être jamais découvert, tant la mare était profonde et sournoise.

C'est de ce côté que mon oncle vit l'Acadien se diriger.

Il sortit aussitôt de sa cachette, le suivit de loin, et le regarda
165   aller, tant que la noirceur lui permit de l'apercevoir.

Mais quand il eut vu le grand diable disparaître sous les saules du marais, la souleur* le prit, et il s'en revint à la maison.

Le lendemain, pendant la grand'messe, le bonhomme se reprocha son manque de courage, et jura bien d'être moins
170   peureux le samedi d'après.

L'heure venue, il était embusqué de nouveau derrière la corde de bois*. Seulement, sûr et certain que c'était la fraîche qui l'avait tant fait frissonner la première nuit, il s'était bien enveloppé cette fois dans une de ces grosses couvertes de laine grise qu'on jette
175   sur les chevaux en hiver; et, bien assis, le dos accoté comme il faut, il se laissa aller à sommeiller légèrement, en attendant son homme.

---

14. La rébellion des Patriotes qui se déroule d'octobre 1837 à fin novembre 1838.

Tout se passa comme le samedi précédent, si ce n'est que mon oncle — qui n'était pas trop poltron, comme vous allez
180 voir — suivit cette fois le rôdeur de nuit jusqu'à la grenouillère.

Là, la noirceur était si épaisse qu'il le perdit de vue.

Le vieux ne se découragea point. Avec le moins de bruit possible, il s'enfonça à son tour sous les branches, et arriva au
185 bord de l'étang vaseux.

Pas un coassement de grenouille, pas un sifflement de crapaud; c'était la preuve qu'il y avait là quelqu'un avant son arrivée. Pas difficile de deviner qui.

Mon oncle s'accroupit et fit le mort.

190 Tout à coup, il aperçut une petite lueur qui remuait tout près de terre, de l'autre côté de la mare.

— Un drôle d'endroit pour venir fumer sa pipe! fit à part lui mon oncle Vermette.

Et puis tout haut:

195 — Jacques! qu'il dit.

J'ai peut-être oublié de vous l'apprendre, l'Acadien s'appelait Jacques.

Et voyant qu'on ne répondait rien.

— Jacques! répéta-t-il un peu plus fort.

200 Même silence.

— Jacques!… À quoi sert de faire le farceur? je sais bien que t'es là: réponds donc!

Point de réponse.

— Es-tu bête, Jacques! reprit mon oncle Vermette. C'est moi,
205 le bourgeois*. Je sais bien où c'que t'es; je sors de te voir allumer ta pipe. Tu peux parler va!

Motte!

Cela commençait à devenir épeurant; mais, je l'ai dit, le bonhomme était pas aisé à démonter, et quand il avait une chose
210 dans la tête, c'était pour de bon.

— J'en saurai le court et le long, se dit-il.

Et il se mit à suivre avec précaution le bord de l'étang.

La petite lumière qui aurait pu le guider, était disparue ; mais il connaissait les airs[15], et comme personne ne se serait sauvé sans
215 faire de bruit, il ne pouvait manquer de rejoindre l'individu quelque part.

En effet, le vieux n'avait pas marché deux minutes, qu'il trébuchait sur le corps de quelqu'un étendu en plein sur le dos dans l'herbe.

220 — Hein !... fit-il en reprenant son aplomb avec un certain frisson dans le dos — ce qui était bien naturel ; qu'est-ce que c'est que ça ?

Mais à la lueur des étoiles, il eut bientôt reconnu Jacques.

— Allons, qu'est-ce que tu fais donc là, dit-il, grand nigaud ? Y
225 a-t-il du bon sens de venir coucher ici à des heures pareilles ? Voyons, lève-toi ; c'est comme ça qu'on attrape des rhumatisses et des maladies de pommons. Une drôle d'idée de dormir dans les champs en pleine nuit ! Allons, ho !... lève-toi, imbécile ! et à la maison, vite !

230 Mais il avait beau jacasser, pas de réponse.

On n'entendait tant seulement pas un souffle.

— Voyons donc, espèce de cancre, vas-tu écouter, une fois ! reprit le bonhomme en poussant Jacques du pied.

Jacques ne bougea pas.

235 — Dort-il dur, cet animal-là ! fit mon oncle en prenant son domestique au collet, et en le secouant comme un pommier. Allons, lève-toi ou je cogne.

Mais Jacques ne remua pas plus qu'une bête morte.

Le père Vermette ne savait pas trop quoi penser.

240 — En tout cas, dit-il, puisque tu veux absolument dormir là, tiens ! prends ça pour te préserver du serein[16].

En même temps, il lui jetait la grosse couverte dont il s'était lui-même enveloppé les épaules pour passer la nuit dehors.

---

15. La disposition des lieux, de l'endroit.
16. Fraîcheur ou rosée qui tombe le soir après une chaude journée.

245   Mais, comme il se baissait pour couvrir de son mieux la tête du dormeur, voilà qu'il entend quelque chose de terrible lui bourdonner aux oreilles :

— Buz !… buz !… buzzzz !…

Le bonhomme n'eut pas plus tôt levé les yeux, qu'il jette un
250 cri, perd l'équilibre et tombe à la renverse.

La lumière qu'il avait aperçue en arrivant était là qui voltigeait autour de sa tête, comme si elle avait voulu l'éborgner :

— Buz !… buz !… buzzzz !…

Mon oncle n'est pas un menteur, je vous le persuade. Eh bien, il
255 prétend qu'un taon gros comme un œuf n'aurait pas silé [17] plus fort.

La lumière était bleuâtre, tremblante, agitée.

Elle rougissait et pâlissait tour à tour, flambant par bouffées, comme la flamme d'une chandelle secouée par le vent.

Elle montait, descendait, rôdait autour de la tête de Jacques,
260 puis revenait à chaque instant sur mon oncle, en faisant toujours entendre son buz !… buz !… effrayant.

Revenu à lui, le père Vermette sauta sur ses pieds, fit le signe de la croix et prit sa course en criant :

— Un fi-follet ! je suis mort !

265   Mais la maudite lumière l'avait ébloui, et plac !… voilà le bonhomme à quatre pattes dans l'eau.

Le fi-follet — car c'était un fi-follet en effet — avait changé la mare de place.

Heureusement qu'elle n'était pas dangereuse de ce côté-là.

270   Le bonhomme, après avoir placotté [18] quelques instants, se repêche tant bien que mal, et clopin-clopant, le visage noir de vase, les habits dégouttants, la tête égarée, plus mort que vif, arrive au presbytère et raconte ce qui vient de lui arriver au curé réveillé en sursaut.

— Malheureux ! s'écrie celui-ci, vous avez peut-être envoyé
275 une âme en enfer !… Vite, montrez-moi la route. J'espère qu'il ne sera pas trop tard, mon Dieu !

---

17. Qui fait entendre un son aigu et sifflant.
18. Barboté, pataugé dans l'eau ou la boue.

Et ils partirent tous deux presque à la course, mon oncle geignant et suant la peur, tandis que le curé récitait les prières des agonisants.

280   — Tenez, tenez, monsieur le curé, le voilà, c'est ici ! fit le pauvre vieux, tout essoufflé, en s'approchant de l'étang et en désignant l'endroit où il avait vu Jacques endormi.

La petite lumière devenue une simple lueur trouble, hésitante et blafarde, flottait en vacillant comme la flamme d'un lampion
285   qui s'éteint, et semblait haleter autour de la tête du dormeur, sur laquelle mon oncle avait jeté sa couverte.

Elle n'avait plus envie de faire buzzz ! j'en réponds.

– *A porte inferi libera nos, Domine* [1] ! fit le prêtre en se signant.

Puis il s'approcha d'un pas ferme, se pencha, saisit le coin de la
290   couverte et la tira rapidement à lui.

Psst !

La petite lumière disparut aussitôt dans la bouche de Jacques, qui s'éveilla tout à coup avec un cri si terrible, que mon pauvre oncle ne revint à lui que le lendemain matin.

295   Au petit jour, on le trouva sans connaissance, blême comme un drap et enveloppé dans sa couverte, derrière sa corde de bois*.

La preuve qu'il y avait du surnaturel dans l'affaire, c'est que les hardes du bonhomme ne portaient aucune trace de son
300   plongeon dans la grenouillère.

Huit jours après, le pauvre vieux était encore au lit, avec une fièvre de chien.

Le curé qu'on avait fait demander, prétendit ne rien savoir ; les prêtres n'aiment pas à parler de ces cinq sous-là, c'est connu.

305   Quant à l'Acadien, on remarquera qu'il était un peu pâle, mais il travailla toute la semaine comme si de rien n'était.

Seulement, le samedi suivant, il sortit de nouveau sur les minuit, et il ne reparut pas.

Des pistes toutes fraîches conduisaient du côté du marais.

---

1. *Délivrez-nous des portes de l'enfer, Seigneur Dieu !*

310   On les suivit, mais tout ce qu'on trouva, ce fut, à côté d'une glissade dans la vase, un petit sac rempli de cuisses de grenouilles — qu'on fit brûler.

    Plusieurs jours plus tard, on découvrit le cadavre du sorcier, qui flottait parmi les joncs.

315   Tel fut le récit de Napoléon Fricot.

    Si on ne croit pas aux *fi-follets* après ça…

Tipite Vallerand

Le narrateur de la présente signait Joseph Lemieux; il était connu sous le nom de José Caron; et tout le monde l'appelait Jos Violon.

Pourquoi ces trois appellations? Pourquoi Violon? Vous m'en demandez trop.

C'était un grand individu dégingandé, qui se balançait sur les hanches en marchant, hâbleur, gouailleur, ricaneur, mais assez bonne nature au fond pour se faire pardonner ses faiblesses.

Et au nombre de celles-ci — bien que le mot *faiblesse* ne soit peut-être pas parfaitement en situation — il fallait compter au premier rang une disposition, assez *forte* au contraire, à lever le coude un peu plus souvent qu'à son tour.

Il avait passé sa jeunesse dans les chantiers de l'Ottawa[1], de la Gatineau* et du Saint-Maurice[2]; et si vous vouliez avoir une belle chanson de *cage*[3] ou une bonne histoire de cambuse*, vous pouviez lui verser deux doigts de jamaïque*, sans crainte d'avoir à discuter sur la qualité de la marchandise qu'il vous donnait en échange.

---

1. L'Outaouais.
2. Affluent de la rive nord du Saint-Laurent à la hauteur de Trois-Rivières. Ce cours d'eau tumultueux donne son nom à la région de la Mauricie.
3. Enfilade de radeaux, composés de billots de bois, glissant au fil de l'eau ou tiré par un bateau.

[…] tout le monde l'appelait Jos Violon.
(Lignes 2-3)
Dessin d'Henri Julien.
Almanach du peuple illustré, 1904.

Il me revient à la mémoire une de ses histoires, que je veux
20 essayer de vous redire en conservant, autant que possible, la couleur caractéristique et pittoresque que Jos Violon savait donner à
ses narrations.

Le conteur débutait généralement comme ceci :

— Cric, crac, les enfants ! parli, parlo, parlons ! pour en savoir
25 le court et le long, passez le crachoir à Jos Violon ! sacatabi sac-
à-tabac, à la porte les ceuses qu'écouteront pas !

Cette fois-là, nous serrâmes les rangs, et Jos Violon entama
son récit en ces termes :

— C'était donc pour vous dire, les enfants, que c't'année-là,
30 j'étions⁴ allés faire du bois pour les Patton dans le haut du Saint-
Maurice, — une rivière qui, soit dit en passant, a jamais eu une
grosse réputation parmi les gens de chantiers qui veulent rester
un peu craignant Dieu.

C'est pas des cantiques, mes amis, qu'on entend là tous les
35 soirs !

Aussi les ceuses qui parmi vous autres auraient envie de faire
connaissance avec le diable peuvent jamais faire un meilleur
voyage que celui du Saint-Maurice*, pour avoir une chance de
rencontrer le jeune homme à quèque détour. C'est Jos Violon qui
40 vous dit ça !

J'avions dans not'gang un nommé Tipite Vallerand, de Trois-
Rivières ; un insécrable fini, un sacreur numéro un.

Trois-Rivières, je vous dis que c'est ça la ville pour les sacres !
Pour dire comment on dit, ça se bat point.

45 Tipite Vallerand, lui, les inventait les sacres.

Trois années de suite, il avait gagné la torquette* du diable à
Bytown⁵ contre tous les meilleurs sacreurs de Sorel.

---

4. Nous étions. Fréchette reproduit le parler populaire de Jos Violon en conservant
ses archaïsmes, ses barbarismes et ses anglicismes. Nous relevons ici ceux qui
peuvent entraver la lecture.

5. Ancien nom d'Ottawa, devenu capitale du Canada à la promulgation de la
Confédération en 1867.

Comme sacreur, il était plusse que dépareillé, c'était un homme hors du commun. Les cheveux en redressaient rien qu'à
50 l'entendre.

Avec ça, toujours à moitié plein [6], ça va sans dire.

J'étions cinq canots en route pour la rivière aux Rats [7], où c'qu'on devait faire chantier pour l'hiver.

Comme il connaissait le Saint-Maurice* dans le fin fond,
55 Tipite Vallerand avait été chargé par le boss* de gouverner [8] un des canots — qu'était le mien.

J'aurais joliment préféré un autre pilote, vous comprenez ; mais dans ces voyages-là, si vous suivez jamais la vocation, les enfants, vous voirez qu'on fait ce qu'on peut, et non pas ce qu'on
60 veut.

On nageait* fort toute la journée : le courant était dur en diable ; et le soir, ben fatigués, on campait sur la grève — où c'qu'on pouvait.

Et puis, y avait ce qui s'appelle les portages* — une autre
65 histoire qu'a pas été inventée pour agrémenter la route et mettre les camarades de bonne humeur, je vous le persuade.

J'avions passé les rapides de la Manigance et de la Cuisse au milieu d'une tempête de sacres.

Jos Violon — vous le savez — a jamais été ben acharné pour
70 bâdrer [9] le bon Dieu et achaler les curés avec ses escrupules de conscience ; mais vrai, là, ça me faisait frémir.

Je défouis [10] pas devant un petit *torrieux* [11] de temps en temps, c'est dans le caractère du voyageur ; mais, tord-nom ! y a toujours un boute pour envoyer toute la saintarnité [12] chez le diable,
75 c'pas ?

---

6. Soûl.
7. Affluent du Saint-Maurice près de l'actuel village de La Tuque.
8. Conduire, diriger.
9. Importuner, causer des ennuis.
10. Recule, renonce.
11. Déformation du juron *Tort de Dieu*.
12. La Sainte Trinité : Dieu le Père, le Fils et le Saint Esprit.

Par malheur, notre canot était plus gros, plus pesant et plus chargé que les autres; et — par une rancune du boss*, que je présume, comme dit M. le curé — on nous avait donné deux nageurs [13] de moins.

80   Comme de raison, les autres canots avaient pris les devants, et le nôtre s'était trouvé dégradé [14] dès le premier rapide.

Ça fait que Tipite Vallerand ayant plus d'ordres à recevoir de personne, nous en donnait sus les quat' faces, et faisait son petit
85   Jean Lévesque [15] en veux-tu en v'là, comme s'il avait été le bourgeois* de tous les chantiers, depuis les chenaux [16] jusqu'à la hauteur des terres.

Fallait y voir sortir ça de la margoulette [17], les enfants; c'est tout ce que j'ai à vous dire!

90   À chaque sacre, ma foi de gueux! je m'attendais à voir le ciel se crever sus notre tête pour nous acrapoutir [18], ou la rivière s'ouvrir sour le canot pour nous abîmer tous au fond des enfers, avec chacun un gripette [19] pendu à la crignasse [20].

Il me semble voir encore le renégat avec sa face de réprouvé,
95   crachant les blasphèmes comme le jus de sa chique, la tuque sus l'oreille, sa grande chevelure sus les épaules, la chemise rouge ouverte sus l'estomac, les manches retroussées jusqu'aux coudes, et le poing passé dans la ceinture fléchée.

Un des jurons les plus dans son élément, c'était: *Je veux que le*
100   *diable m'enlève tout vivant par les pieds!* C'était là, comme on dit, son patois.

---

13. Rameurs.
14. Distancé, laissé en arrière.
15. Expression signifiant *faire l'important, faire son p'tit Joe connaissant.*
16. Passage étroit d'un cours d'eau entre deux rives insulaires. Au singulier, chenal ou *chenail.*
17. Gosier, gorge.
18. Écraser, aplatir.
19. Diablotin.
20. Chevelure. Provient de crinière (des chevaux).

J'avais pour voisin de tôte [21] un nommé Tanfan Jeannotte de Sainte-Anne-la-Parade [22], qui pouvait pas voir sourdre c't'histoire-là, lui, sans grogner. Je l'entendais qui marmottait :

— Il t'enlèvera ben sûr à quèque détour, mon maudit ! et c'est pas moi qui fera dire des messes pour ta chienne de carcasse !

J'avions passé la rivière au Caribou, une petite machine de rivière grosse comme rien ; mais une boufresse* qui se métine [23] un peu croche le printemps, je vous le persuade, les enfants !

Jos Violon en sait quèque chose pour avoir passé trois jours et trois nuits, à cheval sur un billot, en pleine jam [24], là où c'que tous les saints du paradis y auraient pas porté secours.

Ça fait rien ! j'en suis revenu comme vous voyez, avec les erminettes [25] aussi solides que n'importe qui pour la drave*, et toujours le blanc d'Espagne [26] dans le poignet pour la grand'hache, Dieu merci !

Enfin, on arrivait à la Bête-Puante — une rivière qu'est pas commode, non plus, à ce qu'on dit — et, comme le soir approchait, les hommes commencèrent à parler de camper.

— Camper à la Bête-Puante ! allez-vous faire sacres ! dit Tipite Vallerand. Je veux que le diable m'enlève tout vivant par les pieds si on campe à la Bête-Puante !

— Mais pourtant, que dit Tanfan Jeannotte, il est ben trop tard pour rejoindre les autres canots ; où donc qu'on va camper ?

---

21. Le rameur de tête devant lui dans l'embarcation.
22. Sainte-Anne-de-la-Pérade, village de la Mauricie près de Trois-Rivières, célèbre pour la pêche annuelle aux petits poissons des chenaux.
23. Se cabrer (en parlant des chevaux). Par extension, se dompte difficilement, rebelle.
24. Prononcer *djam*. Anglicisme pour embâcle, enchevêtrement des billots sur le cours d'eau.
25. Haches au tranchant perpendiculaire au manche. Ici, au figuré, les bras et les poignets.
26. Pigment qui sert à peindre. Par extension, ce qui rend habile à effectuer une tâche.

— Toi, tu peux te fermer! beugla Tipite Vallerand, avec un autre sacre qui me fit regricher[27] les cheveux sur la tête; si y en a un parmi vous autres qui retrousse le nez pour se rébicheter[28], je sais ben où c'que je vous ferai camper, par exemple, mes calvaires. C'est tout ce que j'ai à vous dire!

Parole de voyageur, j'suis pourtant d'un naturel bonasse, vous me connaissez; eh ben, en entendant ça, ça fut plus fort que moi; j'pus pas m'empêcher de me sentir rougir les oreilles dans le crin.

Je me dis: Jos Violon, si tu laisses un malfaisant comme ça débriscailler[29] le bon Dieu et victimer[30] les sentiments à six bons Canayens qu'ont du poil aux pattes avec un petit brin de religion dans l'équipet[31] du coffre, t'es pas un homme à te remontrer le sifflet dans Pointe-Lévis*, je t'en signe mon papier!

— Tipite, que je dis, écoute, mon garçon! C'est pas une conduite, ça. Y a des imites[32] pour massacrer le monde. Tu vas nous dire tout de suite où c'qu'on va camper, ou ben j'fourre mon aviron dans le fond du canot.

— Moi étout[33]! dit Tanfan Jeannotte.

— Moi étout*! moi étout*! crièrent tous les autres.

— Ah! oui-dà oui!... Ah! c'est comme ça!... Eh ben, j'vas vous le dire, en effette, où c'que j'allons camper, mes crimes! fit Tipite Vallerand avec un autre sacre à faire trembler tout un chantier. On va camper au mont à l'Oiseau, entendez-vous? Et si y en a un qui fourre son aviron dans le fond du canot, ou qui fourre son nez où c'qu'il a pas d'affaire, moi je lui fourre un coup de fusil entre les deux yeux! Ça vous va-t-y?

---

27. Hérisser, dresser en désordre.
28. Renâcler, regimber.
29. Bosseler, mettre à mal ou injurier.
30. Invectiver.
31. Compartiment où se rangent les objets précieux d'un coffre, sorte d'écrin.
32. Limites.
33. Itou, aussi.

155   Et tout le monde entendit claquer le chien d'un fusil que le marabout venait d'aveindre[34] d'un sac de toile qu'il avait sour les pieds.

Comme on savait le pendard capable de détruire père et mère, chacun fit le mort.

160   Avec ça que le nom du mont à l'Oiseau, les enfants, était ben suffisant pour nous calmer, tout ce que j'en étions, que la moiquié en était de trop[35].

À la pensée d'aller camper là, une souleur* nous avait passé dans le dos, et je nous étions remis à nager* sans souffler motte.

165   Seulement, je m'aperçus que Tanfan Jeannotte mangeait son ronge[36], et qu'il avait l'air de ruminer quèque manigance qu'annonçait rien de bon pour Tipite Vallerand.

Faut vous dire que le mont à l'Oiseau, c'est pas une place ordinaire.

170   N'importe queu voyageur du Saint-Maurice* vous dira qu'il aimerait cent fois mieux coucher tout fin seul dans le cimiquière[37], que de camper en gang dans les environs du mont à l'Oiseau.

Imaginez-vous une véreuse[38] de montagne de mille pieds de
175 haut, tranchée à pic comme avec un rasois[39], et qui ferait semblant de se poster en plein travers du chenail[40] pour barrer le passage aux chrétiens qui veulent monter plus haut[41].

Le pied du cap timbe dret dans l'eau, comme qui dirait à l'équerre; avec par-ci par-là des petites anses là où c'que, dans le
180 besoin, y aurait toujours moyen de camper comme ci comme ça, à l'abri des roches; mais je t'en fiche, mes mignons! Allez-y voir!

---

34. Atteindre, aller chercher, puiser.
35. Tout ce qu'ils savaient à propos de ce lieu, était à moitié de trop.
36. Ronger son frein, prendre son mal en patience.
37. Cimetière.
38. Maudite. Adjectif qui provient de verrat, mâle de la truie.
39. Rasoir.
40. Chenal: passage étroit d'un cours d'eau entre deux rives insulaires.
41. C'est-à-dire en aval de la rivière.

Les anses du mont à l'Oiseau, ça s'appelle « touches-y pas ».
Ceuses qu'ont campé là y ont pas campé deux fois, je vous le
garantis.

185   D'abord, ces trous noirs-là, pour dire comme on dit, c'est pas
beau tout de suite.

Quand vous avez dret au-dessus de vot'campe, c'te grande
bringue [42] de montagne du démon qui fait la frime [43] de se pencher en avant pour vous reluquer le Canayen avec des airs de rien
190   de bon, je vous dis qu'on n'a pas envie de se mettre à planter le
chêne pour faire des pieds de nez !

C'est pas une place où c'que je conseillerais aux cavaliers
d'aller faire de la broche avec leux blondes au clair de lune.

Mais c'est pas toute. La vlimeuse de montagne en fait ben
195   d'autres, vous allez voir.

D'abord elle est habitée par un *gueulard*.

Un gueulard, c'est comme qui dirait une bête qu'on n'a jamais
ni vue ni connue, vu que ça existe pas.

Une bête, par conséquence, qu'appartient ni à la congrégation
200   des chrétiens ni à la race des protestants.

C'est ni anglais, ni catholique, ni sauvage ; mais ça vous a un
gosier, par exemple, que ça hurle comme pour l'amour du bon
Dieu… quoique ça vienne ben sûr du fond de l'enfer.

Quand un voyageur a entendu le gueulard, il peut dire : « Mon
205   testament est faite ; salut, je t'ai vu ; adieu, je m'en vas. » Y a des
cierges autour de son cercueil avant la fin de l'année, c'est tout ce
que j'ai à vous dire !

Et puis, il y a ce qu'on appelle la danse des jacks mistigris.

Vous savez pas ce que c'est que les jacks mistigris, vous
210   autres, comme de raison. Eh ben, j'vas vous dégoiser ça dans le
fin fil.

Vous allez voir si c'est une rôdeuse d'engeance que ces jacks
mistigris. Ça prend Jos Violon pour connaître ces poissons-là.

---

42. Très haute.
43. Mauvais coup, tour, mauvaise blague.

Figurez-vous une bande de scélérats qu'ont pas tant seulement
215 sus les os assez de peau tout ensemble pour faire une paire de
mitaines à un quêteux.

Des esquelettes de tous les gabarits et de toutes les corpora-
tions : des petits, des grands, des minces, des ventrus, des élingués,
des tortus-bossus, des biscornus, des membres de chrétien avec des
220 corps de serpent, des têtes de bœufs sus des cuisses de grenouilles,
des individus sans cou, d'autres sans jambes, d'autres sans bras, les
uns plantés dret debout sur un ergot, les autres se traînant à six
pattes comme des araignées, — enfin une vermine du diable.

Tout ça avec des faces de revenants, des comportements d'im-
225 pudiques et des gueules puantes à vous faire passer l'envie de
renifler pour vingt ans.

Sur les minuit, le gueulard pousse son heurlement ; et alors
faut voir ressourdre c'te pacotille infernale, en dansant, en
sautant, en se roulant, en se culbutant, grimaçant, piaillant,
230 ruant, gigotant, se faisant craquer les jointures et cliqueter les
osselets dans des contorsions épouvantables, et se bousculant
pêle-mêle comme une fricassée de mardi-gras*.

Une sarabande de damnés, quoi !

C'est ça, la danse des jacks mistigris.

235 Si y a un chrétien dans les environs, il est fini. En dix minutes,
il est sucé, vidé, grignoté, viré en esquelette ; et s'il a la chance de
pas être en état de grâce, il se trouve à son tour emmorphosé [44] en
jack mistigris, et condamné à mener c'te vie de chien-là jusqu'à la
fin du monde.

240 Je vous demande, à c'te heure, si c'était réjouissant pour nous
autres d'aller camper au milieu de c'te nation d'animaux-là !

On y fut, pourtant.

Disons, pour piquer au plus court, que nous v'là arrivés, la
pince du canot dans le sable et les camarades dans les cailloux,
245 avec les ustensiles de couquerie [45] sus le dos.

---

44. Métamorphosé.
45. Anglicisme pour cuisine.

Pas moyen de moyenner : Tipite Vallerand était là avec son fusil, qui watchait* la manœuvre et qui sacrait toujours le bon Dieu et tous les saints du calendrier comme cinq cent mille possédés.

250   Fallait ben obéir ; et comme j'avions tous une faim de chien, un bon feu de bois sec fut vite allumé, et la marmite se mit à mijoter sa petite chanson comme dans les bonnes années.

Naturellement, j'avions pris le temps d'installer une cambuse* dans le principe, comme dit M. le curé.

255   Y avait là une grosse talle de bouleaux, et j'en avions crochi un gros pied ben solide, qu'on avait amarré, en le bandant avec la bosse du canot, comme on fait pour les pièges à loups.

C'est comme ça qu'on pend la crémaillère, dans le voyage, quand on a une chance et qu'on est pressé.

260   Pas la peine de vous raconter le souper, c'pas ?

Je vous promets que la peur du gueulard et des jacks mistigris nous empêcha pas de nous licher les babines et de nous ravitailler les intérieurs.

Ces documents-là, ça peut couper l'appétit aux gens qu'ont
265   leux trois bons repas par jour ; mais pas quand il est sept heures du soir, et qu'on a nagé* contre le courant comme des malcenaires [46] depuis six heures du matin, avec tant seulement pas le temps d'allumer, et sans autre désennui que des sacres pour accorder sus l'aviron !

270   Seulement, après le souper, on avait le visage d'une longueur respectable ; et j'avions pas besoin de dire à personne de fermer sa boîte, je vous le garantis.

On se regardait tous sans rien dire, excepté, comme de raison, Tipite Vallerand, qui lâchait de temps en temps sa bordée de
275   sacres, que c'était comme une rente.

Personne grouillait ; et c'est à peine si on osait tirer une touche, quand Tanfan Jeannotte — le sournois ! — se mit à rôder, à rôder, comme s'il avait jonglé quèque plan de nègre.

---

46. Mercenaires et, par extension, esclaves.

À chaque instant, il nous passait sur les pieds, s'accrochait
dans nos jambes étendues devant le feu ; enfin, vlà la chicane
prise entre lui et Tipite Vallerand.

Comme de raison, une nouvelle bourrasque de blasphèmes.

Moi, ça me crispait.

— C'est pas pire qu'un mal de ventre, que je dis, de voir un
chrétien maganer[47] le bon Dieu de c'te façon-là !

— Le bon Dieu ? que reprend le chéti* en ricanant, il peut se
fouiller. Y en a pas de bon Dieu par icitte !

Et renotant son jurement d'habitude, qu'était viré en vraies
zitanies[48] de conversation :

— Si y a un bon Dieu par icitte, qu'il dit, je veux que le diable
m'enlève tout vivant par les pieds !

Bon sang de mon âme ! Jos Violon est pas un menteur ; eh ben
croyez-moi ou croyez-moi pas, Tipite Vallerand avait pas lâché le
dernier motte, qu'il sautait comme un crapaud les quat' fers en
l'air, en poussant un cri de mort capable de mettre en fuite tous les
jacks mistigris et tous les gueulards du Saint-Maurice* à la fois.

Il se trouvait tout simplement pendu par les pieds, au bout de
not' bouleau, qu'avait lâché son amarre ; et l'indigne se payait une
partie de balancine[49], à six pieds de terre et la tête en bas, sa longue
crignasse* échevelée faisant qu'un rond, et fouettant le vent
comme la queue d'un cheval piqué par une nuée de maringouins.

Tout à coup, fifre ! la tête de mon sacreur venait de passer tout
près de nos tisons, et… ft… ft… ft… vlà-t-y pas le feu dans le
balai !

Une vraie flambée d'étoupe, les enfants !

Ça devenait terrible, c'pas ?

Moi, je saute sus ma hache, je frappe sus l'âbre[50], et crac !
vlà mon Tipite Vallerand le dos dans les ferdoches[51], sans

---

47. Abîmer, malmener.
48. Litanies.
49. Balançoire.
50. Arbre.
51. Fardoches, broussailles.

connaissance, avec pus un brin de poil sur le concombre pour se friser le toupet.

Pas besoin de vous dire que, cinq minutes après, toute la gang était dans le canot, et, quoique ben fatiguée, nageant* à tour de bras pour s'éloigner de c'te montagne de malheur, où c'que personne passe depuis ce temps-là sans raconter l'aventure de Tipite Vallerand.

Quant à lui, le boufre[52], il fut quinze jours ben malade, et pas capable d'ouvrir les yeux sans voir Charlot-le-diable lui tâter les pieds avec un nœud coulant à la main.

Comme de raison, tout le chantier croyait trouver là-dedans une punition du bon Dieu, un miracle.

Mais moi qu'avais watché* Tanfan Jeannotte, je l'avais trop vu nous piler sus les pieds, se faufiler dans nos jambes et tripoter la chaîne de la marmite, pour pas me douter que, dans l'affaire du bouleau, pouvait ben y avoir une punition du bon Dieu, mais en même temps une petite twist[53] de camarade.

C'est mon opinion.

Quoi qu'il en soit, comme dit M. le curé, ce fut fini fret pour les sacres.

Tipite Vallerand passa l'hiver dans le chantier, sans lâcher tant seulement un *ma foi de gueux*.

Il suffisait de dire: *diable emporte!* pour le faire virer sur les talons comme une toupie.

J'ai revu le garnement quatre ans après; il était en jupon noir et en surplis blanc, et tuait les cierges dans la chapelle des Piles[54], avec une espèce de petit capuchon de fer-blanc au bout d'un manche de ligne.

— Tipite! que je lui dis.
— De quoi! qu'y me répond.

---

52. Bougre, malfaisant, vaurien.
53. Mauvais tour, farce.
54. Village de la Mauricie, près de Grand-Mère. Le nom vient d'un phénomène géologique (empilement de strates sédimentaires) propre à cette région.

— Tu reconnais pas Jos Violon?

340 — Non!... qu'il me dit tout sec en me regardant de travers, et en prenant une shire*, comme si j'y avais mis une allumette à la jupe.

Ce qui prouve que s'il s'était guéri de sacrer, il s'était pas guéri de mentir.

345 Et cric, crac, cra! sacatabi, sac-à-tabac! mon histoire finit d'en par là. Serrez les ris [55], ouvrez les rangs; c'est ça l'histoire à Tipite Vallerand!

---

55. On ne sait pas exactement si le conteur invite les auditeurs à ranger les ris (ancienne forme du mot rires), à ranger les ouïes (cessez d'écouter) ou à serrer les ris (les bandes horizontales que l'on actionne pour naviguer à la voile). Dans ce dernier cas, Jos Violon inviterait simplement l'auditoire à se lever.

Le diable des Forges [1]

Histoire de chantiers

C'était la veille de Noël 1849.

Ce soir-là, la *veillée de contes* avait lieu chez le père Jacques Jobin, un bon vieux qui aimait la jeunesse, et qui avait voulu faire plaisir aux jeunes gens de son canton, et aux moutards du voisinage — dont je faisais partie — en nous invitant à venir écouter le conteur à la mode, c'est-à-dire Jos Violon.

Celui-ci, qui ne se faisait jamais prier, prit la parole tout de suite, et avec son assurance ordinaire lança, pour obtenir le silence, la formule sacramentelle :

— Cric, crac, les enfants ! Parli, parlo, parlons !… Pour en savoir le court et le long, passez le crachoir à Jos Violon ! Sacatabi, sac-à-tabac, à la porte les ceuses qu'écouteront pas !…

Et, le silence obtenu, le conteur entra en matière :

— C'était donc pour vous dire, les enfants, que si Jos Violon avait un conseil à vous donner, ça serait de vous faire aller les argots [2] tant que vous voudrez dans le cours de la semaine, mais de jamais danser sus le dimanche ni pour or ni pour argent. Si

---

1. Les Forges du Saint-Maurice, première industrie lourde du Canada, sont établies vers 1730, sous le régime français. La production se poursuit de façon sporadique jusqu'à la fermeture en 1883. Elles sont aujourd'hui un parc historique national.

2. Ergots (d'un coq), par extension, les mollets, les jambes.

Page de titre du « Diable des forges ».
Dessin d'Henri Julien.
Almanach du peuple illustré, 1904.

vous voulez savoir pourquoi, écoutez c'que je m'en vas vous raconter.

C'te année-là, parlant par respect, je m'étions engagé avec Fifi Labranche, le jouor de violon, pour aller faire du bois carré sus le Saint-Maurice*, avec une gang de par en-haut ramassée par un foreman[3] des Praîce[4] nommé Bob Nesbitt ; un Irlandais qu'était point du bois de calvaire plusse qu'un autre, j'cré ben, mais qui pouvait pas, à ce qu'y disait du moins, sentir un menteur en dedans de quarante arpents. La moindre petite menterie, quand c'était pas lui qui la faisait, y mettait le feu sus le corps. Et vous allez voir que c'était pas pour rire : Jos Violon en sait queuque chose pour en avoir perdu sa fortune faite.

À part moi pi Fifi Labranche qu'étions de la Pointe-Lévis*, les autres étaient de Saint-Pierre les Baquets[5], de Sainte-Anne la Parade*, du Cap-la-Madeleine[6], de la Pointe du Lac[7], du diable au Vert[8]. C'était Tigusse Beaudoin, Bram Couture, Pit' Jalbert, Ustache Barjeon, le grand Zèbe Roberge, Toine Gervais, Lésime Potvin, exétéra.

Tous des gens comme y faut, assez tranquilles, quoique y en eût pas un seul d'eux autres qu'avait les ouvertures condamnées, quand y s'agissait de s'emplir. Mais un petit arrosage d'estomac, c'pas, avant de partir pour aller passer six mois de lard salé pi de soupe aux pois, c'est ben pardonnable.

On devait tous se rejoindre aux Trois-Rivières. Comme de raison, les ceuses qui furent les premiers rendus trouvirent que c'était pas la peine de perdre leux temps à se faire tourner les

---

3. Contremaître.

4. Il s'agit de William Price (1789-1867) et ses fils, propriétaires de la compagnie forestière Price Brothers., fondée en 1820.

5. Saint-Pierre-les-Becquets, village de la Maurice sur la rive sud du Saint-Laurent.

6. Cap-de-la-Madeleine, village situé sur la rive du Saint-Maurice en face de Trois-Rivières.

7. Pointe du Lac, village de la Mauricie qui donne sur le lac Saint-Pierre, au sud-ouest de Trois-Rivières.

8. Au diable Vauvert : très éloigné, dans un coin reculé. Vauvert est un bourg du Sud de la France.

pouces, et ça leur prit pas quinze jours pour appareiller [9] une
45 petite partie de gigoteuse [10].

Quand ils eurent siroté chacun une couple de cerises [11], Fifi
tirit son archet, et v'là le fun commencé, surtout pour les auber-
gistes, qui se lichaient les badigoinces [12] en voyant sauter les verres
sus les comptoirs et les chemises rouges dans le milieu de la
50 place. Ça dansait, les enfants, jusque sus les parapelles [13] !

Moi, je vous dirai ben, je regârdais faire. La boisson, vous
savez, Jos Violon est pas un homme pour cracher dedans, non ;
mais c'est pas à cause que c'est moi : sus le voyage comme sus le
chanquier, dans le chanquier comme à la maison, on m'en voit
55 jamais prendre plus souvent qu'à mon tour. Et pi, comme j'sus
pas fort non plus sus la danse quand y a pas de criatures [14], je
rôdais ; et en rôdant je watchais*.

Je watchais* surtout deux véreux de sauvages qu'avaient l'air
de manigancer queuque frime* avec not' foreman*. Je les avais
60 vus qui y montraient comme manière de petits cailloux jaunes
gros comme rien, mais que Bob Nesbitt regârdait, lui, avec des
yeux grands comme des montres.

— Cachez ça ! qu'y leux disait ; et parlez-en pas à personne. Y
vous mettraient en prison. C'est des choses défendues par le
65 gouvernement.

Ç'avait l'air drôle, c'pas ? mais c'était pas de mes affaires ; je les
laissis débrouiller leux micmac [15] ensemble ; et je m'en allais
rejoindre les danseux, quand je vis ressoude le foreman* par
derrière moi.

70 — Jos Violon, qu'y me dit en cachette, c'est demain samedi ;
tout not' monde seront arrivés ; occupez-vous pas de moi. Je

9. Préparer, arranger.
10. Danse.
11. Eau-de-vie aux cerises.
12. Babines, lèvres.
13. Trottoirs.
14. Femmes.
15. Désordre, magouille.

prends les devants pour aller à la chasse avec des sauvages. Comme t'es ben correct, toi, j'te laisse le commandement de la gang. Vous partirez dimanche au matin, et vous me rejoindrez à
75 la tête du portage [16] de la Cuisse. Tu sais où c'est que c'est?

— Le portage* de la Cuisse? je connais ça comme ma blague [17].

— Bon! mais attention! les gaillards sont un petit brin mêchés [18]; faudrait point que personne d'eux autres se laissît dégrader*. Si y en a un qui manque, je m'en prendrai à toi, entends-tu?
80 Vous serez dix-huit, juste. Pour pas en laisser en chemin, à chaque embarquement et à chaque débarquement, compte-les. Ça y est-y?

— Ça y est! que je dis.

— Je peux me fier à toi?

— Comme à Monseigneur.

85 — Eh ben, c'est correct. À lundi au soir, comme ça; au portage* de la Cuisse!

— À lundi au soir, et bonne chasse!

Je disais bonne chasse, comme de raison, mais je gobais pas c'te rubrique-là, vous comprenez. Comme il se parlait gros de
90 mines d'or, depuis un bout de temps, dans les environs du Saint-Maurice*, je me doutais ben de quelle espèce de gibier les trois sournois partaient pour aller chasser.

Mais n'importe! comme je viens de vous le dire, c'était pas de mes affaires, c'pas? Le matin arrivé, je les laissis partir et je m'oc-
95 cupis de mes hommes, qu'étaient pas encore trop soûls, malgré la nuite qu'ils venaient de passer.

Quand je leur-z-eu appris le départ du boss*, ça fut un cri de joie à la lime.

— Batêche! qu'ils dirent, ça c'est coq! Y en a encore deux à
100 venir; sitôt qu'y seront arrivés, on partira: faut aller danser aux Forges* à soir!

---

16. Sentier terrestre qui contourne un obstacle fluvial (chute, rapides). Par extension, l'action même de porter canots et bagages au-delà de l'obstacle ou d'un cours d'eau à un autre.

17. Blague à tabac, tabatière.

18. Éméchés, ivres.

— Je peux me fier à toi ?
— Comme à Monseigneur.
(Lignes 83-84)
Dessin d'Henri Julien pour « Le diable des forges ».
Almanach du peuple illustré, 1904.

— C'est faite ! que dit Fifi Labranche ; je connais ça les Forges* ; c'est là qu'y en a de la criature* qui se métine* !

— Je vous en parle ! que dit Tigusse Beaudoin ; des moules à jupes qui sont pas piquées des vers, c'est moi qui vous le dis.

— Eh ben, allons-y ! que dirent les autres.

Ça fut rien qu'un cri :

— Hourra, les boys ! Allons danser aux Forges* !

Les Forges* du Saint-Maurice, les enfants, c'est pas le perron de l'église. C'est plutôt le nique du diable avec tous ses petits : mais comme j'étions pas partis pour faire une ertraite [19], je leux dis :

— C'est ben correct, d'abord que tout le monde y seront.

Comme de faite, aussitôt que les deux derniers de la gang furent arrivés, on perdit pas de temps, et v'là tout not' monde dans les canots, l'aviron au bout du bras.

— Attendez, attendez ! que je dis ; on y est-y toutes, d'abord ? Je veux pas laisser personne par derrière, moi ; faut se compter.

— C'est pas malaisé, que dit Fifi Labranche, de se compter. C'est dix-huit qu'on est, c'pas ? Eh ben, j'avons trois canots ; on est six par canot ; trois fois six font dix-huit, manquable !

Je regardis voir : c'était ben correct.

— Pour lorsse, filons ! que je dis.

Et nous v'lons à nager* en chantant comme des rossignols :

> *La zigonnette, ma dondaine !*
> *La zigonnette, ma dondé !*

Comme de raison, faulait ben s'arrêter de temps en temps pour se cracher dans les mains, c'pas ? Et pi comme j'avions toute la gorge ben trop chesse [20] pour ça, on se passait le gouleron [21] à

---

19. Retraite : période passée dans un lieu retiré pour favoriser un cheminement spirituel.
20. Sèche.
21. Goulot.

La zigonnette, ma dondaine!
La zigonnette, ma dondé!
(Lignes 125-126)
Dessin d'Henri Julien.
Almanach du peuple illustré, 1904.

130   tour de rôle. Chaque canot avait sa cruche, et je vous persuade, les enfants, que la demoiselle se faisait prendre la taille
plus souvent qu'une erligieuse[22]; c'est tout ce que j'ai à vous
dire.

Ça fait qu'en arrivant aux Forges, si tous mes suçons[23] mar-
135   chaient, m'a dire comme on dit, à pas carrés, ça les empêchait pas
d'être joliment ronds, tout ce qu'ils en étaient.

Ça les empêchait pas non plus, tout en marchant croche, de se
rendre ben dret chux le père Carillon, un vieux qui tenait auberge
presque en face de la grand'Forge.

140   Faulait ben commercer par se rafraîchir un petit brin, en se
rinçant le dalot[24], c'pas?

Justement, y avait là un set[25] de jeunesse à qui c'qu'y manquait
rien qu'un jouor de violon pour se dégourdir les orteils. Et,
comme Fifi Labranche avait pas oublié son ustensile, je vous
145   garantis qu'on fut reçus comme la m'lasse en carême.

Y avait pas cinq minutes qu'on était arrivés, que tout le monde
était déjà parti sur les gigues simples, les reels à quatre, les
cotillons*, les voleuses, pi les harlapattes[26]. Ça frottait, les enfants,
que les sumelles en faisaient du feu, et que les jupes de droguet[27]
150   pi les câlines[28] en frisaient, je vous mens pas, comme des flam-
mèches.

Faut pas demander si le temps passait vite.

Enfin, v'là que les mênuit qu'arrivent, et le dimanche avec,
comme de raison; c'est la mode partout, le samedi au soir.

155   — Voyons voir, les jeunesses, que dit la mère Carillon, c'est
assez! On est tous des chréquins, pas de virvâle[29] le dimanche!

---

22. Religieuse.
23. Saoulons.
24. Buvant à pleine gorge, à plein gosier.
25. Anglicisme pour assortiment, groupe.
26. Le conteur énumère ici plusieurs danses populaires, certaines d'origine européenne.
27. Étoffe de laine légère.
28. Coiffes ou bonnets féminins.
29. Virevolte, par extension, danse.

Quand on danse le dimanche d'eune[30] maison, le méchant Esprit est sus la couverture.

— Tais-toi donc, la vieille! que fit le père Carillon, ton vieux
160 Charlot[31] a ben trop d'autre chose à faire que de s'occuper de ça. Laisse porter, va! Souviens-toi de ton jeune temps. C'est pas toi qui relevais le nez devant un petit rigodon le dimanche. Écoutez-la pas, vous autres; sautez, allez!

— Eh ben, tant pire! puisque c'est comme ça, que le bon Dieu
165 soit béni! Arrive qui plante, je m'en mêle pus! que fit la vieille en s'en allant.

— C'est ça, va te coucher! que dit le père Carillon.

Jos Violon est pas un cheniqueux[32], ni un bigot, vous me connaissez; eh ben, sans mentir, j'avais quasiment envie d'en
170 faire autant, parce que j'ai jamais aimé à interboliser[33] la religion, moi. Mais j'avais à watcher* ma gang, c'pas? Je m'en fus m'assire sus un banc, d'un coin, et j'me mis à fumer ma pipe tout seul, en jonglant, sans m'apercevoir que je cognais des clous en accordant sus le violon de Fifi Labranche.

175 Je me disais en moi-même:

— Y vont se fatiguer à la fin, et je ferons un somme.

Mais bougez pas: le plusse qu'on avançait sus le dimanche, et le plusse que les danseux pi les danseuses se trémoussaient la corporation[34] dans le milieu de la place.

180 — Vous dansez donc pas, vous? que dit en s'approchant de moi une petite criature* qui m'avait déjà pas mal reluqué depuis le commencement de la veillée.

— J'aime pas à danser sus le dimanche, mam'zelle, que je répondis.

185 — Quins! en v'là des escrupules, par exemple! Jamais je crairai ça... Un homme comme vous!...

---

30. Dans une.
31. Surnom du Diable.
32. Peureux, lâche, poltron.
33. Transgresser les interdits de la religion catholique.
34. Corps et, dans ce contexte, le derrière.

[…] le plusse que les danseux pi les danseuses se trémoussaient
la corporation […].
(Lignes 178-179)
Dessin d'Henri Julien.
Almanach du peuple illustré, 1904.

En disant « un homme comme vous », les enfants, c'est pas à cause que c'est moi, mais la chatte me lance une paire de z'yeux... tenez... Mais j'en dis pas plus long. La boufresse* s'appelait Célanire Sarrazin : une bouche ! une taille ! des joues comme des pommes fameuses [35], et pi avec ça croustillante, un vrai frisson... Mais, encore une fois, j'en dis pas plusse.

J'aurais ben voulu résister ; mais le petit serpent me prend par le bras en disant :

— Voyons, faites pas l'habitant*, monsieur Jos ; venez danser ce cotillon*-là avec moi !

— Faulait ben céder, c'pas ? et nous v'là partis.

J'ai jamais tricoté comme ça de ma vie, les enfants.

La petite Célanire, je vous mens pas, sprignait [36] au plancher de haut comme une sauterelle ; pour tant qu'à moi, je voyais pus clair.

Ça fut comme si j'avais perdu connaissance ; parce que, pour la mort ou pour la vie, les enfants, encore au jour d'aujourd'hui je pourrais pas vous dire comment est-ce que je regagnis mon banc, et que je m'endormis en fumant mon bougon [37].

Ça durit pas longtemps, par exemple, à ce que je pus voir. Tout d'un coup ma nom de gueuse de pipe m'échappe des dents, et je me réveille...

Bon sang de mon âme ! je me crus ensorcelé !

Pus de violon, pus de danse, pus d'éclats de rire, pas un chat dans l'appartement !

— V'là une batêche d'histoire ! que je dis ; où c'qui sont gagnés [38].

J'étais à me demander queu bord prendre, lorsque je vis ressoudre la mère Carillon, le visage tout égarouillé [39], et la tête comme une botte de pesat [40] au bout d'une fourche.

---

35. Variété de pommes très rouges.
36. Anglicisme pour bondissait, sautait.
37. Pipe à court tuyau.
38. Allés.
39. Perdu, hagard.
40. Foin de sarrasin ou foin humide.

— Père Jos, qu'a dit, y a rien que vous de sage dans toute c'te boutique icitte. Pour l'amour des saints, venez à not' secours, ou ben je sommes tous perdus !

— De quoi t'est-ce que y a donc, la petite mère ? que je dis.

220 — Le méchant Esprit est dans les Forges*, père Jos !

— Le méchant Esprit est dans les Forges* ?

— Oui, la Louise à Quiennon Michel l'a vu tout à clair comme je vous vois là. V'là ce que c'est que de danser sus le dimanche !

— De quoi t'est-ce qu'elle a vu, la Louise à Quiennon Michel ?

225 — Le démon des Forges*, ni plus ni moins ; vous savez ce que c'est. Elle était sortie, c'pas, pour rentrer sa capine qu'elle avait oubliée sur la clôture, quand elle entend brimbaler[41] le gros marteau de la Forge qui cognait, qui cognait comme en plein cœur de semaine. A regarde : la grand'cheminée flambait tout rouge en 230 lançant des paquets d'étincelles. A s'approche : la porte était toute grande ouverte, éclairée comme en plein jour, tandis que la Forge menait un saccage[42] d'enfer que tout en tremblait. On n'entendait pas tout ça, nous autres, comme de raison : les danseux faisaient ben trop de train. Mais la danse s'est arrêtée vite, je vous le 235 garantis, quand la Louise est entrée presque sans connaissance, en disant : « Chut, chut ! pour l'amour du ciel ; le diable est dans les Forges*, sauvons-nous ! » Comme de raison, v'là tout le monde dehors. Mais, ouicht !… pus rien de rien ! La porte de la Forge* était fermée ; pus une graine de flambe dans la cheminée. Tout était 240 tranquille comme les autres samedis au soir. C'est ben la preuve, c'pas, que ce que la Louise a vu, c'est ben le Méchant qu'était après forger queuque maréfice[43] d'enfer contre nos danseux…

C'était ben ce que je me disais, en sacrant en moi-même contre c'te vingueuse de Célanire. Mais, comme Jos Violon a pas 245 l'habitude — vous me connaissez — de canner[44] devant la bouillie

---

41. Frapper à coups redoublés.
42. Tapage, bruit effrayant.
43. Maléfice.
44. Frapper le sol avec une canne par signe d'impatience ou de mécontentement.

qui renverse, je me frottis les yeux, je me fis servir un petit coup, je cassis une torquette* en deux, et je sortis de l'auberge en disant :

— J'allons aller voir ça !

Je fus pas loin : mes hommes s'en revenaient. Et, vous me
250 crairez si vous voulez, les enfants, le plus estrédinaire de toute l'affaire, c'est qu'y avait pas gros comme ça de la lumière neune part. Tout était noir comme dans le fond d'un four, noir comme sus le loup !

Oui, les enfants, Jos Violon est encore plein de vie ; eh ben, je
255 vous le persuade, j'ai vu ça, moi ; j'ai vu ça de mes yeux ! C'est-à-dire que j'ai rien vu en toute, vu qu'y faisait trop noir.

On l'avait paru[45] belle, allez ! À preuve que, quand on fut rentrés dans la maison, on commencit toutes à se regarder avec des visages de trente-six pieds de long ; et que Fifi Labranche mit
260 son violon dans sa boîte en disant :

— Couchons-nous !

Vous savez comment c'qu'on se couche dans le voyage, c'pas ? Faudrait pas vous imaginer qu'on se perlasse[46] le canayen sus des lits de pleume, non ! On met son gilet de corps plié en quatre sur
265 une quarquier de bois ; ça fait pour le traversin[47]. Pour la paillasse, on choisit un madrier du plancher où c'que y a pas trop de nœuds, et pi on s'élonge le gabareau[48] dessus. Pas pus de cérémonie que ça !

— T'as raison, Fifi, couchons-nous ! que dirent les autres.

— Attendez voir, que je dis à mon tour ; c'est ben correct,
270 mais vous vous coucherez toujours point avant que je vous aie comptés.

Je me souvenais de ce que le foreman* m'avait recommandé, c'pas ? Pour lorsse, que je les fais mettre en rang d'oignons, et pi je compte :

275 – Un, deux, trois, quatre… dix-sept.

---

45. Échappé.

46. Prélasse.

47. Long coussin qui occupe toute la largeur du chevet d'un lit.

48. Garnement et, par extension, le corps.

Fifi Labranche mit son violon dans sa boîte en disant :
— Couchons-nous !
(Lignes 259-261)
Dessin d'Henri Julien.
Almanach du peuple illustré, 1904.

Rien que dix-sept !

— Je me suis trompé, que je dis.

Et je recommence :

— Un, deux, trois, quatre… dix-sept ! Toujours dix-sept !…
280 Batêche, y a du crime là-dedans ! que je dis. Y m'en manque
un !… En faut dix-huit ; où c'qu'est l'autre ?

Motte !

— Qui c'qui manque, là, parmi vous autres ?

Pas un mot !

285 — C'est toujours pas toi, Fifi ?

— Ben sûr que non !

— C'est pas toi, Bram ?

— Non.

— Pit' Jalbert ?

290 — Me v'là !

— Ustache Barjeon ?

— Ça y est.

— Toine Gervais ?

— Icitte.

295 — Zèbe étout*?

— Oui.

Y étaient toutes.

Je recommence à compter.

Dix-sept ! comme la première fois.

300 — Y a du r'sort ! que je dis. Mais il en manque toujours un,
sûr. On peut pas se coucher comme ça, faut le sarcher. Y a pas à
dire : « Catherine », le boss* badine pas avec ces affaires-là : me
faut mes dix-huit !

— Sarchons ! que dit Fifi Labranche ; si le diable des Forges*
305 l'a pas emporté, on le trouvera, ou ben y aura des confitures dans
la soupe !

— Si on savait qui c'est que c'est au moins ! que dit Bram
Couture, on pourrait l'appeler.

— C'est pourtant vrai, que dit Toine Gervais, qu'il en manque
310 un, et pi qu'on sait pas qui c'est que c'est.

Je recommence à compter.
Dix-sept! comme la première fois.
(Lignes 298-299)
Dessin d'Henri Julien.
Almanach du peuple illustré, 1904.

C'était ben ce qui me chicotait le plusse, vous comprenez ; on pouvait pas avoir de meilleure preuve que le diable s'en mêlait.

N'importe ! on sarchit, mes amis ; on sarchit sour les bancs, sour les tables, sour les lits, dans le grenier, dans la cave, sour les
315 ravallements*, derrière les cordes de bois, dans les bâtiments, jusque dans le puits…

Personne !

On sarchit comme ça, jusqu'au petit jour. À la fin, v'là les camarades tannés.

320 — Il est temps d'embarquer, qu'y dirent. Laissons-lé ! Si le flandrin est dégradé*, ça sera tant pire pour lui. Il avait tout en belle[49] de rester avec les autres… Aux canots !

— Aux canots ! aux canots !

Et les v'lont qui dégringolent du côté de la rivière.

325 Je les suivais, bien piteux, comme de raison. De quoi c'que j'allais pouvoir dire au boss* ? N'importe, je fais comme les autres, je prends mon aviron, et, à la grâce du bon Dieu, j'embarque.

— Tout le monde est paré ? Eh ben, en avant, nos gens !

330 — Mais, père Jos, que dit Ustache Barjeon, on y est toutes !

— On y est toutes ?

— Bien sûr ! Comptez : on est six par canot ; trois fois six font dix-huit !

— C'est bon Dieu vrai ! que fit Fifi Labranche, comment c'que
335 ça peut se faire ?

Aussi vrai que vous êtes là, les enfants, je comptis au moins vingt fois de suite ; et y avait pas à berlander[50], on était ben six par canot, c'qui faisait not' compte juste.

J'étais ben content d'avoir mon nombre, vous comprenez ;
340 mais c'était un tour du Malin, allez, y avait pas à dire ; parce qu'on eut beau se recompter, se nommer, se tâter chacun son tour, pas moyen de découvrir qui c'est qu'avait manqué.

---

49. Ou embelle : occasion, chance.
50. Hésiter, tergiverser.

Ça marchit comme ça jusqu'au lendemain dans l'après-midi.
Toujours six par canot : trois fois six, dix-huit ! Jusqu'à tant qu'on
345   eut atteint le rapide de la Cuisse, là où c'qu'on devait faire
portage* pour rejoindre Bob Nesbitt, on fut au complet.

En débarquant à terre, comme de raison, ça nous encouragit à
faire faire une couple de tours à la cruche. Et pi, quand on a nagé*
en malcenaire* toute une sainte journée de temps, ça fait pas de
350   mal de se mettre queuque chose dans le collet, avant de se plier le
dos sour les canots, ou de se passer la tête dans les bricoles[51].

Ça fait que, quand on eut les intérieurs ben arrimés[52], je dis
aux camarades :

— À c'te heure, les amis, avant qu'on rejoigne le boss*, y s'agit
355   de se compter pour la dernière fois. Mettez-vous en rang, et faut
pas se tromper, c'te fois-citte.

Et pi, je commence ben lentement, en touchant chaque
homme du bout de mon doigt.

— Un ! deux ! trois ! quatre ! cinq ! six ! sept ! huit !… Dix-
360   sept !…

Les bras me timbent.

Encore rien que dix-sept !…

Sus ma place dans le paradis, les enfants, encore au jour
d'aujourd'hui, je peux vous faire sarment devant un échafaud
365   que je m'étais pas trompé. C'était ni plus ni moins qu'un mystère,
et le diable m'en voulait, sûr et certain, rapport à c'te vlimeuse de
Célanire !

— Mais qui c'qui manque donc ? qu'on se demandait en se
regardant tout ébarouis[53].

370   Ma conscience du bon Dieu, les enfants, j'avais déjà vu ben des
choses embrouillées dans les chantiers ; eh ben, c'te affaire-là, ça
me surpassait*.

---

51. Bretelles de cuir ou de chanvre qui ceint le front et répartit le poids à transporter
    lors d'un portage.
52. Préparés, prêts au départ.
53. Ébahis, étonnés.

Comment me remontrer devant le foreman* avec un homme de moins, sans tant seurement pouvoir dire lequel est-ce qui manquait? C'était ben le moyen de me faire inonder de bêtises.

N'importe! comme dit M. le curé, on pouvait toujours pas rester là, c'pas, fallait avancer.

On se mettit donc en route au travers du bois, et dans des chemins, sous vot' respec', qu'étaient pas faits pour agrémenter la conversation, je vous le persuade!

À chaque détour, j'avais quasiment peur d'en perdre encore queuqu'un.

Toujours que, de maille et de corde[54], et de peine et de misère, grâce aux cruches qu'on se passait de temps en temps d'une main à l'autre, on finit par arriver.

Bob Nesbitt nous attendait assis sus une souche.

— C'est vous autres? qu'y dit.

— À pu près! que je réponds.

— Comment, à pu près? Vous y êtes pas toutes?

Vous vous imaginez ben, les enfants, que j'avais la façon courte; mais c'était pas la peine de mentir, c'pas, d'autant que Bob Nesbitt, comme je l'ai dit en commençant, entendait pas qu'on jouït du violon sus c'te chanterelle-là. Je pris mon courage à brassée, et je dis:

— Ma grand'conscience, c'est pas de ma faute, monsieur Bob, mais… y nous en manque un.

— Il en manque un? Où c'que vous l'avez sumé?

— On… sait pas.

— Qui c'est qui manque?

— On… le sait pas non plus.

— Vous êtes soûls, que dit le boss* ; je t'avais-t'y pas recommandé, à toi, grand flanc de Jos Violon, de toujours les compter en embarquant et en débarquant?

— Je les ai comptés, peut-être ben vingt fois, monsieur Bob.

— Eh ben?

---

54. De fil en aiguille.

— Eh ben, de temps en temps, y en avait dix-huit, et de temps en temps y en avait rien que dix-sept.

— Quoi c'que tu ramanches[55] là ?

— C'est la pure vérité, monsieur Bob : demandez-leux !

410   — La main dans le feu ! que dirent tous les hommes, depuis le plus grand jusqu'au plus petit.

— Vous êtes tous pleins comme des barriques ! que dit le foreman*. Rangez-vous de file que je vous compte moi-même. On verra bien ce qu'en est.

415   Comme de raison, on se fit pas prier ; nous v'lons toutes en ligne, et Bob Nesbitt commence à compter :

— Un ! deux ! trois ! quatre !… Exétéra… Dix-huit ! qu'y dit. Où c'est ça qu'il en manque un ? Vous savez donc pas compter jusqu'à dix-huit, vous autres ? Je vous le disais ben que vous êtes tous

420   soûls !… Allons, vite ! faites du feu et préparez la cambuse*, j'ai faim !

Le sourlendemain au soir, j'étions rendus au chanquier, là où c'qu'on devait passer l'hiver.

Avant de se coucher, le boss* me prend par le bras, et m'emmène derrière la campe.

425   — Jos, qu'y me dit, t'as coutume d'être plus correct que ça.

— Quoi c'que y a, monsieur Bob ?

— Pourquoi t'est-ce que tu m'as fait c'te menterie-là, avant z'hier ?

— Queue menterie ?

430   — Fais donc pas l'innocent ! À propos de cet homme qui manquait… Tu sais ben que j'aime pas à être blagué comme ça, moi.

— Ma grand'conscience !… que je dis.

— Tet ! tet ! tet !… Recommence pas !

— Je vous jure, monsieur Bob…

435   — Jure pas, ça sera pire.

J'eus beau me défendre, ostiner[56], me débattre de mon mieux, le véreux d'Irlandais voulut pas m'écouter.

---

55. Racontes, dis.
56. S'obstiner.

— J'avais une bonne affaire pour toi, Jos, qu'y dit, une job un peu rare, mais puisque c'est comme ça, ça sera pour un autre.

440   Comme de faite, les enfants, aussitôt son engagement fini, Bob Nesbitt nous dit bonsoir, et repartit tout de suite pour le Saint-Maurice* avec un autre Irlandais.

Quoi c'qu'il allait faire là ? On sut plus tard que le chanceux avait trouvé une mine d'or dans les crans [57] de l'île aux Corneilles.

445   À l'heure qu'il est, Bob Nesbitt est queuque part dans l'Amérique, à rouler carrosse avec son associé ; et Jos Violon, lui, mourra dans sa chemise de voyageur, avec juste de quoi se faire enterrer, m'a dire comme on dit, suivant les rubriques de not' sainte Mère [58].

450   De vot' vie et de vos jours, les enfants, dansez jamais sus le dimanche ; ça été mon malheur.

Sans c'te grivoise de Célanire Sarrazin, au jour d'aujourd'hui Jos Violon serait riche foncé.

Et cric, crac, cra !... Sacatabi, sac-à-tabac ! Mon histoire finit
455   d'en par là.

---

57. Falaises, rochers.
58. Suivant les rites de notre sainte Mère, l'Église.

Les lutins

Histoire de chantiers

Les lutins, les enfants? Vous demandez si je connais c'que c'est que les lutins? Faudrait pas avoir roulé comme moi durant trente belles années dans les bois, sus les cages* et dans les chanquiers pour pas connaître, de fil en aiguille, tout c'que y a à savoir sus le compte
5 de ces espèces d'individus-là. Oui, Jos Violon connaît ça, un peu!

Il va sans dire que c'était précisément Jos Violon lui-même, notre conteur habituel, qui avait la parole, et qui se préparait à nous régaler d'une de ses histoires de chantiers dont il avait été le témoin, quand il n'y avait pas joué un rôle décisif.

10 — Qu'est-ce que c'est d'abord, que les lutins? demanda quelqu'un de la compagnie. C'est-y du monde? C'est-y des démons?

— Ça, par exemple, c'est plusse que je pourrais vous dire, répondit le vétéran des pays d'en-haut. Tout ce que je sais, c'est qu'il faut pas badiner avec ça. C'est pas comme qui dirait
15 absolument malfaisant, mais quand on les agace, ou qu'on les interbolise* trop, faut s'en défier. Y vous jouent des tours qui sont pas drôles: témoin c'te jeune mariée qu'ils ont promenée toute la nuit de ses noces, à cheval, à travers les bois, pour la ramener tout essoufflée et presque sans connaissance, à cinq heures du matin.
20 Je vous demande un peu si c'est des choses à faire!

D'abord, les lutins, tous les ceuses qu'en ont vu, moi le premier, vous diront que si c'est pas des démons, c'est encore ben

Page de titre pour « Les lutins ».
Dessin d'Henri Julien.
Almanach du peuple illustré, 1905.

[…] témoin c'te jeune mariée qu'ils ont promenée toute la nuit de ses
noces, à cheval, à travers les bois […].
(Lignes 17-18)
Dessin d'Henri Julien.
Almanach du peuple illustré, 1905.

moins des enfants-Jésus. Imaginez des petits bouts d'hommes de
dix-huit pouces de haut, avec rien qu'un œil dans le milieu du
25 front, le nez comme une noisette, une bouche de ouaouaron
fendue jusqu'aux oreilles, des bras pi des pieds de crapauds, avec
des bedaines comme des tomates et des grands chapeaux pointus
qui les font r'sembler à des champignons de printemps.

Cet œil qu'ils ont comme ça dans le milieu de la physiolomie [1]
30 flambe comme un vrai tison ; et c'est ce qui les éclaire, parce que
c'te nation-là, ça dort le jour, et la nuit ça mène le ravaud [2], sus
vot' respèque. Ça vit dans la terre, derrière les souches, entre les
roches, surtout sour les pavés d'écurie, parce que, s'ils ont un
penchant pour quèque chose, c'est pour les chevaux.

35 Ah ! pour soigner les chevaux, par exemple, y a pas de maquignons dans la Beauce pour les matcher [3]. Quand ils prennent un
cheval en amiquié, sa mangeoire est toujours pleine, pi faut y voir
luire le poil ! Un vrai miroir, les enfants, jusque sour le ventre.
Avec ça, la crinière et la queue fionnées [4] comme n'importe queu
40 toupet de criature* ; faut avoir vu ça comme moi. Écoutez ben
c'que je m'en vas vous raconter, si on veut tant seulement me
donner le temps d'allumer.

Et, après avoir soigneusement allumé sa pipe à la chandelle, et
débuté par son préambule ordinaire : « Parli, parlo, parlons », etc.,
45 le vieux narrateur entama son récit dans sa formule accoutumée :

— C'était donc pour vous dire, les enfants, que c't'année-là,
j'étions allés en hivernement sur la rivière au Chêne [5], au service du
vieux Gilmore, avec une gang de par cheux nous ramassée dans les
hauts de la Pointe-Lévis*, et dans les Foulons du Cap-Blanc [6].

50 Quoique not' chanquier fût dans les environs du Saint-
Maurice*, le père Gilmore avait pas voulu entendre parler des

---

1. Physionomie, visage.
2. Bruit, tapage et, par extension, le chahut, la fête.
3. Anglicisme pour rivaliser (avec eux), (leur) tenir tête.
4. Coiffées, arrangées avec des fioritures, des ornements.
5. Affluent de l'Outaouais à la hauteur de Saint-Eustache.
6. Quartier de la ville de Québec situé au pied de la falaise.

rustauds de Trois-Rivières. Y voulait des travaillants corrects, pas
sacreurs, pas ivrognes et pas sorciers. Des coureux de chasse-
galerie, des hurlots[7] qui parlent au diable et qui vendent la poule
55   noire[8] il en avait assez, à qui paraît.

En sorte qu'on était tous d'assez bons vivants, malgré qu'on
n'eût pas l'occasion d'aller à la basse messe, tous les matins.

Comme vous devez le savoir, les enfants, la rivière au Chêne,
c'est pas tout à fait sus le voisin, comme on dit : mais c'est pas au
60   diable vert* non plus. En partant de Trois-Rivières, on se rend là
dans deux jours et demi faraud[9] : et comme le trajet s'y oppose
pas, ça vous donne la chance d'emmener des chevaux avec vous
autres pour le charriage.

Le boss* s'en était gréyé[10] de deux, avant de partir. Un grand
65   noir à moitié dompté, avec une petite pouliche cendrée, fine
comme une soie. Belzémire qu'a s'appelait. Une anguille dans le
collier, les enfants, épi une vraie poussière sur la route. Je vous dis
que c'était snug[11] c'te petite bête-là ! Tout le monde l'aimait.
C'était à qui d'nous autres volerait un morceau de sucre à la
70   cambuse* pour y donner.

Je vous ai t'y dit que le grand Zèbe Roberge faisait partie de
not' gang ? Eh ben, c'était lui qu'était chargé de l'écurie, autrement dit de faire le train. Un bon garçon comme vous savez,
Zèbe Roberge. Et comme je venions tous les deux de la même
75   place, j'étions une paire d'amis, et le dimanche, dans les beaux
temps, j'allions souvent fumer la pipe ensemble à la porte de
l'étable, en prenant ben garde au feu, comme de raison.

— Père Jos, qu'y me dit un jour, croyez-vous aux lutins, vous ?

— Aux lutins ?

80   — Oui.

---

7. Damnés.
8. À qui tranche la tête d'une poule noire, à un carrefour, la nuit, une superstition
attribue le don d'ubiquité.
9. Ici, chanceux, comme un faraud, un cavalier qui courtise une fille.
10. S'en était pourvu, muni.
11. Gentil, aimable.

— Pourquoi c'que tu me demandes ça ?

— Y croyez-vous ?

— Dame, c'est selon, que je dis ; c'est pas de la religion, ça : on n'est pas oubligé d'y croire.

85 — C'est ce que je pensais étout* moi, que dit Zèbe Roberge ; je me disais aussi : « C'est selon. » Eh ben, écoutez ! c'est pas de la religion, c'est vrai ; mais, que le bon Dieu me le pardonne ! je commence à y croire tout de même, moi.

— Aux lutins ?

90 — Aux lutins !

— Tu dis ça pour rire ?

— Pantoute ! Tenez, mettez-vous à ma place, père Jos. Tous les lundis matins, depuis quèque temps, j'ai beau me lever de bonne heure, devinez quoi c'que je trouve à l'écurie !

95 — Dame…

— Vrai comme vous êtes là, j'y comprends rien. Belzémire est déjà toute soignée, plein sa crèche de foin, plein sa mangeoire d'avoine, le poil comme un satin, mais tout essoufflée comme si a venait de faire quinze lieues* d'une bauche [12].

100 — Pas possible !

— Ma grande vérité ! Ça m'a chiffonné la comprenure [13] d'abord ; mais j'en ai pas fait trop de cas, parce que j'avais pas remarqué le principal ; à la clarté d'un fanal, comme de raison, on peut pas tout voir. Ce qui m'a mis la puce à l'oreille, par

105 exemple, c'est quand j'ai entendu, lundi dernier, France Lapointe qui disait à Pierre Fecteau : « Regarde-moi donc comme le grand Zèbe a soin de sa Belzémire ! Si on dirait pas qu'y passe son dimanche à la pomponner pi à la babichonner ! » En effette, père Jos, la polissonne de jument avait la crigne épi la queue peignées,

110 ondées, frisottées, tressées, je vous mens pas, que c'en était… criminel. Je me dis en moi-même : « V'là queuque chose de curieux. Faudra surveiller c't'affaire-là. »

---

12. D'un seul trait, d'une course rapide.
13. Compréhension, pensée, entendement.

— As-tu ben surveillé?

— Toute la semaine suivante, père Jos.

115 — Et puis?….

— Rien!

— Et le lundi matin?

— Toujours la même histoire; la jument les flancs bandés comme un tambour; et le crin… Entrez voir, père Jos, il est pas 120 encore défrisé.

Parole de Jos Violon, les enfants, en apercevant ça, y me passit comme une souleur* dans le dos. J'appelle pu ça frisé: on aurait juré que la vingueuse de pouliche était pommadée comme pour aller au bal. Il y manquait que des pends-d'oreilles avec une 125 épinglette. On se demandait, nous deux Zèbe, c'que ça voulait dire, quand on entendit, du côté de la porte, une voix qui nous traitait d'imbéciles. On se retourne, c'était Pain-d'épices qui venait d'entrer.

Pain-d'épices, les enfants (je sais pas si je vous en ai parlé) était 130 une espèce d'individu qu'avait toujours la pipe au bec, un homme des Foulons* qui s'appelait Baptiste Lanouette, mais que les camarades avaient surnommé Pain-d'épices, on sait pas trop pourquoi. Un bon garçon, je cré ben, mais un peu sournois, à ce qu'y me semblait. Il s'approchit de nous autres sus le bout des 135 pieds, et nous soufflit à l'oreille:

— Vous voyez pas que c'est les lutins!

— Hein!

— Vous voyez pas qu'elle est soignée par les lutins? C'est pourtant ben clair.

140 Zèbe Roberge tournaillait sa chique dans sa bouche, l'air tout ébaroui*.

— J'étais justement en train de parler de d'ça au père Jos, qu'y dit.

— Tut, tut! fit Pain-d'épices, faut pas faire le capon[14] comme 145 ça. Y a pas de doute que y a quèque sortilège de c't'espèce-là au

---

14. Ou carpon. Personne à qui on ne peut se fier.

Il y manquait que des pends-d'oreilles avec une épinglette.
(Lignes 124-125)
Dessin d'Henri Julien.
Almanach du peuple illustré, 1905.

fond du sac… J'ai quasiment envie, moi, d'envoyer toute ma
conçarne [15] au… t'ont pas fait mal depuis le commencement de
l'hiver, les lutins. Eh ben, laisse porter. C'est pas malfaisant, ni
vlimeux. Parles-en pas seulement. Si on se mêle pas de leux
150   affaires, y a pas de soin avec eux autres. Je connais ça, moi, les
lutins ; j'en ai vu ben chux mon défunt père, qu'était charre-
quier.

Je vous dirai ben, les enfants, c't'histoire-là me chicotait un
peu.

155   — C'est ben correct tout ça, que je dis à Zèbe Roberge, le
lendemain au soir. Mais ça me déplairait pas d'en voir, moi, des
lutins. Y a pas de mal ; c'est pas dangereux ; et pi j'ai entendu dire
que quand on pouvait en poigner un, c'était fortune faite ; de
l'argent à jointées ! Quand c'est une femelle surtout — c'est ce
160   qui est arrivé à un gros* marchand de la Rivière-Ouelle [16] — on
peut l'échanger pour un baril plein d'or. Dis-donc, Zèbe, si on
était assez smart [17], tu comprends…

Zèbe avait commencé d'abord par faire la grimace ; mais
quand il entendit parler du baril plein d'or, je vis que ça com-
165   mençait à lui tortiller le caractère. Enfin, pour piquer au plus
court, on décidit de se cacher tous les deux dans l'étable, le dimanche au soir, et de watcher* les diablotins quand ils vien-
draient faire leux manigances avec la Belzémire.

Comme de faite, le dimanche au soir arrivé, dès sept heures et
170   demie, nous v'lont nous deux, Zèbe Roberge épi moé, accroupis
d'un coin de l'écurie, derrière un quart de son pi deux bottes de
paille, pendant que not' fanal (faullait ben voir clair, c'pas ?)
paraissait avoir été oublié sus sa tablette, en arrière de la pouliche.

On fut pas longtemps à l'affût. Il était pas encore huit heures,
175   quand on entendit comme une espèce de remue-ménage qu'avait

---

15. Francisation de *concern* : compagnie d'exploitation forestière.
16. Village près de Sainte-Anne-de-la-Pocatière et de Kamouraska dans le Bas-
du-Fleuve.
17. Anglicisme pour habile, fin.

l'air de venir dret d'au-dessous de nous autres. Nous v'lont partis
à trembler comme deux feuilles ; on a beau être brave, c'pas….

Jos Violon pi une poule mouillée, ça fait deux, vous savez ça ;
eh ben, je sais pas ce qui me retint de prendre la porte pi de me
sauver. Faut que ça soit Zèbe, qui me retint, parce que je m'aperçus qu'il avait la main frette comme un glaçon. Je le crus sans
connaissance, surtout quand je vis, à deux pas de not' cachette,
devinez quoi, les enfants ! un des madriers du plancher qui se
soulevait tout doucement comme s'il avait été poussé par en-
dessous. Ça pouvait pas être des rats : on fit un saut, comme de
raison. Crac ! v'là le madrier qui se replace, tout comme auparavant. Je crus que j'avais rêvé.

— As-tu vu ? que je dis tout bas à Zèbe.

C'est à peine s'il eût la force de me répondre :

— Oui, père Jos ; j'sommes finis, ben sûr !

— Bougeons pas ! que je dis, pendant que Zèbe, qu'était un
bon craignant Dieu, faisait le signe de la croix des deux mains.

Tout d'un coup, v'là la planche qui recommence à remuer ; épi
nous autres à regarder. C'te fois-citte on avait not' en belle* : le
trou se montrait tout à clair à la lueur de not' fanal. D'abord on
vit r'soudre le bout à pic d'un chapeau pointu, puis un grand
rebord à moitié rabattu sus quèque chose de reluisant comme une
braise, qui nous parut d'abord comme une pipe allumée, mais que
je compris plus tard être c't'espèce d'œil flambant que ces races-là
ont dans le milieu du front. Sans ça, ma grand'conscience du bon
Dieu, j'aurais quasiment cru reconnaître Pain-d'épices avec son
brûle-gueule. C'que c'est que l'émagination ! j'crus même
l'entendre marmotter : « Quins, Zèbe qu'a oublié d'éteindre son
fanal ! »

Je fis ni une ni deux, j'mis la main dans ma poche pour
aveindre* mon chapelet. Bang ! v'là mon couteau à ressort qui
timbe par terre, Zèbe qui jette un cri, le chapeau pointu qui
disparaît, et moi qui prends la porte et pi mes jambes, suivi par
mon associé, qu'était loin de penser aux jointées d'argent et aux
barils pleins d'or, je vous en signe mon papier.

D'abord on vit r'soudre le bout à pic d'un chapeau pointu […].
(Lignes 195-196)
Dessin d'Henri Julien.
Almanach du peuple illustré, 1905.

Vous pouvez ben vous imaginer, les enfants qu'on fut pas pressé de parler de notre aventure. Y avait pas de danger qu'on risquît de se mettre dans les pattes de c'te société infernale qu'on avait eu juste le temps de voir un échantillon. On savait c'qu'on voulait savoir, c'pas ? C'était pas la peine de mettre toute la sarabande à nos trousses. On laissit marcher les affaires tel que c'était parti.

Tous les lundis matins, Zèbe trouvait Belzémire ben soignée, et sa toilette faite. Ça fut ben pire au jour de l'an, par exemple ; ce jour-là pas de Belzémire ! a reparut dans son part [18] que le lendemain matin, fraîche comme une rose. Quoi c'qu'elle était devenue pendant c'temps-là ? Pain-d'épices, qu'avait passé la journée à la chasse, nous jurit sus sa grand'conscience, qu'il l'avait vue filer par-dessus les âbres* comme si le diable l'avait emportée.

Je m'informais de temps en temps de ce qui se passait ; mais sitôt que j'ouvrais la bouche là-dessus :

— Je vous en prie, père Jos, que me disait le grand Zèbe, parlons pas de d'ça, c'est mieux. Chaque fois que je mets le pied dans l'écurie, je tremble toujours de voir la gueuse de planche se lever et le maudit chapeau pointu se montrer. On est pas près de me revoir par icitte ; tout le Saint-Maurice* est ensorcelé, qu'on dirait !

Jos Violon était pas pour le démentir, les enfants ; parce que, aussi vrai comme vous êtes là, je ne sais pas si c'est à cause du voisinage de Trois-Rivières, mais j'ai jamais passé un hivernement dans les environs du Saint-Maurice*, sans qu'il nous arrivit quèque vilaine traverse [19].

Quoi qu'il en soit, comme dit M. le curé, le printemps arrivé, on se fit pas prier pour prendre le bord d'en bas. Les rafts [20]

---

18. Anglicisme pour stalle : compartiment cloisonné réservé à un cheval dans une écurie.

19. Difficulté, obstacle.

20. Train de bois constitué de plusieurs cages mises bout à bout.

Pain-d'épices, qu'avait passé la journée à la chasse, nous jurit sus
sa grand'conscience, qu'il l'avait vue filer par-dessus les âbres
comme si le diable l'avait emportée.
(Lignes 222-225)
Dessin d'Henri Julien.
Almanach du peuple illustré, 1905.

étaient parées, tout le monde arrimit* son petit bagage pour se mettre en route. Les cloques[21], les casques, les raquettes, les outils, les fusils, les pièges, le violon de Fifi Labranche, le damier[22] à Bram Couture, exétera, exétera !

245   Le boss* nous avait chargés, Zèbe Roberge épi moé, de ramener les deux chevaux. Nous v'là partis tous les deux en traîne avec Belzémire dans les ménoires[23], et le grand noir qui nous suivait par derrière. On descendait grand train, quand, à un endroit qu'on appelle la Fourche, v'là ty pas la jument qui se lance à bride
250   abattue à gauche, au lieur de piquer à droite le long de la rivière.

Zèbe tire, gourme[24], cisaille[25] : pas d'affaires ! la gueuse de Belzémire filait comme le vent. Qu'est-ce que ça voulait dire ?

— Enfin, laissons-la faire, que je dis ; on rejoindra la rivière plus loin.

255   On fit ben sûr cinq bonnes lieues* de ce train-là, et je commencions à trouver la route longue, quand on aperçut une maison.

« Bon ! que j'allais dire, on va pouvoir se dégourdir un peu les éléments ! »

260   Mais j'avions pas fini d'ouvrir la bouche que Belzémire était arrêtée dret devant la porte.

— Quins ! que dit Zèbe Roberge, on dirait que la guevalle* connaît les airs*, elle a pourtant jamais rôdé par icitte.

Comme il achevait de dire ça, v'là la porte qui s'ouvre, épi
265   qu'on entend une petite voix claire qui disait :

— Quins ! c'est la jument à M. Baptiste ! Voyez donc si elle est fine, a se reconnaît, elle qu'est presque jamais venue dans le jour…

— Tais-toi, pi ferme la porte ! cria une grosse voix bourrue
270   partie du fond de la maison.

---

21. Manteau d'homme découpé dans une lourde étoffe.
22. Pour jouer aux dames.
23. Brancard formé de deux solides baguettes entre lesquelles est attelé le cheval.
24. Brider : tenter de retenir, de freiner le cheval par la bride.
25. Rudoyer un cheval en tirant sur le mors.

— Paraît que je sommes de trop dans le chanquier[26], que dit Zèbe Roberge, avec un coup de fouet sus la croupe à Belzémire, qui partit en jetant un coup d'œil de travers à la maison.

A sentait le lutin, c'est ben clair…

275   L'année d'après, qui c'que vous pensez que je rencontre dans le fond du Cul-de-sac, à Québec? Baptiste Lanouette dit Pain-d'épices, avec sa pipe au bec, comme de raison, épi gréyé[27] d'un grand chapeau pointu qui me fit penser tout de suite à celui que j'avais vu sus la tête du lutin, à la rivière au Chêne.

280   Y me racontit qu'il avait ben manqué d'en attraper un, dans la même écurie où c'que moi pi Zèbe j'avions vu le nôtre; si ben que le chapeau en était resté dans les mains.

Je l'avais ben reconnu tout de suite, allez!

Diable de Pain-d'épices, dites-moi! Encore un peu… y serait
285   ben riche à c't'heure.

Si jamais vous passez par les Foulons du Cap-Blanc*, les enfants, demandez Baptiste Lanouette, et parlez-y de d'ça: vous verrez si Jos Violon est un menteur!

---

26. Ici, le lieu, l'endroit.
27. Ici, coiffé.

Pamphile LE MAY

Le loup-garou

I

S i je mens, c'est d'après Geneviève Jambette.
Il y a *beau temps passé* depuis qu'elle nous faisait ses récits de loups-garous, de feux follets et de chasse-galerie. J'allais alors à *l'école de l'église*[1], et je n'étais qu'un gamin espiègle qui faisait des
5 niches à la destinée. J'étais à l'entrée de l'existence, et je regardais la vie par le gros bout de la lunette. Elle se perdait dans un lointain mystérieux. Ô la douce illusion !

Je n'ai fait qu'un pas de l'enfance au vieil âge. Le temps d'espérer en vain, d'aimer en fou, de rêver en poète, de souffrir en
10 martyr, et c'est déjà la vieillesse. Puis, c'est tout. Mais il ne faut pas que je m'oublie à parler de moi : c'est du loup-garou à Geneviève Jambette que je dois vous entretenir aujourd'hui.

Pauvre Geneviève, elle était vieille déjà quand elle nous racontait ses histoires si vraies !
15 — Satanpiette ! disait-elle, c'est la pure vérité. Demandez à Firmin.

Firmin, c'était son frère.

Geneviève demeurait à deux lieues* de l'église, et pour ne pas manquer la messe elle arrivait la veille des fêtes et des dimanches.

---

1. École du dimanche qui prêche la foi catholique aux enfants et les prépare à recevoir, entre autres, le sacrement de la communion.

Page de titre du « Loup-garou »
dans *Contes vrais*, édition 1907.
Dessin d'Henri Julien.

20 Combien, dans nos campagnes brûlantes de foi, font ainsi de nos
jours ? Pourtant nos maisons hospitalières s'ouvrent encore avec
plaisir pour les recevoir.

Elle descendait de préférence chez le père Amable Beaudet, où
je l'ai bien des fois écoutée. Depuis longtemps la vieille conteuse
25 naïve n'est plus ; bien peu s'en souviennent aujourd'hui. La
postérité, pour elle, n'existe pas, car dans son amour de la vertu,
elle aurait pu dire comme la Vierge à l'ange : « *Quomodo fiet istud
quoniam virum non cognosco*[2] *?* »

Et ceux qui n'ont pas d'enfants meurent plus profondément
30 que les autres.

....

— Le loup-garou ! le loup-garou ! me demandez-vous.

Franchement, je ne sais pas trop si je vais me rappeler la chose.
Ha ! bon ! Geneviève commençait ainsi :

— Mes petits enfants, il faut aller à confesse et faire ses
35 pâques*. Celui qui est sept ans sans faire ses pâques* *court* le
loup-garou.

— Mais est-ce qu'il y a des chrétiens qui restent sept ans sans
communier à Pâques ? disions-nous étonnés.

— Oui, il y en a malheureusement. Ils sont rares, mais il y en a.
40 Et si le monde continue comme il est parti, dans cinquante ans, ça
ne sera pas drôle. On ne rencontrera que des loups-garous, la nuit.

— Est-ce que c'est malin, un loup-garou ?

C'est ce pauvre Hubert Beaudet qui demandait cela d'un ton
gouailleur. Et la vieille répondait :
45 — C'est effrayant. Ça ressemble à un autre loup, mais ce n'est
pas pareil. Les yeux sont comme des charbons ardents, les poils
sont raides, les oreilles se dressent comme des cornes, la queue est
longue. Ils rôdent, cherchant qui les délivrera.

---

2. Citation de la Bible, *Évangile selon saint Luc*, I, 34 : *Comment serait-ce possible,
puisque je ne connais pas d'homme ?*

— Les délivrer ? Comment ?

50   — Il faut leur tirer du sang. Une goutte suffirait.

— Et si on tuait le loup-garou ?

— On tuerait un chrétien.

— Pendant le jour, où se cachent-ils, les loups-garous ? fit Élisée, le frère d'Hubert.

55   — Le jour, ils reprennent leur forme humaine. On ne les distingue point des autres hommes. Au premier coup de minuit la métamorphose se fait, et elle dure jusqu'à la première lueur de la *barre* du jour.

Ici, la conteuse crédule toussait, reniflait une prise, dépliait son
60   mouchoir de poche à grands carreaux, et nous enveloppait d'un regard vainqueur. Puis elle reprenait sur un ton confidentiel :

— Firmin, mon frère, en a délivré un. Il y a plusieurs années de cela. Il a failli perdre connaissance. Il ne s'y attendait pas, et il croyait avoir devant lui un vrai loup des bois qui voulait le
65   dévorer.

— Non ! Pas possible ! Vous vous moquez de nous !

— Satanpiette ! c'est la pure vérité. Demandez à Firmin. Vous ne croyez peut-être pas aujourd'hui, car vous êtes jeunes ; vous grandirez et vous comprendrez mieux alors les châtiments du
70   ciel.

Voici donc l'histoire du loup-garou délivré par Firmin, le frère de Geneviève.

II

Misaël Longeau, du Cap-Santé, et Catherine Miquelon, de chez nous, allaient contracter mariage. Le troisième ban venait
75   d'être publié. La connaissance des contractants s'était faite l'hiver précédent, à l'époque du carnaval. Les Miquelon étaient allés voir un de leurs parents, au Cap-Santé, et les jeunes gens s'étaient rencontrés là, en soirée. Ils avaient dansé ensemble, ensemble ils s'étaient assis à la table pour le réveillon.

80   Catherine avait croqué de ses belles dents blanches la croûte dorée d'un pâté ; Misaël avait rempli son verre plus d'une fois, le gaillard, car il était noceur en diable.

    Quand le père Miquelon attela pour s'en revenir, le lundi gras dans la relevée, Misaël, qui était fier de montrer son jeune cheval,
85 son harnais blanc et sa *carriole* vernie de frais, proposa à Catherine de la reconduire chez elle. La jeune fille n'eut garde de refuser. Le *pont* [3] était pris. Une glace vive et miroitante couvrait toute la largeur du fleuve, depuis la rivière Portneuf jusqu'à la Ferme.

90   Il fallait entendre le trot rapide des chevaux, et le chant des *lisses* d'acier sur la route sonore. Les *balises** de sapin fuyaient, deux par deux, comme si elles eussent été emportées par un torrent. Mais les jeunes gens ne regardaient guère la plaine nouvelle, et n'écoutaient guère la sonnerie des grelots de cuivre. Ils se
95 regardaient à travers le frimas léger qu'une buée froide attachait à leurs cils ; ils écoutaient la voix suave qui montait du fond de leurs cœurs.

    Ils arrivent au terme du voyage qui ne leur parut pas long. Ils avaient perdu l'idée de la distance et du temps. Ainsi font les
100 heureux. Ceux qui souffrent éprouvent le contraire : le temps leur dure et le chemin n'a plus de bout.

    Misaël *enterra* le mardi gras* auprès de sa jeune amie. Un enterrement joyeux, celui-là. Pas de tombe noire ni de cierges mélancoliques ; pas de psaumes lugubres ni de fosse béante où
105 s'entassent, avec un bruit sinistre, les pelletées de terre bénite ; mais une table chargée de mets appétissants, des bougies pétillantes, des refrains égrillards, des verres profonds où tombaient avec un gai murmure, les gouttes d'or de la vieille *jamaïque**. Les dépouilles mortelles, c'étaient toutes les aimables folies aux-
110 quelles on disait adieu.

---

3. Il s'agit d'un pont de glace qui se forme naturellement, par temps froid, sur les cours d'eau et qui servent de lieu de traverse entre deux rives.

III

Les amours fidèles de Catherine et de Misaël duraient depuis un an, et le mariage devait avoir lieu après le carême.

En ce temps-là le carême était rude : l'abstinence et le jeûne recommençaient chaque jour. Nos pères étaient de grands pé-
115 cheurs ou de grands pénitents. Mais ils étaient forts, nos pères, récupérant leurs forces dans la vie des champs, et respirant l'arôme vivifiant des bois. Nous, leurs fils dégénérés, faisons-nous bien le reproche de dévaster nos campagnes et de respirer trop l'air impur des villes. Retournons à la charrue, plantons des arbres autour de
120 nos demeures et nos fils, plus robustes et plus vertueux que nous, feront, pendant de longs carêmes, pénitence pour nos péchés.

Donc, le troisième ban venait d'être publié. Le *marié* était arrivé chez sa future, avec son garçon d'honneur, son père et plusieurs de ses amis. Chacun se disputait le plaisir de les héberger.
125 C'était la veille du mariage, et il fallait fêter la *mariée*. Les invités se rendirent, le violoneux en tête, chez le père Miquelon. Ils venaient dire un tendre adieu à la jeune fille qui s'apprêtait à soulever un coin du voile mystérieux, derrière lequel se dérobent les femmes graves et les matrones prudentes. Ils venaient lui faire
130 des souhaits qui jetteraient un peu de trouble dans son âme inexpérimentée.

Les noces allaient être joyeuses ; elles commençaient si bien. Les violons vibraient sous le crin rude des archets ; les danses faisaient entendre au loin leurs mouvements rythmés ; les pieds
135 retombaient en mesure comme les fléaux des batteurs de grain. Or, pendant que le rire s'épanouissait comme un rayonnement sur les figures animées, et que les refrains allègres se croisaient comme des fusées dans l'atmosphère chaude, le premier coup de minuit sonna. Le *marié* s'esquiva sournoisement. Il sortit.
140 Minuit, c'était l'heure marquée pour le départ. Les violons détendirent leurs cordes mélodieuses et ne chantèrent plus. Le garçon d'honneur s'avança alors dans la foule agitée par le plaisir et demanda :

— Le *marié* est-il ici ? Il faut qu'il me suive ; il est encore mon
145 prisonnier. Demain, une jolie fille le délivrera.

Ce fut d'abord un éclat de rire. Puis, après un moment, l'un
des convives dit qu'il l'avait vu sortir, au coup de minuit, par la
porte de derrière. Il était nu-tête.

On attendit quelques instants, le garçon d'honneur entr'ouvrit
150 la porte et jeta un coup d'œil au dehors. Il ne vit personne.

Il alla s'enquérir. Au bout d'un quart d'heure il revint, seul.

— C'est singulier, remarqua-t-il.

— L'avez-vous appelé ? lui demande-t-on.

— Oui, mais inutilement.

155 Catherine, la fiancée, devenait inquiète.

— Il va rentrer, disait-on ; il ne peut rien lui arriver de fâcheux.

— Qui sait, encore ?…. Un étourdissement, une chute…

Tous les hommes sortirent à sa recherche. Ils allèrent dans la
grange, sur le fenil, dans la *tasserie*[4], à l'écurie et à l'étable, dans
160 les stalles des chevaux et des bêtes à cornes, dans les crèches,
partout.

Une heure sonna et Misaël n'était pas revenu. Des femmes se
mirent à pleurer. Catherine paraissait toute pâle à la lumière
des bougies, et une profonde angoisse lui serrait le cœur. Elle
165 souffrait.

Aux coups de deux heures, la plupart des hommes étaient rentrés. Ils causaient à voix basse, comme auprès d'un mourant.
Tout à coup la porte s'ouvrit et le *marié* parut. Il était livide.
Cependant ses yeux étincelaient encore. Du sang coulait le long
170 de son bras, et se montrait sur ses mains glacées. Firmin le
suivait, blême, et l'air hébété d'un homme qui ne sait s'il dort ou
s'il veille, s'il a fait un rêve affreux ou un acte atroce.

— D'où viens-tu, Misaël ? que t'est-il donc arrivé ? demanda le
garçon d'honneur.

175 Il expliqua assez gauchement qu'il avait éprouvé un singulier
malaise, et qu'il était sorti pensant bien que l'air froid le remettrait,

---

4. Partie de la grange où s'entasse le foin.

qu'il était tombé sur la glace, s'était fait une blessure à l'épaule et que cette blessure lui avait fait perdre connaissance…

180 Firmin le regardait avec de grands yeux animés. Il aurait bien voulu parler, c'était visible, et il laissait voir qu'il en connaissait long, par ses signes de tête et ses haussements d'épaules. Il n'en fit rien cependant. La blessure fut pansée. On aurait dit un coup de couteau. Il y a des glaçons qui tranchent ou percent comme des poignards.

185 La gaieté revint. On but une dernière rasade, et, le lendemain matin, la cloche carillonna l'heureux mariage de Catherine avec Misaël.

— Et le loup-garou, qu'en faites-vous ?

— Attendez une minute.

190 Avant la messe, Misaël entra au confessionnal. Il y resta long-temps. Firmin recommença ses gestes et ses signes de la veille, mais avec des airs d'approbation. Il ne souffla mot, car il avait promis de ne point parler.

Or, voici ce qui était arrivé cette nuit-là. Chacun cherchait de 195 son côté le disparu. Firmin pensa qu'il pouvait être allé à l'écurie voir à son jeune cheval. Pourtant, nu-tête, ça n'avait guère de bon sens. N'importe, il s'y rendit. Comme il allait mettre la main sur le crochet de fer qui tenait la porte fermée, il entendit marcher sur la neige, derrière lui. Il crut d'abord que c'était quelqu'un de 200 la noce. Tout autre pouvait bien comme lui aller jeter un coup d'œil aux animaux. Il se retourna. Une bête de la taille d'un gros chien, mais plus élancée, venait par le sentier qui reliait la grange à la maison. Elle était noire et ses yeux étaient rouges et flam-boyants. Firmin, brave d'ordinaire, eut peur, tellement peur qu'il 205 resta là, sans ouvrir, immobile, incapable de faire un pas. L'ani-mal s'avançait vers lui et le regardait. Il crut qu'il allait être dévoré. L'instinct de la conservation lui revint alors, il fit sauter le crochet de fer et se précipita dans l'écurie. La bête redoutable entra avec lui. Il fit le signe de la croix, tira son couteau de poche 210 et s'apprêta à défendre sa vie. Il pensait bien que c'était un loup véritable. L'animal se dressa, lui mit sans façon, sur les épaules,

L'animal se dressa, lui mit sans façon, sur les épaules, ses pattes velues, et allongea, comme pour le mordre ou le lécher, son museau pointu d'où s'exhalait un souffle brûlant. Firmin frappa.

(Lignes 211-214)

Dessin d'Henri Julien.

Contes noirs, 1907.

ses pattes velues, et allongea, comme pour le mordre ou le lécher, son museau pointu d'où s'exhalait un souffle brûlant. Firmin frappa. Le couteau atteignit l'épaule et fit couler le sang. Aussitôt
215　le loup disparut, et un homme blessé à l'épaule surgit on ne sait d'où.

— Vous m'avez délivré, merci, fit cet homme.

— Comment, Misaël, c'est vous ?

— Oh ! n'en dites rien, s'il vous plaît !

220　— Vous *courez* le loup-garou ?.... Mon Dieu ! qui aurait pensé cela ?.... Il y a donc sept ans que vous n'avez pas fait vos pâques* ?

— Sept ans ; mais ne parlez pas de cela, je vous en prie. Je vais aller à confesse demain matin, et je serai bon chrétien à l'avenir.

— Le jurez-vous ?

225　— Je le jure.

— Je serai à l'église, et si vous ne tenez point votre parole, je dirai tout. Le mariage sera manqué.

— C'est entendu.

....

La voilà finie, cette histoire.

230　Geneviève Jambette avait le soin d'ajouter :

— Firmin, mon frère, n'a jamais soufflé mot de cette histoire ; elle n'a jamais été connue.

Ça finissait par un éclat de rire.

Vous allez me dire, peut-être, que vous ne croyez pas un mot
235　de tout cela…

Eh bien ! moi non plus.

Dossier d'accompagnement

présenté par
Claude Gonthier,
professeur au cégep de Saint-Laurent,
et Bernard Meney

À la mémoire de mon père,
Charles Édouard Gonthier,
bûcheron dans les forêts du Nord, au temps de sa jeunesse.

Les auteurs tiennent à remercier
Josée Bonneville, pour ses précieux conseils,
ainsi que François Rochon et Marie-Josée Ross.

LE CONTEXTE

LE CONTEXTE SOCIOHISTORIQUE
Après la Conquête
L'Église et les Britanniques

En 1763, au terme de la guerre de Sept Ans, la France cède le Canada à l'Angleterre. Une partie de l'élite française regagne l'Europe. La rage au cœur, les quelque soixante mille Canadiens sont contraints de devenir sujets du roi d'Angleterre. Peu après le traité de Paris, les Britanniques imposent aux seigneurs, demeurés au pays, de prêter serment d'allégeance au roi d'Angleterre. En outre, une loi anglaise, déjà en vigueur en Irlande, stipule que seuls les protestants sont autorisés à briguer les postes administratifs de l'État. La Couronne modifie aussi le statut confessionnel du pays qui, de catholique qu'il était, devient officiellement anglican. Tous ces changements suscitent la résistance des notables, le ressentiment du clergé et la colère du peuple.

Au même moment, en Nouvelle-Angleterre, se propage une fièvre d'indépendance. Cette agitation politique inquiète non sans raison les Britanniques. Les troupes de Sa Majesté ne sauraient contenir à la fois la révolte des insurgés américains et le soulèvement des Français récemment conquis. Il devient impératif dans ces circonstances de rechercher l'appui d'une institution, le clergé, en l'occurrence, puisqu'il possède suffisamment d'influence sur le peuple pour garantir la paix civile au Canada. Un marché se négocie donc entre les Anglais et l'Église. Celle-ci accepte de prêcher à ses fidèles la soumission aux autorités britanniques. En échange, la Couronne consent à un assouplissement des lois en vigueur. En 1774, la promulgation du *Quebec Act*, tout en élargissant le territoire de la province, rétablit les lois civiles françaises, les droits de la tenure seigneuriale[1] et la liberté du culte catholique. Pour l'Église canadienne, c'est un coup de maître. Non seulement la mission pastorale du clergé est-elle sauvegardée, mais les fabriques[2] bénéficient d'exemptions de taxes et de nombreux privilèges. Elles recouvrent, par exemple, le droit de percevoir la dîme, source de revenus essentielle à leur fonctionnement.

L'indépendance… de l'Ontario !

Les communautés anglo-canadienne et américaine voient d'un mauvais œil le marchandage entre les «papistes» et la Couronne d'Angleterre : elles dénoncent ouvertement la pratique autorisée du catholicisme au Québec. La proclamation de l'Indépendance des États-Unis d'Amérique, le 4 juillet 1776, incite néanmoins le gouverneur anglais à resserrer ses liens avec le clergé canadien. La religion protestante demeure la seule officielle du Canada, mais la plupart des paroisses du Québec sont en réalité catholiques. Quand les loyalistes viennent se réfugier sur les terres encore peu peuplées au nord des Grands Lacs, fuyant la révolution américaine, ils refusent toutefois de partager un pays avec des «papistes», francophones par surcroît, qu'ils méprisent. Leurs récriminations se muent bientôt en revendications séparatistes et, en 1791, l'acte constitutionnel leur donne satisfaction par la création de deux provinces distinctes : le Haut-Canada (l'actuel Ontario) et le Bas-Canada (le Québec). L'histoire fait ainsi état

---

1. Système d'attribution des terres rappelant l'ancien régime féodal. Des individus (les seigneurs) ou des groupes (compagnies, clergé) obtiennent la concession de portions du territoire sur lesquelles ils installent des colons censitaires qui leur doivent une partie de leurs récoltes.

2. La fabrique désigne l'administration de la part financière et immobilière d'une paroisse en marge de sa mission spirituelle.

d'une première indépendance politique canadienne revendiquée et obtenue par les ancêtres des Ontariens !

Une démocratie truquée

En instituant un parlement au Bas-Canada, la nouvelle constitution accorde un pouvoir décisionnel au peuple conquis du Bas-Canada : une brèche politique qui pourrait mener au vote de législations contraires aux intérêts britanniques. Pour pallier cette éventualité, le gouverneur crée deux conseils privés, dont les membres, nommés à sa discrétion, s'accordent à ses vues. Chapeautant l'Assemblée des élus, majoritairement francophones, les Conseils législatif et exécutif, où siègent des Britanniques, donnent au gouverneur anglais du Bas-Canada le pouvoir de rejeter toute résolution adoptée par les députés canadiens. Ceux-ci acceptent, les premières années, de collaborer à ce gouvernement truqué. Mais constatant que leurs volontés sont systématiquement contrecarrées par l'autorité anglaise qui, elle, ne fait aucune concession, ils passent à l'offensive. En 1834, la présentation d'une liste de 92 résolutions par le Parti canadien (ou patriote) de Louis-Joseph Papineau met le feu aux poudres. Les députés osent y exprimer leurs griefs et revendiquent une souveraineté nationale et laïque, reflet d'un véritable et légitime processus démocratique. Par ce geste d'éclat, les patriotes réclament plus de pouvoirs pour les élus du peuple et dénoncent la collusion entre l'administration anglaise, les riches marchands de Montréal et l'Église catholique. C'est le prélude à la rébellion des Patriotes de 1837-1838, où le peuple engage une lutte armée contre l'oppresseur tout en refusant d'écouter les appels au calme lancés par le clergé canadien.

L'assimilation et l'exode

L'échec du soulèvement des Patriotes conduit, après le dépôt des recommandations du rapport Durham, à l'Acte d'union de 1841. La population du Canada-Uni devient donc majoritairement anglaise, ce qui favorise l'assimilation des Français, conformément à l'orientation prescrite par Lord Durham. La réaction de l'Église est d'inciter la prolifération des naissances pour maintenir le poids démographique des francophones. Cette « revanche des berceaux » conduit à un surpeuplement des campagnes et à une misère endémique. La Confédération de 1867 redonne à la province de Québec certains des pouvoirs perdus en 1841, mais elle favorise surtout les groupes politiques influencés par les bourgeois anglais et les députés à la solde — ou membres — du clergé. À la fin du siècle, lorsque les filatures de la Nouvelle-Angleterre cherchent de la main-d'œuvre, l'exode de centaines de milliers de Canadiens français souligne leurs déplorables conditions économiques d'alors. Le clergé tente de contenir ce flot migratoire en faisant la promotion du défrichement des terres dans les Laurentides et en Abitibi. Une bonne part de la littérature de l'époque est mise au service de cette propagande de l'idéologie du terroir, mais les masses ne répondent que sporadiquement aux volontés cléricales, et l'émigration vers les États-Unis fait chuter la proportion des Canadiens français au pays sous la barre des trente pour cent.

Les grands mouvements idéologiques
Le mouvement libéral

Les *libéraux* ou les *rouges*, qu'on nomme les *patriotes* avant 1840, appartiennent à un mouvement d'idées issues de la pensée philosophique des Lumières et du libéralisme économique européen. À des notions de liberté et de justice sociale, ils intègrent le droit inaliénable d'une nation à exercer sa souveraineté politique par le truchement d'institutions démocratiques et, en conséquence, ils préconisent la séparation de l'Église et de l'État. Ils sont croyants et pratiquants, mais ils contestent l'ingérence du clergé dans les activités sociales, culturelles et politiques du pays. Ils considèrent que son rôle doit se limiter au prêche et au soutien des fidèles dans leur quête spirituelle.

Moins anticatholiques qu'anticléricaux, les *libéraux* se recrutent parmi les notables et les membres de l'élite intellectuelle du pays. Indépendants de fortune et hautement scolarisés, ils envient la puissance économique de la bourgeoisie anglophone, qui leur est autrement supérieure, et souhaitent la surpasser en lui opposant un enrichissement collectif du peuple. Le nationalisme des *rouges* participe ainsi à une valorisation du Canadien français, qui doit troquer son attitude soumise pour un dynamisme d'union et de solidarité.

Le mouvement libéral conteste aussi le contrôle exercé sur le pouvoir par une Angleterre étrangère et prône l'appropriation pleine et entière des commandes de l'État par un gouvernement élu démocratiquement. Après la rébellion avortée, l'affrontement armé perd toute crédibilité. Les *rouges*, moins radicaux que les patriotes — c'est là ce qui les distingue pour l'essentiel —. préfèrent s'appuyer sur le vote populaire, plutôt que sur l'usage de la force, pour faire triompher leurs revendications.

Le mouvement ultramontain

À l'opposé, les *ultramontains*[3] prônent la suprématie du pouvoir clérical sur l'autorité civile. Ils caressent le projet d'une société idéale, entièrement assujettie au clergé et vouée à la parfaite observance des règles morales chrétiennes. Alors qu'en France, l'État se laïcise et que le libéralisme se répand, au Québec, les *ultramontains* s'avèrent des réactionnaires qui confondent l'ascendant moral de l'Église et sa puissance temporelle. Aux revendications politiques que les *libéraux* considèrent comme indissociables de la question identitaire, les ultramontains substituent l'héritage du passé et de la tradition. Le

---

3. En France, le mot *ultramontain* désigne un parti qui favorise l'autorité du pape considérée comme supérieure à celle du roi. Envisagé depuis Paris, le pouvoir de Rome doit donc franchir (ultra) les montagnes (montanisme) et s'imposer à la cour et à la société françaises. Au Québec, l'explication géographique devient boiteuse, mais l'esprit demeure. Les *ultramontains* se mettent au service des intérêts de l'Église et lui vouent une parfaite obéissance.

clergé détient la légitimité de « sauver » non seulement les âmes, mais la nation tout entière, et il peut imposer ses vues aux dépens de la démocratie.

Les *ultramontains* ne sont pas que des religieux. On en croise dans tous les milieux de la société, surtout dans la petite bourgeoisie. Les membres du clergé s'avèrent bien entendu les porte-parole du mouvement, et les laïcs, qui s'expriment à leurs côtés, se bornent pour l'essentiel à rabâcher les thèses cléricales. Après l'échec de la rébellion des Patriotes, l'Église et les *ultramontains* favorisent la paix et la réconciliation avec les Anglais. Des sociétés, des associations et des journaux catholiques tentent de persuader le peuple que la survie de la race canadienne passe moins par la lutte pour l'affirmation politique que par la conservation de la foi catholique et de la langue française. À les entendre, nul Canadien français ne vit plus heureux que dans le respect des coutumes et des mœurs de ses ancêtres au sein d'une paroisse catholique, sous le regard bienveillant du bon curé. Et le clergé se charge pour lui de négocier avec le conquérant un partenariat économique et politique satisfaisant.

Les *ultramontains*, tout comme les *libéraux*, sont *nationalistes*, mais d'un type bien différent. Ils ont moins le souci d'atteindre une autonomie politique que d'étendre l'emprise de l'Église sur tout un peuple. En 1867, quand la Confédération noie le Québec dans un Canada protestant, les *ultramontains* demeurent confiants de partager le pouvoir avec la bourgeoisie anglaise, lui cédant la mainmise de l'économie, pour s'arroger le contrôle de la société. Bientôt, l'Église étend ses ramifications dans l'éducation, la santé et les services sociaux. Dans les paroisses, les curés tiennent un registre des assistances à la messe et des visites au confessionnal. Ils contrôlent le respect des jeûnes, veillent à la perception de la dîme et passent dans chaque maison pour y donner la bénédiction. Puissante et largement diffusée, la pensée des *ultramontains* est défendue avec un impitoyable acharnement. Les *rouges*, leurs ennemis politiques, se trouvent purement et simplement assimilés au démon. Ainsi, dans les sermons dominicaux, les curés suggèrent-ils à leurs ouailles d'observer que le rouge est la couleur de l'enfer, cependant que le bleu est la couleur commune au parti des conservateurs et au ciel… Pour atteindre les masses, la haute valeur spirituelle de la pensée ultramontaine s'abaisse souvent à un rigorisme étroit et bigot. Ce rigorisme est aussi derrière toute une culture religieuse de pacotille dont les manifestations populaires frôlent le paganisme et l'idolâtrie: stigmatisés et martyrs, processions et apparitions de la Vierge, statues miraculeuses, ex-voto et lampions qui exaucent des vœux, achat d'âmes de petits Chinois par la vente de cartes…

Le commerce du bois et l'exploitation forestière
L'amorce d'un développement économique

La traite des fourrures demeure longtemps la principale activité commerciale de la Nouvelle-France, jusqu'à ce qu'en 1731, l'intendant Hocquart (1694-1783) prenne en charge la gérance du Canada avec le mandat d'en diversifier l'économie. Homme fort avisé, Hocquart envisage d'achever la construction de l'axe routier entre Montréal et Québec, afin de nourrir les échanges commerciaux au sein même de la colonie. En 1737 est inauguré le Chemin du roy, une voie large de six à huit *toises*[4], dont l'État supervise l'entretien et qu'à l'époque un homme à cheval met quatre jours à parcourir d'un bout à l'autre. Deux ans plus tard, le tracé, doté de dix-neuf ponts, devient carrossable à l'année. Cette artère offre ainsi une heureuse alternative à la navigation fluviale.

De plus, longeant la rive nord du Saint-Laurent, le Chemin du roy traverse un chapelet de villages et en stimule le développement. La superficie des terres défrichées dans l'environnement immédiat de la voie double en vingt ans et la population triple, atteignant cinquante-cinq mille âmes en 1755.

---

4. Une toise équivaut à 1,80 mètre.

Trois-Rivières, à mi-parcours entre les deux pôles économiques de l'artère, tire un bel avantage de sa situation. Dès 1738, c'est là que l'intendant Hocquart encourage l'établissement de chantiers navals et qu'il met tout en œuvre pour établir durablement les Forges du Saint-Maurice, la première industrie lourde du Canada fondée par François Poulin de Francheville. Cette intense activité industrielle, qui donne une impulsion remarquable au commerce du bois, favorise l'éclosion des premiers chantiers de coupe de la rivière Saint-Maurice. Malheureusement, de mauvaises récoltes successives et la retentissante faillite des Forges, après seulement quelques années d'exploitation, ont raison de ce premier essor économique et entachent la fin du mandat de l'intendant Hocquart, rappelé en France dès 1744. La colonie entre dès lors dans une difficile période économique jusqu'à la Conquête de 1763.

La forêt : une mine d'or

Le commerce du bois ne reprend une réelle vigueur qu'au XIXe siècle, période où il devient même la première source de revenu de l'industrie canadienne, devançant les pelleteries, la pêche et l'agriculture. Pendant la première moitié du siècle, la spécialisation la plus rentable de ce secteur demeure la coupe des grands arbres de la vallée du Saint-Laurent destinés à la production de mâts de navires. Cette production, qui exige du bois de très haute qualité, contraint les compagnies à rechercher de beaux arbres. Quand le fer remplace le bois dans la construction des navires, les chantiers de coupe se voient privés de leurs meilleurs revenus. Profondément enfoncés dans la forêt, les chantiers entraînent des coûts d'exploitation qui réduisent les marges de profits. On se borne à la production de bois équarri, exporté vers l'Angleterre, alors que la survie de l'industrie passe par la transformation locale de la matière première. Dès que les grands propriétaires des exploitations forestières en saisissent les avantages économiques, la fabrication canadienne de bois de sciage et de bois usiné connaît un développement fulgurant. Après 1850, les scieries se multiplient à l'embouchure des cours d'eau, où elles reçoivent au printemps les billots qui descendent le courant par flottage (à la *drave*) depuis les chantiers. Elles produisent des matériaux de construction, des portes et fenêtres, des meubles et mille objets usuels. Vers la fin du XIXᵉ siècle, la demande mondiale de papier explose, et la pulpe de bois, nécessaire à sa fabrication, donne un nouvel élan à l'industrie. Trois-Rivières conserve durant plusieurs décennies le titre de capitale mondiale du papier journal.

La vie des chantiers

À mesure que les chantiers s'enfoncent plus avant dans la forêt, les conditions de travail et les mœurs se dégradent. L'Église voit en outre d'un très mauvais œil ces hordes d'hommes isolés dans les bois pendant les longs mois d'hiver et développant des liens étroits avec les Amérindiens. Elle organise des campagnes de propagande en faveur de l'agriculture. Mais plus d'un rude gaillard préfère le travail en forêt à la servitude rurale. Nombreux sont ceux, aussi, qui partagent leur vie entre ces deux tâches. Parce que la terre rend mal et ne permet pas de joindre les deux bouts, chaque automne, quand les dernières récoltes sont engrangées, des centaines d'hommes montent aux chantiers et se font bûcherons. En 1861, on compte une soixantaine d'exploitations forestières, tant le long du Saint-Maurice que sur les berges de l'Outaouais et de la Gatineau. Leurs propriétaires appartiennent aux riches familles anglaises des Ross, Price, Patton et Gilmore.

Le camp

Au chapitre II de *Forestiers et voyageurs*, Joseph-Charles Taché décrit avec minutie un camp (prononcé *campe*) de bûcherons du milieu du XIXᵉ siècle.

> Le site du *camp* occupe un petit plateau, pas assez élevé pour être trop exposé, mais assez pour n'être pas incommodé par l'eau dans les dégels : dans le voisinage immédiat coulent les eaux saines et abondantes d'une rivière ou d'un ruisseau.

L'emplacement nécessaire a été soigneusement *débarrassé* : sur le sol de cette petite trouée faite au milieu de la forêt s'élèvent les édifices de l'établissement. C'est d'abord le *camp* proprement dit, maison, case ou cabane, destiné au logement du personnel, puis une écurie pour les chevaux, et enfin des *abris*, faits pour recevoir et protéger des objets de consommation, des ustensiles, etc., etc. [...]

Les édifices d'un chantier sont construits de troncs d'arbres non équarris ; ces morceaux de bois ronds sont ajustés aux angles au moyen d'entailles, pratiquées aux faces supérieure et inférieure des deux extrémités de chaque pièce. [...] Les interstices entre les pièces sont calfeutrés avec de la mousse ou de l'écorce de cèdre. [...]

L'intérieur du logement des hommes de chantier se compose d'ordinaire d'une seule pièce. Tout autour de cette pièce règne une rangée de lits ou *couchettes*, dont les ais sont fixés aux lambris. Le plancher des couchettes est formé de petits barrotins, recouverts d'une couche [...] de branches de sapin [...] : un oreiller, dont ni la matière ni la forme ne sont prescrites par le règlement, et des couvertures de laine complètent la literie des *hommes de chantier*.

Un poêle, dont le tuyau traverse le toit, occupe d'ordinaire le centre du logis [...].

Ce poêle est remplacé, dans l'Outaouais, par un grand foyer central. Dans l'un et l'autre des cas, cette source ignifuge sert de cambuse, c'est-à-dire de cuisine. C'est aussi autour de ce feu que s'installent les travailleurs pour passer la veillée et entendre le conteur du *camp* évoquer quelque légende.

L'hygiène et la nourriture

Pendant la saison froide, en pleine forêt, sans eau courante ni électricité, le camp de bûcherons connaît de graves problèmes d'hygiène. Certains établissements observent néanmoins des normes sévères pour maintenir une propreté décente des lieux et du personnel. La nourriture, préparée avec des ustensiles propres et des marmites bien astiquées, offre un menu peu varié, riche en gras et en glucides : fèves et pommes de terre, lard et graisses animales et, pour les festivités, pâtes au beurre sucrées. La viande, essentiellement des carcasses de gibier tuées par les hommes dans les environs, est conservée au froid dans un garde-manger isolé de la cambuse, la cuisine du *camp*. Une lessive hebdomadaire des vêtements est instituée les dimanches. Les hommes profitent de l'occasion, s'il ne fait pas trop froid, pour faire un brin de toilette. Les lieux d'aisance, situés à une bonne distance de l'habitation, sont régulièrement entretenus. Enfin, il importe d'enfouir les déchets domestiques pour éviter d'attirer près du *camp* les bêtes sauvages.

Mais certaines exploitations forestières vivent dans la crasse. Pendant toute la durée de l'hiver, les bûcherons n'y changent jamais de vêtements. L'écurie, souvent attenante au *camp*, stimule la prolifération de la vermine et des poux. Les punaises tapissent le fond des couchettes, et les maladies de peau, irritations bénignes ou érysipèles, sont légion. La conservation et la préparation de la nourriture sont réalisées dans des conditions innommables, ce qui cause des troubles gastriques et parfois des empoisonnements collectifs. Ces établissements restent peu nombreux, car leur mauvaise réputation fait fuir les meilleurs bûcherons. Les compagnies ont tout intérêt à donner à leurs employés des conditions de vie acceptables.

Un rude travail

Une hiérarchie et la répartition du travail en tâches précises assurent le bon fonctionnement du chantier. Supervisant et dirigeant l'exploitation, le *foreman* (contremaître) est le représentant des propriétaires de l'entreprise. Les bûcherons occupent des postes liés à l'une des étapes de la coupe du bois : les *bûcheurs* abattent les arbres ; les *piqueurs* élaguent les troncs de leurs branches et racines ; enfin, s'il est nécessaire, des *doleurs* ou *grand'haches* équarrissent les billots. Par la suite, des *charretiers* chargent et transportent le bois sur des traîneaux. Le chemin emprunté, entretenu et pelleté chaque jour par des *claireurs*, mène à la *jetée*, au bord d'une rivière flottable. C'est là, au printemps, que les billots sont assemblés en radeaux, et les radeaux en *train* de bois ou *cages*. Pendant la *drave*, le bois descend le courant par flottage jusqu'au moulin à scie où il est transformé. Pendant la durée du transport, qui peut prendre quelques semaines, les *draveurs* ou *cageux* vivent en permanence sur les radeaux. Ceux-ci, gréés de mâts et de voiles, se gouvernent comme des embarcations. Mais les cours d'eau tumultueux et les rapides les endommagent et causent des embâcles. Sautant avec agilité d'un billot à l'autre, les *draveurs*, munis de longues gaffes, démêlent l'écheveau, travail ô combien périlleux.

Au printemps, de l'argent plein les poches, bien des hommes achètent des semences et retournent à la culture des terres, mais d'autres flambent en quelques semaines, dans l'alcool et la débauche, le salaire de toute une saison.

LE CONTEXTE CULTUREL
La vie canadienne-française [5]
Le village et la famille

Pendant tout le XIXe siècle, la société canadienne-française est essentiellement rurale. Le village demeure le centre des échanges sociaux et commerciaux de la vie quotidienne, et le parvis de l'église, après la messe du dimanche, le point de convergence des informations, nouvelles et commérages de la collectivité. L'organisation sociale repose sur la cellule familiale qui, à petite échelle, reproduit la hiérarchie morale de la paroisse : les fidèles, devant leur curé, sont un peu comme des enfants devant un père auquel ils doivent respect et obéissance. On assiste dès lors à une sorte d'infantilisation du peuple, conséquence d'un rigorisme clérical qui impose les us et coutumes traditionnels comme balises du comportement social.

---

5. Les habitants du Québec se nomment eux-mêmes des *Canadiens* pendant tout le XIXe siècle, ce qui les oppose dans leur esprit aux *Anglais*, usurpateurs du pouvoir. Pendant la Première Guerre mondiale, l'usage dans l'armée distingue les troupes de *Canadiens anglais* des milices de *Canadiens français*. Cette dénomination se répand alors et se maintient jusque dans la deuxième moitié de la décennie 1960, quand l'émergence d'une nouvelle vague nationaliste impose la *Québécoise* et le *Québécois*.

Exhortés à vivre repliés sur eux-mêmes, les Canadiens demeurent blottis à l'ombre du clocher paroissial durant une existence dont l'Église sanctionne les étapes par une succession de rituels : baptême, première communion, confirmation, fiançailles, mariage, baptême de la progéniture, service funèbre. Certes, le peuple n'obéit pas aussi aveuglément que le clergé le souhaiterait. En maintes occasions, il se montre insubordonné. Il s'adonne volontiers à l'alcool, enfreint le jeûne du carême et « sacre » plus qu'il ne devrait. Pourtant, le respect des rituels, notamment de la messe du dimanche, prévaut dans tous les milieux.

Marquée par le sceau de la soumission, la culture s'inscrit elle aussi dans une crainte relative du péché. Chacun sait que la faute révélée, même si elle est ensuite expiée, imprime à la réputation familiale une tache qui risque de durer plusieurs générations. Quant au refus de s'amender, il peut conduire le récalcitrant à l'exclusion sociale. Dans ce contexte, l'hypocrisie et la dissimulation deviennent des règles de comportement. Si l'acte infâmant demeure inconnu, on s'en accommode.

Par ailleurs, les rapports avec le monde extérieur — les voyages à la grande ville, par exemple, si décriés par Monsieur le curé — suscitent la peur et l'inquiétude. On les redoute, puisqu'il existe un consensus social à l'effet qu'on n'est jamais aussi bien que chez soi, dans l'univers familier et chrétien du village natal. Pour cette raison, tout étranger de passage apparaît comme une menace. Sans racines et sans traditions, le survenant symbolise l'écart de la norme. Il ouvre la porte à la différence, c'est-à-dire à la transgression et au péché. Cette méfiance envers l'autre et sa différence, issue d'une mentalité étroite et hostile, fait du village un lieu propice au développement de la xénophobie et de l'intolérance, attitudes perceptibles dans plusieurs contes et légendes du XIXe siècle.

L'éducation et les campagnes de tempérance

L'Église reste longtemps réticente à prodiguer une instruction à des fidèles qu'elle domine d'autant mieux qu'ils demeurent ignorants. C'est le parti patriote qui, par une loi votée en 1829 sur les écoles de syndic, impose l'accessibilité gratuite et universelle à un système scolaire laïque, dispensant les matières de base. Au nombre de deux cent soixante-deux, en 1829, les écoles atteignent le chiffre de mille trois cent soixante-douze établissements en 1836. L'analphabétisme endémique des campagnes recule pour la première fois au pays. Le taux de fréquentation scolaire — un enfant sur quinze, avant la loi — passe à un enfant sur trois. Cet essor prodigieux est alors freiné par le gouverneur anglais qui, par mesure de représailles contre le parti patriote, refuse le vote des crédits aux écoles laïques. La loi confie alors une part des écoles publiques au clergé, les autres sont contraintes de fermer leurs portes. Cette mise à mort du réseau d'éducation laïque est l'une des causes de la rébellion de 1837.

En 1867, l'éducation devient la mission exclusive du clergé, qui conserve une pleine autorité sur le développement des programmes scolaires et impose l'enseignement confessionnel. Les libéraux remettent en cause cette orientation morale de l'enseignement, source d'une véritable propagande religieuse. Mais leur volonté d'y substituer une éducation laïque ne s'imposera que dans le dernier tiers du XXe siècle.

Outre son omniprésence dans le système scolaire, le clergé se donne pour mission d'éduquer les masses et de contrer les fléaux sociaux du siècle, dont le plus aigu demeure sans nul doute l'alcoolisme. Patronnées par de hauts dignitaires de l'Église, les campagnes de tempérance s'organisent en réaction contre les effets dévastateurs de l'ivrognerie dans les familles, car les parents qui s'adonnent à «la boisson» perdent peu à peu tout sens des responsabilités et abandonnent leur progéniture à son propre sort. L'Église intervient et assure la prise en charge de ces enfants abandonnés par des orphelinats et des foyers d'accueil. Les ligues de tempérance, dont on retrouve la présence dans tous les pays occidentaux au XIXe siècle, déploient une intense activité pour éviter l'éclatement des familles. Elles visent pour ce faire à réduire et même à bannir la consommation d'alcool sous toutes ses formes. Elles tentent ultimement de pousser le gouvernement à promulguer une loi sur la prohibition de l'alcool, qui ne voit jamais le jour au Québec, puisqu'une forte proportion de la population s'y oppose au référendum canadien de 1898.

Les veillées

Sous le régime français, les populations des rives du Saint-Laurent accusent déjà une prédilection marquée pour la veillée populaire. L'arrivée des Anglais change à peine la tradition, si ce n'est qu'on ajoute les fêtes des conquérants au calendrier des festivités ! Pour tromper l'ennui et l'isolement des longs mois d'hiver, depuis Noël jusqu'au Mardi gras, les veillées [6] se succèdent à intervalles rapprochés, chaque maison se faisant un point d'honneur de recevoir les membres de la famille, les voisins et les connaissances, au moins une fois par saison. Dans la plus joyeuse familiarité, on y danse, on y chante, on y « prend un coup ». Pendant que les « jeunesses » se lancent dans un « set carré », les vieux, dans un coin, fument ou chiquent du tabac, en se racontant des histoires salées. Près des fourneaux, les femmes mariées mettent une dernière main à la préparation des plats, en se confiant à mi-voix les derniers potinages du comté. Puis, l'appétit aiguisé par toute cette animation, la compagnie passe à table. On réveillonne jusqu'à une heure fort avancée de la nuit. Ce n'est qu'après avoir bien bu et bien mangé que l'assemblée fait cercle autour du conteur. Là, au coin de l'âtre, dans l'assoupissement général causé par la digestion et la fatigue, les légendes font surgir les loups-garous, les feux follets et la chasse-galerie du folklore traditionnel.

---

6. Dans certaines régions, et chez les gens de la haute société, on préfère les appeler des bals.

LE CONTEXTE LITTÉRAIRE
Le romantisme et le folklore au Québec
Qu'est-ce que le romantisme ?

Le romantisme est un courant artistique et littéraire, opposé au rationalisme asséchant des Lumières[7], qui veut mettre l'art au service de l'épanchement des sentiments. Révolutionnaire, le romantisme accorde à l'imagination créatrice et à la sensibilité exacerbée du « moi » des qualités expressives et esthétiques sans précédent. L'œuvre romantique, manifestation intime de l'artiste — être d'exception —, se déploie sur les registres de la sincérité et de la passion. Elle participe ainsi à la survalorisation de l'expérience individuelle et, par conséquent, prétend à l'originalité — une notion toute nouvelle dans l'histoire de l'art occidental.

Né concurremment en Allemagne et en Angleterre à la fin du XVIIIᵉ siècle, le romantisme se répand en Europe et gagne l'Amérique au cours du XIXᵉ siècle. Chaque pays qui l'adopte l'acclimate à sa culture. Il n'y a donc pas *un* romantisme, mais autant de romantismes que de nations. Développé à un moment de l'histoire occidentale où la classe bourgeoise s'impose à travers d'importants bouleversements politiques et sociaux, le mouvement romantique favorise à la fois l'individualisme et le patriotisme. Il rejoint d'abord la sensibilité de la nouvelle génération, issue des troubles révolutionnaires, et devient jusqu'à une mode pour toute une jeunesse préoccupée par ses passions et ses états d'âme. Mais le romantisme touche aussi à l'engagement politique. Loin de vivre uniquement retiré du monde, où peuvent le conduire la mélancolie et l'amour déçu, le romantique s'engage dans les débats politiques de son temps. Dans un monde encore trop souvent fondé sur l'allégeance au roi et les privilèges de classe, l'idéal romantique se range du côté du peuple et de la

---

7. On appelle les *Lumières* le mouvement philosophique dominant du XVIIIᵉ siècle européen. Fondée sur la raison, la pensée des Lumières place sa foi en l'homme. Elle repousse les préjugés et les privilèges sociaux pour définir une société empreinte de justice et d'égalité, en quête d'un bonheur universel.

démocratie et repousse l'ingérence des institutions parasitaires ; l'Église, notamment.

Au Québec, le clergé repousse longtemps le romantisme, qu'il juge diabolique. La pensée républicaine et libérale de ce courant, sa contestation des dogmes et son sensualisme exacerbé comptent pour autant de raisons justifiant ce rejet aveugle. Au désordre et aux excès sentimentaux du jeune mouvement, les institutions d'enseignement canadiennes-françaises opposent l'équilibre, la rigueur — on serait tenté d'écrire la rigidité — et la pérennité du classicisme français. Octave Crémazie s'avère le premier grand poète romantique québécois. Dans la librairie qu'il ouvre avec son frère, à Québec, il reçoit les plus grands écrivains de son temps. Il exerce une influence particulièrement durable sur ceux de la jeune génération, dont Louis Fréchette et Pamphile Le May.

Le folklore et le patriotisme

Dans les deux pays qui l'ont vu naître, l'Allemagne et l'Angleterre, le romantisme apparaît comme un moyen de contester l'hégémonie du classicisme français en Europe, lui substituant un art de caractère résolument national. Dans tous les pays où l'idéal romantique s'implante — et c'est là une raison de sa propagation —, ses codes idéologiques et esthétiques encouragent le citoyen à se mettre en quête de son identité nationale, à avoir une écoute attentive à l'héritage culturel de son peuple. Si le romantisme incite l'artiste à se croire unique et exceptionnel, il le pousse dans un même élan à développer son sentiment patriotique. Les hauts faits de l'histoire, les us et coutumes séculaires et les récits de tradition orale vont ainsi alimenter l'inspiration des écrivains romantiques : Walter Scott et Lord Byron en Angleterre, Goethe et les frères Grimm en Allemagne, Charles Nodier et Victor Hugo en France, Nicolas Gogol en Ukraine, Pouchkine en Russie, Washington Irving et Nathaniel Hawthorne aux États-Unis, Louis Fréchette et Honoré Beaugrand au Québec, tous écrivains romantiques, se font les chantres de leur culture respective, fiers d'arracher à l'oubli les contes et légendes de leurs ancêtres.

Le fantastique

Le lettré du XIXᵉ siècle consent d'autant plus à consacrer sa plume aux récits surnaturels de la tradition orale, que l'éclosion du fantastique appartient en propre au courant romantique. La mythologie de l'Antiquité, les miracles de la chrétienté, tout comme le merveilleux des contes médiévaux ne peuvent être confondus avec le fantastique qui éclôt à la fin du XVIIIᵉ siècle. Ce dernier nécessite en effet une civilisation où les sciences et l'objectivité philosophique de la raison tracent une démarcation entre la fantaisie des superstitions et la réalité de l'existence. En Europe, le XVIIIᵉ siècle rejette les croyances. Avec cette « mort de Dieu », la société conçoit que l'imaginaire chrétien n'est qu'une mythologie parmi d'autres et que ni les anges ni les démons n'existent. Ce scepticisme, qui devrait trouver crédit auprès de tout esprit éclairé, instille là où on s'y attendait le moins un doute pernicieux. Et si le diable existait ? De cette hésitation, fruit de l'inquiétude viscérale de l'homme face au mystère de la mort, naît le fantastique, dont le but affirmé est de susciter la peur, ou du moins l'inquiétude et le malaise chez son lecteur. Celui-ci sait pertinemment que les êtres surnaturels sont des sottises colportées par l'ignorance et la crédulité. Néanmoins, il recherche le plaisir pervers et gratuit de ressentir l'angoisse et la terreur, l'espace d'une lecture.

Quand le fantastique se joint au folklore populaire, il se dégage du récit un paradoxe singulier. Par définition, la tradition populaire croit d'emblée à l'existence de phénomènes surnaturels. Le diable, tout comme Dieu, existe sans contestation possible pour le conteur et son auditoire. Or, pour qu'un récit soit considéré comme fantastique, il faut qu'il oscille entre un fait irrationnel donné pour réel (le merveilleux) et l'explication logique de ce fait (le bizarre). Ainsi, *Le petit chaperon rouge* appartient à l'ordre du merveilleux, car aucun des personnages et nul lecteur ne remettent en cause le fait que le loup y entretient la conversation avec une petite fille. Par ailleurs, il n'y a rien d'irrationnel dans un récit policier où un crime a été commis dans une chambre close dont la bibliothèque donnait accès à un passage secret par lequel s'est introduit le meurtrier. En somme, pour qu'un récit soit fantastique, le doute doit s'imposer, le lecteur et les personnages hésitant à corroborer l'existence du phénomène irrationnel présenté.

L'éclosion historique du conte québécois

En 1840, le rapport Durham prédit l'assimilation à la culture anglaise d'un peuple canadien-français sans histoire et sans littérature. Ce constat lucide provoque une réaction salutaire au sein des milieux intellectuels québécois, passablement léthargiques depuis la Conquête. En quête d'une identité culturelle, les lettrés se passionnent pour l'histoire et la poésie : François-Xavier Garneau valorise ainsi la présence française en Amérique dans son imposante *Histoire du Canada* (1845-1848), et Octave Crémazie exalte la ferveur nationale dans *Le vieux soldat canadien* (1855) et *Le drapeau de Carillon* (1858). À partir de la décennie 1860 se développe un réel intérêt pour la sauvegarde de la mémoire collective. Le conte littéraire, transcription des légendes de la tradition orale, répond parfaitement aux attentes en cette matière : il authentifie l'existence d'une expression artistique du cru et, par-delà le temps, rend à la mémoire collective ce que le peuple est sur le point de céder à l'oubli. Les milieux littéraires canadiens connaissent deux vagues d'engouement pour le conte folklorique : la première naît au sein du Mouvement (ou École) littéraire et patriotique de Québec ; la seconde suscite la création, sous les auspices de l'Université McGill, d'une Montreal Branch de l'American Folklore Society.

A) Le Mouvement littéraire et patriotique de Québec

Le Mouvement littéraire et patriotique de Québec, fondé en 1860, est un cercle littéraire au sens fort du terme. En fin d'après-midi, dans l'arrière-boutique de la librairie des frères Crémazie, sise côte de la Fabrique, à Québec, se réunissent, autour de l'abbé Casgrain, de Philippe Aubert de Gaspé père et de Joseph-Charles Taché, des hommes de lettres et des historiens férus de culture populaire. On y croise les tout jeunes Louis Fréchette et Pamphile Le May, mais aussi le désormais célèbre François-Xavier Garneau. Voués à l'éclosion d'une littérature nationale, les participants à ce mouvement reprennent les thèses du romantisme européen : ils s'intéressent sérieusement aux racines de l'expression française en Amérique, considérant comme essentielle sa mise en valeur dans le cadre d'une révélation de sa singularité. Octave Crémazie, l'hôte des lieux, anime les discussions sur la poésie, le patriotisme et les légendes du terroir. Son influence est particulièrement déterminante sur la nouvelle génération, à qui il transmet sa passion pour l'art et son goût du fantastique. Cet intérêt pour le conte folklorique ne s'éteindra plus, même si assez brusquement le Mouvement réduit dès 1862 ses activités, en raison de la faillite de la librairie et de l'exil en France de Crémazie.

Dès 1861, la revue du Mouvement, les *Soirées canadiennes*, propose des légendes inspirées du folklore, composées par l'abbé Casgrain. Œuvres lourdement moralisatrices, elles trahissent ce fréquent souci des membres du clergé de détourner les manifestations de la culture populaire à des fins d'édification chrétienne. Plusieurs écrivains du Mouvement s'écartent assez tôt de cette voie pour se mettre à l'écoute des voix du pays afin d'y puiser une inspiration qui remonte aux sources de la tradition orale. Aubert de Gaspé père, Taché, Fréchette, Le May sont tous soucieux, dans leurs versions écrites, de céder la parole aux conteurs auprès desquels ils ont entendu pour la première fois ces légendes traditionnelles dont la valeur et les beautés ne font aucun doute à leurs yeux. Reste que chaque écrivain prend une distance toute personnelle avec le modèle conservateur proposé par l'abbé Casgrain. Les contes de Aubert de Gaspé s'en démarquent légèrement, alors que ceux de Fréchette peuvent lui être opposés.

B) *L'Academy of Folklore*

En 1888, des chercheurs américains, sous l'impulsion d'un mouvement en provenance du Royaume-Uni[8], fondent à Boston l'American Folklore Society, un organisme de recherches sur les traditions populaires, qui ne tarde guère à établir, en 1892, une annexe canadienne, la Montreal Branch ou Academy of Folklore. La première séance de la filiale, tenue à l'Université McGill, réunit des professeurs et des lettrés anglophones, ainsi que des francophones en vue, dont Honoré Beaugrand, alors maire de Montréal, et Louis Fréchette, le grand poète national, couronné à deux reprises par l'Académie française.

La qualité première de ce cercle est de rejeter toute lecture moralisante du folklore populaire et de recenser les particularités de la légende canadienne selon une perspective critique et scientifique qui rejoint d'emblée les conceptions libérales de Beaugrand et de Fréchette. Ce cercle bilingue bénéficie pour y parvenir du « regard de l'autre solitude ». Tout comme, aujourd'hui, les échanges culturels entre les deux groupes linguistiques de Montréal se résument à ceux des élites, la métropole du XIXe siècle permet un dialogue fructueux entre les deux cultures qui la composent.

Honoré Beaugrand et Louis Fréchette, défenseurs du folklore canadien, apportent ici leur contribution à une assemblée qui compte plus d'un Britannique, et qui, parce que étrangère, est peu au fait des trésors d'inspiration de la culture française d'Amérique. De là un souci commun aux deux hommes d'offrir une vision authentique et vivante de la réalité québécoise, tout en y glissant en filigrane un discours critique sur ses mœurs et ses préjugés.

L'enjeu du fantastique dans le conte québécois

L'écriture des contes de la tradition orale permet de laisser une trace de la culture populaire avant qu'elle ne disparaisse et

---

8. Le mot folklore, forgé en Angleterre vers 1846, désigne le savoir ou la science (*lore*) du peuple (*folk*).

participe à la mise en valeur de l'héritage du passé. Mais qui dit écriture dit aussi choix et réarrangement du matériau oral. Les auteurs bourgeois des contes littéraires sont loin d'être de naïfs conteurs issus du peuple. Ils saisissent parfaitement l'implication idéologique inhérente à la transcription de récits ancestraux, véhicules des croyances et des superstitions populaires. Les auteurs conservateurs, foncièrement ou ayant un penchant *ultramontain*, vont y voir le moyen de souligner ce qu'ils appellent la « sagesse » du bon peuple, respectueux des traditions et fier d'obéir aux commandements de l'Église. Dans les contes écrits par les Aubert de Gaspé père et fils et par l'abbé Casgrain, la société traditionnelle du Québec paraît empreinte d'un sentiment religieux inexpugnable, à peine troublé, le temps du récit, par la conduite répréhensible d'un mécréant. C'est pourquoi les contes de cette eau accordent plein crédit aux manifestations surnaturelles *punitives* qui viennent reconduire les droits inaltérables de la rectitude morale. Ici, les vertus chrétiennes sont glorifiées, et la figure emblématique du curé, qui ne souffre aucune allusion ironique, acquiert la stature du sauveur charismatique. Joseph-Charles Taché et Pamphile Le May regardent déjà vers des horizons respectivement plus scientifiques et plus ironiques, sans pour autant renier les valeurs chrétiennes

Au contraire, chez les écrivains *rouges*, la vision du Québec d'antan perd de son lustre et tend à un réalisme gouailleur. Honoré Beaugrand et Louis Fréchette, notamment, puisent dans leurs souvenirs d'enfance des histoires de chasse-galerie, de bêtes à grand'queue, de *fi-follets* et de lutins, afin de pouvoir mieux écorcher au passage le conformisme, la sottise et l'hostilité de la société traditionaliste. Les deux écrivains entretiennent avec le fonds imaginaire du folklore un rapport critique qui en souligne les préjugés ataviques. Loin de chercher à renforcer le pouvoir de régulation morale des contes, les *rouges* leur accolent le zeste de la subversion. Même s'ils transcrivent *in extenso* la parole d'un conteur, ils refusent d'adhérer au prêchi-prêcha. Si l'écriture doit rendre hommage à la culture ancestrale du Canada français, elle peut servir par la même occasion le projet plus ambitieux d'en contester les valeurs. La littérature doit se donner le mandat de recueillir l'héritage du passé, mais elle faillit à sa tâche si elle ignore les enjeux idéologiques que recouvre la reconduction de superstitions et leur rôle dans la soumission d'un peuple ignorant à l'autorité cléricale. En conséquence, chez ces auteurs, les faits irrationnels sont présentés comme des artefacts d'une société révolue. Beaugrand et Fréchette soulignent que les événements relatés appartiennent à un lointain passé, et ils se plaisent à donner au surgissement du fantastique une implacable explication logique. Ce fantastique *expliqué*, parfois de façon très fine, trompe l'attente du lecteur superstitieux et lui impose une approche éclairée des faits. Les auteurs court-circuitent ainsi la complaisance des naïfs. L'écriture pose toutefois un défi de taille à l'écrivain *rouge*, appelé à maintenir un équilibre fragile entre l'évocation de l'irrationnel, essentiel à l'atmosphère du récit, et l'explication rationnelle qui lui est parfaitement étrangère. À cet exercice, Beaugrand semble supérieur, du moins dans « La Chasse-galerie », son chef-d'œuvre. Mais les contes de Jos Violon de Fréchette ne déparent pas notre littérature et peuvent prendre place au rang des meilleurs contes de celle-ci.

LE CONTE : ÉTUDE GÉNÉRALE

LES DÉFINITIONS
Conte ou légende

Le conte est généralement un court récit, de structure simple et d'origine populaire, qui se présente comme un divertissement léger. Il était une fois… des personnages et des événements qui, par convention, appartiennent à la plus pure fantaisie. Rien de ce qui est raconté n'est vrai, chacun le sait très bien, et le conte profite de ce passeport de l'imaginaire pour entrer de plain-pied dans le monde du merveilleux et de l'intemporel. Or, loin d'être gratuit et innocent, le genre assume une fonction didactique par le truchement d'un discours moral sous-jacent au récit. Dans un conte, la présence d'êtres fabuleux et de péripéties étonnantes contribue à mieux imprimer dans l'esprit du lecteur ou de l'auditeur des valeurs sociales et des codes de comportement. *Le petit chaperon rouge*, par exemple, met en garde les petites filles contre la tentation de battre la campagne et leur recommande instamment d'éviter tout commerce avec les étrangers ; *Cendrillon* donne l'espoir à toute jeune femme de rencontrer un jour son prince charmant, en dépit de la pénible servitude des travaux ménagers auxquels l'astreint le quotidien ; quant au *Petit poucet*, il assure le jeune garçon doté d'un physique ingrat que la réussite sociale repose moins sur les capacités musculaires que sur l'intelligence et la ruse.

Contrairement au conte, la légende, qui vient du latin *legenda* — ce qui doit être lu —, se fonde sur des données géographiques et historiques vérifiables. Le récit inventé, qui semble à juste titre incroyable, gagne en vraisemblance pour autant que des lieux, des coutumes et des faits bien connus y sont associés. La légende tire ainsi sa force d'évocation de son cadre réaliste. Dans les légendes québécoises, par exemple, le récit se déroule peu de temps avant ou après la Conquête, au cœur de telle paroisse du Bas-du-Fleuve ou du Richelieu, et il évoque des habitants, un gars de chantier, quelque belle « créature » ou un curé. Le conteur lui-même prend rarement une part active aux événements. Son récit provient presque toujours d'un tiers, ayant lui-même recueilli la légende de la bouche d'un proche du héros. Ces médiateurs, intercalés entre l'incident du passé et l'auditoire du présent, déjouent toute tentative de vérifier les faits et imposent l'obligation d'accepter aveuglément ce qui est raconté, d'autant que le temps et l'espace confèrent une irrésistible aura de mystère à la légende.

Au Québec, on associe généralement la légende à la tradition orale. Fondé sur la crédulité et les superstitions populaires, le genre prend pour point d'ancrage un phénomène irrationnel (feux follets, chasse-galerie, etc.) ou la transgression d'un interdit (danser *sur* le mercredi des Cendres, ne pas faire ses Pâques, etc.) qui provoque la manifestation de Satan ou de l'un de ses suppôts. La légende s'élabore sur un canevas — une sorte de trame narrative assez lâche — que chaque conteur agrémente de sa touche personnelle, ajoutant, retranchant et modifiant maints passages du récit. Il existe donc autant de versions d'une légende que de conteurs l'ayant inscrite à leur répertoire. Ainsi, à chaque veillée, s'additionnent de nouvelles variations, commandées par la verve et l'invention du moment.

Contrairement à la légende, le conte se présente habituellement sous forme écrite. Au Québec, il s'avère une transcription littéraire de la légende orale. Quand un écrivain signe un conte, il tente de sauvegarder un morceau, une bribe de l'héritage populaire. Le conteur de légendes, lui, ignore toutes visées littéraires. À chaque veillée, il s'amuse à renouveler ses effets, à donner vie aux personnages, et tient compte des réactions de son auditoire. Au contraire, l'entreprise littéraire, dans le but louable d'offrir du récit folklorique une version arrêtée et définitive, fait un tri parmi toutes les variantes. La légende, en devenant un conte, se fige dans son énoncé et place l'auteur et le lecteur, chacun solitaire, à un bout du processus de communication.

Fantastique ou surnaturel

Le fantastique est un genre littéraire né du romantisme, un courant artistique et littéraire européen qui, en Angleterre et en Allemagne, dès la fin du XVIIIe siècle, tente d'exprimer la sensibilité du «moi». Le romantisme, apparu plus tardivement en France, s'implante solidement au Québec durant la seconde moitié du XIXe siècle. Si l'amour demeure la préoccupation centrale de l'écrivain romantique, ses textes fantastiques explorent la part obscure de l'âme humaine, cette zone de l'étrange et du fantasme où l'homme recherche le plaisir de s'effrayer. Pour ce faire, l'œuvre fantastique met à l'épreuve la pensée rationaliste. Comme chacun sait, le démon, les loups-garous et les fantômes n'existent pas. Ils sont du ressort de l'imaginaire et de croyances surannées. Or, dans un cadre parfaitement réaliste, le récit fantastique propose de les rappeler et de préparer leur soudaine irruption. Au moment où le lecteur s'interroge sur la présence des phénomènes irrationnels, il hésite à y croire, il ne sait plus trop que penser, atteignant l'état d'esprit propre au fantastique; il est aux prises avec le doute et se laisse glisser sur la pente de la superstition. Cette importance accordée au doute est bien ce qui distingue le fantastique des genres littéraires qui lui sont apparentés, tels le mythe ou le merveilleux.

Avant la seconde moitié du XVIIIe siècle, les œuvres qui recourent à l'irrationnel se classent sous la bannière du mythe ou du merveilleux. La foudre lancée par Jupiter et les miracles de Jésus-Christ font partie des mythes : les faits irrationnels s'attachent à des personnages sacrés, à une religion, et la foi permet aux croyants d'y accorder crédit. Par ailleurs, *La belle au bois dormant* et *Peau d'âne* sont des contes merveilleux : les éléments irrationnels sont acceptés d'emblée et participent d'un univers inventé de toutes pièces. Contrairement à ces genres, le fantastique s'enveloppe d'un halo mystérieux. Certes, depuis le rationalisme issu des Lumières, la pensée occidentale balaie l'adhésion naïve aux superstitions. Or, paradoxalement, le fantastique redonne vie aux vieux démons de la crédulité. Il vient hanter la conscience rationnelle et la met face au doute. Le fantastique ramène ainsi à la surface les vieilles terreurs de l'imaginaire collectif pour faire jaillir la perplexité : et si, en définitive, Satan existait ? si les fantômes apparaissaient aux vivants ? si une faille dans le réel permettait l'intrusion accidentelle de certains phénomènes irrationnels ? Dès que le doute s'en mêle, le fantastique s'épanouit. Dans le cas d'un texte réussi, le lecteur se laisse prendre au jeu et le souhaite vivement, car il peut ainsi éprouver *réellement* tout un éventail d'émotions, allant de l'inconfort et du malaise à l'inquiétude, à la peur, à la frayeur, voire à l'horreur. Le lecteur d'une œuvre fantastique s'accorde volontiers ce plaisir gratuit et, avouons-le, un peu pervers, de « se faire des peurs » en toute sécurité, dans le confort du foyer. Au demeurant, l'auteur n'est pas tenu d'alimenter très longtemps le doute relatif au fait irrationnel. Il a tout loisir de céder, tantôt au merveilleux, en donnant une preuve de l'existence de l'incroyable, tantôt à l'étrange, en accordant une explication logique à ce qu'on a pu croire irrationnel[1]. Certains auteurs, comme Honoré Beaugrand dans « La chasse-galerie », poussent le jeu dans ses derniers retranchements : quand le récit s'achève, il est impossible de trancher sur le statut du fantastique, et le doute subsiste au delà de la dernière ligne.

Semblable au fantastique, le surnaturel prend un sens plus résolument sacré. Quand un fait irrationnel se révèle encore lié aux icônes chrétiennes, on parle plus spontanément de surnaturel : ainsi en est-il des contes québécois où la Vierge Marie

---

1. Louis Fréchette, par exemple, cède au merveilleux dans « La maison hantée », et à l'étrange dans « La mare au sorcier ».

apparaît sur un rocher pour sauver des voyageurs en péril. Le terme « fantastique » est généralement réservé aux œuvres fascinées par le Mal. Certes, l'intervention d'un curé, à la fin du récit, peut rappeler la toute-puissance de Dieu, mais au bout du compte, elle change peu la donne si le démon se taille la plus belle part de l'intrigue.

LE CONTE QUÉBÉCOIS
Un modeste héritage

Au XIXe siècle, et pendant la première décennie du XXe siècle, les écrivains québécois publient dans les journaux et les recueils littéraires un peu plus de mille contes, classés en trois catégories : les contes *historiques*, les contes *anecdotiques* et les contes *surnaturels* ou *fantastiques*. Les contes *historiques* relatent de hauts faits d'armes ou de célèbres événements de l'histoire canadienne. Les contes *anecdotiques* évoquent, dans des récits circonstanciés, les traditions et les mœurs de la société canadienne liées, par exemple, à la messe de minuit, à la guignolée, à la Sainte-Catherine, au temps des sucres, etc. Quant aux contes *surnaturels* ou *fantastiques*, qui comptent pour à peine plus de dix pour cent de toute la production, ils font surgir des phénomènes irrationnels dans la vie quotidienne des bûcherons, villageois et *habitants* d'autrefois.

La structure du conte québécois

Le conte québécois répond à une structure presque immuable. À un prologue succède le conte proprement dit, qui s'achève sur un épilogue.

Le *prologue* évoque le cadre dans lequel le conteur est amené à prendre la parole pour raconter une histoire. C'est une mise en contexte qui, dans la plupart des cas, croque sur le vif le tableau idéalisé d'une veillée d'autrefois. Au cours de ce prologue, l'auteur lui-même assure le plus souvent la narration. Cet écrivain bourgeois se veut un observateur des us et coutumes du pays et cherche à consigner la tradition orale avant qu'elle ne se perde. Pour y parvenir, il fait appel à ses propres souvenirs d'enfance (Fréchette), à des circonstances particulières lors desquelles un conte lui fut transmis (Beaugrand, Le May) ou, encore, il se fait ethnologue amateur (Taché)[2]. Le prologue s'achève lorsque ce *narrateur*[3] cède la parole au conteur : c'est alors le temps du conte proprement dit, dont le déroulement, à l'occasion, est enfreint par des interventions de l'auditoire ou du narrateur.

Le *conte* fantastique, intercalé entre le prologue et l'épilogue, se subdivise lui-même en cinq parties. La première, la *situation initiale*, établit le contexte du récit : lieu, époque, circonstances. Puis, l'*élément perturbateur,* souvent le fait irrationnel, fait basculer le quotidien dans l'étrangeté. Parfois, cet élément perturbateur est un changement dans la vie du héros qui le met face au fantastique. La troisième partie est constituée des *péripéties* vécues par le héros en réaction à l'élément perturbateur. La quatrième, appelée l'*élément de résolution,* met habituellement un terme aux manifestations surnaturelles ou, encore, donne lieu à l'unique apparition de l'être fantastique dont le héros, jusqu'alors, n'avait que soupçonné l'existence. Une brève conclusion achève le conte : elle illustre la *situation finale* des personnages et d'une action qui, dans la plupart des cas, revient à la normale.

Une fois le conte terminé, son univers s'évanouit, et l'*épilogue* retrouve l'auditoire réuni devant le conteur. Dans les contes signés par les auteurs fidèles à la tradition, c'est le moment de glisser la morale de l'histoire et de promouvoir les saintes vertus chrétiennes. Les auteurs libéraux, s'ils ne le suppriment pas, s'amusent plutôt dans l'épilogue à ironiser sur la crédulité des

---

2. Lorsque le narrateur/auteur est absent, le prologue subsiste néanmoins sous une forme romanesque prise en charge par le conteur qui présente lui-même le contexte propice à l'avènement du conte. Rares sont les contes folkloriques dénués de tout prologue.

3. Les théoriciens littéraires établissent une distinction entre l'auteur réel, qui écrit le texte, et l'auteur qui apparaît comme un personnage du récit : dans ce dernier cas, il est appelé narrateur et il devient une sorte de double de l'auteur réel.

habitants et à remettre en cause l'existence du surnaturel. Certains lecteurs naïfs déplorent généralement cette intrusion du rationalisme dans le récit fantastique. Il s'agit pourtant d'une façon tout à fait légitime d'aborder le genre et de demeurer critique face aux supposés phénomènes occultes dont l'Église s'est trop souvent servie pour manipuler les masses.

Le cadre spatiotemporel

Le conte surgit souvent au cœur de la fête. Noël et le Jour de l'An s'avèrent des moments particulièrement choisis pour donner lieu à l'écoute des meilleurs contes. C'est à la veillée, dans l'attente de la messe de minuit ou au moment de conclure les réjouissances, qu'un auditoire attentif se rassemble autour du conteur afin d'entendre quelques bonnes histoires de revenants ou de loups-garous. Quelques traits communs à ces soirées se répètent d'un conte à l'autre : l'évocation de l'obscurité du dehors, voire de la tempête, opposée à la quiétude du foyer, l'auditoire pressé autour d'un feu de la cambuse, de l'âtre ou du poêle à deux ponts, la consommation d'alcool et la fumée des pipes et, bien entendu, le plaisir anxieux de frissonner de peur aux récits truffés d'êtres fabuleux et de prodiges. Mais il est des exceptions : chez Louis Fréchette, Jos Violon raconte certaines de ses histoires de chantier sur les grèves du Saint-Laurent, en contrebas de Lévis, pendant de chaudes soirées d'été. Par ailleurs, au début de « La mare au sorcier », le conteur cherche à tromper l'ennui et l'indolence de longs après-midi. L'essentiel, c'est le temps suspendu qui permet le déploiement du conte.

Les personnages récurrents
A) *Les êtres fantastiques*
Le diable et le pacte de la chasse-galerie

Le christianisme fait du diable la figure emblématique du Mal. Rien d'étonnant à ce que sa présence hante la majorité des contes fantastiques québécois. Peu de récits font d'ailleurs l'impasse sur le démon, ne serait-ce qu'à cause d'une allusion aux invocations dont il est l'objet de la part des mécréants de la chasse-galerie ou de l'appartenance des loups-garous, feux follets et lutins, à la horde de ses suppôts.

Satan, du mot hébreu *sâtân*, signifie l'adversaire, l'ennemi. À l'origine, dans la Bible, Satan est l'un des anges de Dieu, mais un jour, il défie Son autorité suprême. *L'Apocalypse*, au chapitre XII, fait allusion au blasphème du démon et de ses insurgés contre Yahvé qui leur dépêche l'archange Michel et l'armée des anges fidèles. Le combat entre les deux factions se solde par la défaite de Satan et des siens, précipités du haut du ciel. Ils se réfugient en enfer, vivant dans les ténèbres, et surgissant à l'occasion parmi les hommes pour les tenter et ravir des âmes à Dieu.

Au Québec, l'apparition de Satan s'accompagne de certains signes récurrents : présence d'un animal noir, odeur de soufre et jaillissement de flammes, élévation de la température ambiante, bruits étranges, prodiges, ensorcellements, etc. Le diable lui-même possède des attributs physiques bien connus : cornes sur la tête, oreilles pointues, mains velues aux doigts crochus et griffus, pieds de bouc et queue fourchue. Satan se donne-t-il pour mission de séduire ? Il prend garde de dissimuler ce qui révélerait trop facilement son identité par un chapeau et des gants. Il est néanmoins reconnaissable par son allure de bel étranger, de haute taille, dont le langage onctueux et les manières courtoises n'éclipsent guère l'éclat malsain du regard et la couleur sombre de la peau.

Les légendes du diable reprennent inlassablement un ou plusieurs motifs récurrents, assujettis à l'action que Satan tente d'y accomplir : *diable pactiseur, diable batailleur, diable constructeur d'église, diable beau danseur, diable punisseur*, etc. Le *diable pactiseur*, notamment dans la légende de la chasse-galerie, accorde un avantage, un pouvoir à celui qui l'invoque, mais exige en retour du chrétien qu'il mette son âme dans la balance. Un interdit est-il transgressé, une parole défendue, prononcée ? Voilà que Satan s'empare du pécheur, dès lors condamné à la damnation éternelle dans les sombres abîmes de l'enfer. Le *diable batailleur* livre une lutte sans merci à celui qui s'oppose à ses desseins : le motif classique de cette figure, commun à plusieurs contes, demeure l'affrontement final entre le démon et le curé du village. Le *diable constructeur d'église*, contraint par Dieu d'élever un temple sacré à condition que nul villageois ne commette le moindre péché, prend souvent la forme d'un puissant cheval noir qui charroie de lourds matériaux de construction en un clin d'œil. Mais le démon cherche à se libérer de sa servitude et, pour ce faire, il glisse dans la tête d'un jeune écervelé le désir de le chevaucher à bride abattue dans la forêt. Ivre du désir de connaître la folle sensation de la vitesse, le jeune homme soulève le collier arrimant au traîneau l'animal furieux, qui disparaît. Le *diable beau danseur*, figure associée notamment à la légende de Rose Latulipe, souligne les qualités de séduction du Prince des Ténèbres. La danse, activité sensuelle et coupable pour la sainte religion, est évidemment toute désignée pour servir ce motif et permettre au clergé de dicter ses règles de bonne conduite. Le *diable punisseur* recouvre un Satan soucieux de châtier les réprouvés, qui seront secourus *in extremis* par l'intervention de Dieu, de la Vierge ou du curé du village. Parfois le diable prépare son sortilège sans parvenir à en faire usage, comme dans les contes centrés sur le *diable des Forges*, où le démon frappe sur l'enclume des sorts qu'il ne pourra utiliser contre les pécheurs.

Un des pactes du diable conserve au Québec une importance de taille : c'est celui qui donne lieu au vol nocturne en canot, communément appelé la chasse-galerie. En vieux français « galerie » signifie « fête » ou « partie de plaisir ». L'expression chasse-galerie associe la chasse au plaisir et aux réjouissances. Or, comme l'Église voit d'un mauvais œil les chasseurs qui s'adonnent à leur activité favorite et négligent les obligations du bon chrétien, une légende se développe afin de les condamner en bloc. Dès le Moyen Âge, la geste arthurienne contient la légende du Grand Veneur dans laquelle le roi Arthur doit demander pardon à Dieu d'avoir quitté la messe pour chasser le sanglier dans la forêt de Brocéliande. Une seconde légende médiévale, celle du seigneur de Gallery — dont le patronyme illustre probablement les aptitudes de son caractère dissipé —, tente de prêcher le respect des cérémonies religieuses. Un dimanche, alors qu'il assiste à l'office de la messe, le seigneur de Gallery, ou de Gauery, entend ses chiens, groupés sous le portail de l'église, geindre et japper. Le chasseur mécréant comprend qu'ils ont flairé le gibier, et il ne peut résister à la tentation de quitter la cérémonie pour chasser le cerf dans les bois. Pendant son équipée, il rencontre un ermite, vivant au fond d'une grotte, qui lui reproche son manque de respect envers la religion et lui jette une malédiction. À sa mort, le sieur de Gallery est condamné, chaque nuit, à chevaucher dans les nuages et à y traquer des proies imaginaires jusqu'à la fin des temps. Maintes versions de cette légende se retrouvent dans le Poitou, en Vendée, en Saintonge et en Bretagne, ces régions de l'Ouest de la France d'où proviennent un grand nombre de nos ancêtres.

Au Québec, le canot d'écorce étant un moyen de transport plus courant que le cheval, la légende connaît une première modification : c'est l'embarcation volant dans les airs qui devient la chasse-galerie. De plus, la chasse étant une activité courante dans la colonie, d'autant plus facile à pratiquer que le gibier est abondant, ce qui est plus rare pour l'amateur de plaisir, c'est la « chasse » aux belles « créatures », aux jolies jeunes filles, dans un pays où l'exploitation forestière s'éloigne de toute civilisation. Les réalités québécoises auraient donc modifié peu à peu la légende européenne pour donner naissance à la chasse-galerie bien connue, c'est-à-dire à cette embarcation qui, par l'invocation du diable, devient un véhicule ensorcelé transportant par la voie des airs des gars de chantier en état d'ébriété qui rendent une visite impromptue à leurs blondes. Le chasseur de gibier s'est donc transformé en un cortège de gaillards à la poursuite de proies galantes. La leçon sacrée de la légende européenne s'efface. L'activité magique de la chasse-galerie transgresse l'interdit par excellence de l'Église : la fréquentation de femmes avant le mariage. Dans plusieurs versions, les réprouvés s'en tirent avec quelques égratignures. Ils se sont permis de duper le diable, tout en se moquant des principes de la religion !

Certaines versions de la chasse-galerie ne s'embarrassent d'aucune embarcation. Divers objets permettent le vol aérien. Parfois, pour s'élever du sol, les mécréants s'enduisent tout simplement le visage et le corps de graisse de carcajou. Enfin, quelques rares récits conservent des liens plus étroits avec la légende originale : dans ces textes, un chasseur solitaire traverse en pleine nuit, avec sa meute de chiens noirs, la voûte étoilée, ou des essaims d'âmes en peine franchissent le ciel au-dessus du couchant, ou encore, on entend le mugissement et les bruits étranges d'êtres fantastiques au-dessus de la forêt. Précisons en terminant que voir ou entendre la chasse-galerie passait pour un signe annonciateur de la mort du témoin ou d'un de ses proches.

Le loup-garou

Selon la superstition la plus courante, le loup-garou est un monstre mi-homme, mi-bête qui, dressé sur ses deux pattes, court les bois sur le coup de minuit, en quête de chair fraîche. Tourmenté par le clair de lune, il pousse des hurlements et, de sa gueule écumante aux crocs acérés, terrorise les habitants des campagnes. Ayant le plus souvent l'apparence d'un loup de haute taille, il peut, dans certains récits, prendre la forme d'un chien noir, d'un ours, d'un cheval, d'un chat, voire d'une poule ! Dans les légendes québécoises, un chrétien devient loup-garou quand il a été sept ans sans faire ses Pâques [4]. Pour le libérer de son sort, il faut, à l'aide d'un canif, marquer le damné d'une croix, en rappel du baptême, ou le piquer et faire couler de son sang, en souvenir du martyre du Christ. Dans d'autres versions, il est impératif de tirer sur le loup-garou une balle en argent ou un projectile qui a

---

4. Faire ses Pâques, c'est-à-dire communier dans le temps de Pâques. Dans certaines versions, les mécréants sont punis en outre pour ne pas avoir respecté le jeûne et les pénitences du Carême.

été trempé dans l'eau bénite. L'omniprésence du sacré illustre à l'envi combien la religion catholique se sert du loup-garou pour inciter à la piété, alors que ce monstre de légende relève de croyances bien antérieures à l'avènement du christianisme. Déjà, les Grecs et les Romains de l'Antiquité connaissaient le loup-garou et avaient la conviction que leurs dieux frappaient de ce châtiment ceux qui osaient leur offrir des sacrifices humains. Devenir une bête était donc associée, dans ces sociétés, à la profanation des rites.

Au Moyen Âge, la légende du loup-garou prend un nouvel essor, stimulée par une vague sans précédent de lycanthropie. Du grec *lycos*, qui signifie loup, et *anthros*, homme, ce mot désigne une maladie mentale affectant le comportement identitaire d'un individu qui s'imagine être un loup et s'astreint à vivre et à agir en conséquence. Du XVe au XVIIe siècle, les tribunaux d'Europe condamnent à mort des milliers de lycanthropes qui ont assassiné, puis dévoré leur victime, comme l'aurait fait un loup avec sa proie! La légende s'empare très tôt du caractère sordide de ces meurtres. Elle y ajoute la peur qu'inspirent les meutes de loups qui rôdent, surtout l'hiver, aux environs des bourgs et des hameaux. Sur le continent européen, alors presque entièrement recouvert par une forêt dense et sauvage, la férocité du loup, duquel les hommes tentent de se prémunir, joue un rôle de premier ordre dans l'imaginaire de la terreur. Contre cette menace permanente, le loup-garou des légendes vient rappeler à tous que la prudence est de rigueur. C'est pourquoi, au XIIe siècle, Guillaume de Palerme raconte la légende d'un « Leu-Garou », un nom qui sonne comme un avertissement: « Gare au loup! » À la même époque, dans le lai intitulé *Bisclavret*[5], Marie de France écrit que les Normands appellent la bête « garwaf », un mot qui emprunte au francique « Leu-garou » et à l'allemand « werwolf[6] », qui signifie littéralement « homme-loup ». Les divers noms du

---

5. C'est ainsi que le loup-garou est appelé en Bretagne.
6. D'où l'origine tardive du mot anglais *werewolf*.

loup-garou annoncent la faveur obtenue par cette figure dans les légendes très anciennes et conservée dans les récits fantastiques.

La bête monstrueuse

Manifestations des terreurs les plus profondes de l'espèce humaine, les bêtes monstrueuses encombrent les mythologies et les légendes. Exacerbations des fantasmes de l'horreur, les monstres cristallisent la détresse de l'homme devant l'imparable approche de la mort. Dans les récits épiques, ils offrent une opposition féroce au héros qui, par une force décuplée, doit terrasser la bête pour que sonne la victoire du juste. Dans les légendes de la tradition populaire, le personnage qui a le malheur de les croiser ne peut prétendre à autant de vaillance. Le monstre acquiert ainsi une fonction punitive. Il vient donner une frousse salutaire à celui qui ne cesse de transgresser les interdits. Au Québec, rencontrer une bête fabuleuse est le châtiment qui frappe celui qui se complaît dans le péché, en dépit des sommations réitérées du curé et de toute la communauté. Une fois que le fautif a vécu une nuit en horrible compagnie, il est fin prêt à s'amender et à vivre selon les principes d'un bon chrétien. Quant aux monstres eux-mêmes, ils sont légion[7] : bête à grand'queue, bête-à-sept-têtes, hère, gueulard, etc. Dans certains cas, il s'agit de monstres « régionaux » : la bête à grand'queue, par exemple, serait une « invention » des environs de Joliette. En somme, à l'instar de tous les peuples, les Québécois imaginent des monstres infernaux, en faisant de probables emprunts au vieux folklore français, notamment à la Taranne — un grand chien noir — et à la Piterne, bêtes infernales encore bien connues des Normands.

Suscités par l'imagination exaltée des cauchemars et des délires, les monstres, bien qu'innombrables, se recoupent sur

---

7. Le loup-garou pourrait certes compter parmi cette aimable cohorte, si sa grande popularité et, surtout, le fait qu'il soit mi-humain mi-bête n'obligeaient à le ranger dans une classe à part. La présente catégorie est donc réservée aux monstres qui n'ont plus rien d'humain.

l'essentiel : ces êtres organiques et protéiformes relèvent tous de l'abominable. Un seul coup d'œil jeté sur l'un d'eux, et l'effroi vous vrille l'estomac. Incarnations superlatives de la peur, ils soulèvent la nausée et provoquent le désir instinctif de se protéger et de fuir. De taille souvent démesurée, le corps de la bête présente des hypertrophies, des infections purulentes, des suintements et des tumescences. Son cuir, de texture rebutante, expose une coloration anormale, tachée ou marbrée. Quant à la dentition et au cri de la bête, ils sont si perçants qu'ils vous glacent le sang. À l'exemple de la chimère de la mythologie, à la tête et au corps de lion, au ventre de chèvre et à la queue de dragon, les monstres peuvent être des assemblages composites de divers animaux ou, encore, ils conjuguent des caractéristiques de classes animales opposées : le dragon, par exemple, est à la fois reptile et oiseau. De férocité extrême, le monstre rehausse sa puissance et la menace qu'il représente grâce à des qualités surnaturelles — il peut disparaître, se dédoubler, cracher du feu, etc. — qui attestent ses origines infernales.

Le feu follet

L'imagerie populaire représente le feu follet comme une flamme vacillante, couronnée d'une aigrette en dents de scie, ou comme une grosse boule lumineuse, attaquant de nuit les chrétiens égarés aux abords des marécages et des cimetières. Selon certaines légendes, un feu follet est une âme en peine, en quête de prière, ou un enfant mort sans baptême ; pour d'autres, c'est un mécréant qui n'a pas fait ses Pâques depuis quatorze ans.

Depuis le XVIIIe siècle, les physiciens donnent une explication scientifique du feu follet. Ils supposent que la luminosité « surnaturelle » du phénomène est en fait causée naturellement par un gaz phosphoré qui se dégage des matières organiques en putréfaction dans les marais et les sépultures. Au cours du processus de décomposition, des bulles de diphosphine, de méthane et d'hydrogène phosphoré, en partie liquide, s'élèvent du sol. La faible proportion de ce dernier gaz empêche le composé de s'enflammer, mais lui permet de briller par phosphorescence pendant quelques secondes, voire plusieurs minutes. Cette hypothèse se voit d'ailleurs corroborer par des témoins qui ont signalé l'odeur de phosphore laissée par les feux follets après leur disparition.

Si le gaz phosphoré explique la plupart des manifestations de feux follets, il n'élucide pas les cas où ceux-ci sont décrits comme des boules de feu[8] qui tourbillonnent et voltigent dans les airs. Mises d'abord sur le compte de l'imagination trop fertile des témoins, les boules de feu ont de nouveau retenu l'attention quand elles ont été observées en plein vol par des aviateurs de la Seconde Guerre mondiale. Le phénomène, bien qu'aujourd'hui généralement admis, suscite encore la polémique dans les cercles scientifiques. Par temps orageux, quand un éclair s'abat sur certaines surfaces, il pulvérise des particules de silicium et de carbone qui, en jaillissant dans les airs et sous l'effet des rayonnements électromagnétiques de la foudre, peuvent former une boule de feu. De couleur et de taille variables, la sphère possède une luminosité comparable à une ampoule de cent watts et répand une forte odeur de soufre et d'ozone. Tantôt stable, tantôt agitée de mouvements aléatoires, elle semble insensible au vent, mais oscille, pivote et change de direction par elle-même. Généralement, sa course s'inscrit parallèlement à l'axe d'un circuit électrique. Après quelques secondes, le phénomène s'évanouit dans les airs ou provoque une explosion qui peut tuer des gens et causer des incendies. Certains témoins affirment cependant que la foudre globulaire traverse les murs, les fenêtres closes et les meubles sans les endommager, mais il s'agit là d'un point contesté.

Les lutins et le mahoumet

La source anthropologique du lutin est le nain, cette victime innocente de la bêtise et de la méchanceté des hommes incapables d'accepter les êtres humains qui ne répondent pas à leur

---

8. Plusieurs songeront ici à la célèbre aventure de Tintin, *Les sept boules de cristal.*

étroite conception de la normalité. Dans les lubies de l'imagination collective, le nain devient ainsi un objet de fascination, de mépris et de crainte. Apparu dans les contes du Moyen Âge, le petit peuple des lutins appartient en propre au registre du merveilleux. Il fait partie de l'univers sylvestre des fées, des enchanteurs et des druides. Son introduction dans l'univers du fantastique découle de la reprise des légendes folkloriques, modifiées par les écrivains romantiques du XIXᵉ siècle.

Les lutins ont engendré une très riche filiation dans l'imaginaire européen : les *gnomes* de Scandinavie, les *elfs* d'Allemagne et les *leprechauns* et les *drows* d'Irlande leur sont apparentés par leur taille réduite, bien qu'ils possèdent des habits, des tempéraments et des physionomies (yeux, oreilles, pilosité, etc.) parfois fort différents.

Au Québec, l'héritage culturel français laisse des traces. Le lutin conserve ici son caractère espiègle et malfaisant et il est tenu pour responsable de toutes les petites catastrophes inexplicables du quotidien. Comme chacun sait, le lutin, profitant de son don d'invisibilité, s'amuse en effet à jouer des tours pendables aux bonnes gens des campagnes : il renverse les contenants, décroche les objets suspendus et fait tout glisser des mains. Il a par ailleurs une tendre affection pour les chevaux, qu'il aime faire galoper la nuit, les bichonnant avec soin au retour. Il prend aussi grand plaisir à taquiner les jeunes mariés. Le matin, après la noce, bien des tourtereaux sont retrouvés dans un fossé, avec carriole et bagages. Or, qui a rendu fou leur cheval et renversé l'équipage, sinon une bande de lutins ? Bien entendu, l'explication logique de l'événement met plutôt en cause l'ivresse du conducteur et son désir impatient de consommer le mariage... Mais le lutin, ce trublion coquin, permet de couvrir les écarts de conduite intempestifs où l'alcool se mêle à la recherche du plaisir sexuel.

Si un lutin apparaît à un homme, d'ordinaire à la nuit tombée, c'est qu'il veut s'attacher à son service. Dans ce cas, il devient un serviteur zélé et utile, mais toujours malicieux ; il est donc préférable de garder l'œil ouvert et de se méfier du petit malin.

Le lutin serviteur connaît une variation indienne : le *mahoumet*. Pourquoi ce nom ? Nulle explication satisfaisante n'en a été donnée et les légendes québécoises semblent ignorer qu'il appartient en propre au fondateur de la religion musulmane, ou Islam, né en 570 à La Mecque. Le *mahoumet*, tantôt un lutin malicieux, tantôt un cruel petit démon, devient le serviteur d'un jongleur, une sorte de sorcier autochtone, auquel il se lie moyennant quelques sacrifices en retour. Le jongleur obtient alors une aide surnaturelle dans toutes ses entreprises, mais gare à lui s'il fait mine d'oublier ses devoirs, car le *mahoumet* peut retourner contre lui ses pouvoirs.

Les fantômes, les revenants et la maison hantée

Dans les plus anciens textes indiens et chinois que nous possédons, on dénombre déjà maints récits de fantômes et de revenants. C'est dire combien le mythe s'avère profondément ancré dans la culture des civilisations. Cette faveur obtenue par les spectres est due en grande partie aux conceptions religieuses qui attestent une vie après la mort. En outre, le cerveau humain, à la suite de chocs psychologiques, peut être amené à conjuguer et à confondre les souvenirs et l'imagination. Regretter le décès d'un proche et se remémorer sa présence sur les lieux mêmes de son existence expliquent que des personnes endeuillées dialoguent en rêve avec le défunt et qu'elles aillent jusqu'à croire le rencontrer, un soir, à l'état de veille. Pour pallier les difficultés du deuil, l'homme a inventé cérémonies et rites qui permettent d'accepter la mort. Ainsi s'explique l'importance accordée au salon funéraire, à la messe et à l'oraison funèbre en Occident. Les Chinois, eux, s'astreignent à servir un repas chaque jour au défunt, pendant une année complète, afin que l'âme accepte de prendre congé des siens et ne soit plus tentée de les tourmenter. Répondant au désarroi de l'homme devant la mort, le fantôme donne espoir en l'immortalité de l'âme.

On distingue parfois le fantôme du revenant. Le fantôme est l'apparition immatérielle d'une âme, la simple présence d'un esprit, qui prend la forme d'un vague halo lumineux, blanchâtre et translucide. Il s'est dépouillé de son apparence humaine et, de retour du monde des ombres, il surgit parmi les vivants pour les effrayer et les mettre au supplice. Le fantôme affiche un caractère inquiétant et malin. Le revenant lui oppose plus d'aménité, sinon de civilité. D'abord, il ressemble à un humain de chair et d'os qui, comme son nom l'indique, « revient » parmi les vivants, à intervalles plus ou moins réguliers, chargé d'une mission, d'une demande, d'un devoir, voire d'une recommandation. Il s'agit couramment d'un familier, décédé depuis peu, ou d'un mauvais bougre, mort depuis des lustres, dont l'âme, lourde d'un péché, ne peut prendre son envol. Il lui faut donc expier sa faute ou confier quelque secret à celui que le destin lui envoie. Un revenant a-t-il été victime d'un assassinat? Il doit continuer d'errer sans repos sur les lieux du crime jusqu'au jour où le coupable sera démasqué, et le corps de sa victime retrouvé et enseveli dans une sépulture chrétienne. Est-il l'assassin? Il a le devoir de révéler son forfait et de réparer sa faute en sauvant la vie d'un homme égaré dans la tempête. Ainsi, chaque revenant peut être catégorisé selon l'action qu'il vient accomplir à chacune de ses apparitions.

Endroit écarté et solitaire, manoir vétuste ou château nimbé de brouillard, la maison hantée est le terrain propice aux activités des spectres. Dans la plupart des cas, le lieu a été jadis le théâtre d'un crime ou d'actions immorales. Incapables de quitter la terre, les âmes perdues errent dans une sorte de purgatoire et s'en prennent aux vivants. L'intervention d'un émissaire sacré, le curé, ou d'un voyageur égaré à l'âme pure, libère la maison de ses occupants d'outre-tombe. Au Québec, les lieux hantés sont souvent des granges ou des bâtiments abandonnés. Il arrive aussi qu'une demeure essuie l'assaut d'un esprit malin ou encore la vengeance d'un mendiant, à qui la superstition populaire attribue le pouvoir de jeter des sorts par divers procédés maléfiques : mauvais œil, envoûtement, amulette, objets enchantés. L'exorcisme du bâtiment, exécuté par un curé, permet de libérer les lieux de la présence des forces occultes.

Les morts-vivants

Contrairement au fantôme, le mort-vivant possède un corps tangible. C'est un cadavre qui s'anime pour terrifier les vivants. Insensible à la douleur, il est doué d'une force prodigieuse. Le mythe du mort-vivant fut possiblement induit dans l'imaginaire collectif par des cas de catalepsie profonde : cette suspension des mouvements volontaires peut faire croire à la mort d'un sujet qui, après un certain temps, se réveille et se met à marcher. Des cas recensés font état de sordides erreurs où des cataleptiques ont été enterrés vivants ! Certains, en réussissant à s'extraire de leurs tombes, ont donné naissance à la légende.

De par le monde, les morts-vivants comptent de nombreux avatars et le plus célèbre d'entre eux demeure encore aujourd'hui le vampire, être infernal qui se transforme en chauve-souris pour fondre la nuit sur ses victimes, les mordre et s'abreuver de leur sang. Cette créature des ténèbres redoute l'éclat du soleil et la lumière divine du crucifix. Au Québec, toutefois, il n'y a guère de vampires. Pas plus d'ailleurs de momies ou de zombies. Les légendes de morts-vivants se conforment aux rites qui entourent la dépouille funèbre. Personne, dans le Québec traditionnel, ne momifie ses cadavres et ne pratique le vaudou. Puisqu'on enterre ses morts, c'est le squelette, aux yeux rongés par les vers et aux os saillants sous des lambeaux de chair parcheminée, qui obtient la cote auprès des conteurs. Son incarnation la plus populaire trouve une sorte d'archétype dans le pendu exposé en cage. Introduite au Canada par le gouvernement anglais, peu après la Conquête, la cage contient le cadavre d'un criminel que l'on suspend à un carrefour, non loin des lieux de son forfait. Ce châtiment barbare frappe très tôt la conscience populaire avec les événements entourant l'histoire véridique de La Corriveau.

En avril 1763, sous l'autorité britannique, un tribunal militaire condamne Marie Josephte Corriveau à la pendaison. Cette femme est reconnue coupable d'avoir assassiné ses deux maris : le premier en lui versant, pendant son sommeil, du plomb fondu dans l'oreille ; le second, en lui fracassant la tête à coups de hache.

Après l'exécution de La Corriveau, le gouverneur Murray donne l'ordre de placer son cadavre dans une cage de fer et de l'accrocher par des chaînes à un poteau sur la route de Lévis. Aussitôt, les habitants de la région se plaignent de l'objet qui les terrorise. D'aucuns affirment avoir entendu la nuit des lamentations et des plaintes — en fait, le probable grincement des chaînes et de la cage au vent. En mai, les Anglais acceptent de retirer la cage, mais la peur suscitée assure la naissance de la légende. Bientôt la rumeur court que La Corriveau aurait pactisé avec le diable : la sorcière décharnée pourrait, chargée de sa cage, errer à son gré dans la campagne. Elle aurait donc décroché sa propre cage pour gagner à la nage, selon certains, l'île d'Orléans, toute proche, et célébrer le sabbat avec les sorciers qui s'y trouvent. Mais pour d'autres, chaque nuit, La Corriveau se saisit d'un passant attardé sur les routes, lui saute sur le dos et menace de l'étouffer s'il refuse de briser ses chaînes et de lui retirer sa cage.

B) *Les êtres humains*
Villageois et habitants

La plupart des contes proposent une idéalisation de la micro société du village figé dans ses traditions et ses croyances. Les villageois et les *habitants*, qui résident sur les terres agricoles des environs, sont décrits comme de bonnes gens, affables et d'une grande piété. Seuls les mécréants viennent troubler, pendant la durée du conte, la belle harmonie de la communauté. Il s'agit presque toujours de jeunes personnes, des gars écervelés ou des filles volages qui, par leur conduite répréhensible, transgressent les interdits religieux. Pour les auteurs conservateurs, il va de soi que ces coupables doivent subir un juste châtiment, cependant que les écrivains libéraux interrogent cette morale du péché pour critiquer sa rigidité, son étroitesse d'esprit et révéler parfois sa xénophobie. Dans cette société repliée sur elle-même, le péché devient trop souvent synonyme de ce qui est différent, hors norme, étranger. Les jeunes, plus délurés que leurs aînés et qui jouissent d'une relative liberté avant le mariage, deviennent les cibles du discours moralisateur et traditionaliste. Les survenants et les Indiens font en outre les frais de la méfiance qu'ils éveillent chez les villageois et subissent un ostracisme d'autant plus pernicieux qu'il est tenu pour légitime et conforme aux bonnes valeurs religieuses. Tantôt généreux et accueillant, tantôt fermé et stupide, le caractère des villageois est souvent une clé pour mieux saisir la pensée de l'auteur d'un conte.

Le curé du village

Si les notables *de la place* — le maire, le notaire, le médecin et les riches rentiers — exercent le pouvoir séculier, l'autorité morale et spirituelle du village est l'apanage du curé. Dans le Québec du XIXe siècle, les curés de campagne se recrutent pour l'essentiel dans les classes sociales modestes, les candidats, issus de la bourgeoisie, s'arrogeant les paroisses plus prestigieuses des villes. Dans les contes québécois, la figure du curé, à peu près immuable, supporte mal le discours ironique : on ne doit remettre en question ni sa fonction, ni sa valeur, ni son honnêteté. Monsieur le curé se révèle donc un homme simple, affable et bienveillant. Comme le constatent en substance les *habitants* : c'est un « gars bien de chez nous » et « pas badrant pour deux cennes ». Son attitude débonnaire incite d'ailleurs à lui demander conseil en tout, même si le problème se situe hors du champ de la piété. Le curé détient une personnalité de chef et un sens solide des réalités. Quand l'un de ses fidèles s'écarte du droit chemin, par négligence ou étourderie, il n'hésite pas à lui porter secours avec diligence et à retirer le pécheur des griffes du malin. Car l'émissaire de Dieu parvient *toujours* à repousser et à vaincre Satan. Or, pendant l'affrontement, ses ouailles ont peine à le reconnaître. Il leur apparaît transfiguré par sa mission salvatrice, par la puissance de Dieu qui l'investit tout entier. En somme, le conte réitère la position privilégiée du curé dans l'organisation sociale du village.

Les autochtones

Les Amérindiens ont une présence relativement discrète dans les contes québécois et, trop souvent, ils y jouent les mauvais rôles. Le XIXᵉ siècle semble presque toujours incapable du moindre respect envers les coutumes des premières nations. De surcroît, le paganisme de l'Indien le rend suspect *de facto* aux yeux des tenants de la morale chrétienne. Aussi la plupart des écrivains, quand ils sont contraints de brosser le tempérament d'un Indien, se contentent-ils, par paresse ou par sottise, de reproduire les clichés les plus éculés du *méchant sauvage*, dont l'impiété découle, comme chacun sait, d'une hypocrisie et d'une cruauté héréditaires. L'exception à la règle, tout aussi ridicule, c'est l'Indien, ou plutôt l'Indienne convertie, qui affiche une piété si exemplaire qu'elle en devient caricaturale. Rares sont donc les contes où un autochtone se voit accorder un portrait nuancé.

La langue : un beau français archaïque...

Après la Conquête, la population du Bas-Canada se retrouve isolée dans une Amérique anglophone, coupée de tous ses liens culturels avec la France. Ce confinement favorise le développement d'une langue singulière, sensiblement éloignée de la norme qui prévaut en Europe. Au cours des XVIIIᵉ et XIXᵉ siècles, la langue connaît en France des réformes syntaxiques, et certains mots, certaines expressions tombent en désuétude. En outre, la prononciation se modifie et l'émission de la voix délaisse la résonance nasale. Dans plusieurs régions de France, les paysans conservent encore un « accent » nasal similaire et aussi quelques diphtongues « fautives ». Par exemple, avant le XVIIIᵉ siècle, la prononciation courante de *oi* est « oué ». Partout en France, on dit couramment « moué » et « toué ». On n'a qu'à lire les scènes des paysans dans le *Dom Juan* de Molière pour s'en convaincre. Ce n'est qu'après la Révolution de 1789 que le « moua » et le « toua » deviennent normatifs. En somme, « l'accent québécois » reproduit celui de la population française à une époque où les mieux nantis et les intellectuels cherchent à s'en distinguer en adoptant, puis en imposant par des arrêts de l'Académie française, «l'accent français» qui nous est aujourd'hui connu, et plusieurs réformes apportées à la langue.

Les Québécois parlent un *français différent* de celui de l'Académie, un français pourtant authentique, dont les racines plongent dans le terreau de cette langue. Essentiellement rural, peu scolarisé et replié sur lui-même, le peuple québécois a conservé la langue qu'il a toujours connue. C'est une langue aux tournures anciennes, aux diphtongues savoureuses, aux vocables perdus ou archaïques, dont la légitimité peut se revendiquer par son appartenance au riche fonds de la langue. Quand un Québécois utilise la locution «à cause que», il commet une erreur en regard des normes du français moderne qui bannit cette locution pour lui substituer «parce que». Mais il s'exprime dans le français des personnages [9] de Marivaux qui usent eux aussi de cette tournure, employée couramment, et en dépit de l'interdiction de l'Académie, par toutes les couches de la société parisienne du XVIIIᵉ siècle.

La lecture des contes québécois permet de révéler d'autres caractéristiques du parler québécois. Certains mots, empruntés aux langues amérindiennes, permettent d'identifier la flore, la faune et les objets du Nouveau Monde: *atoca* ou *ataca*, *caribou*, *kayak*, *nigog*, etc. D'autres, liés à des réalités du continent, sont forgés par les gens d'ici: *capot*, *jamaïque*, *poudrerie*, *tuque*. Ce dernier mot, dérivé de «toque» en usage en France depuis la fin du Moyen Âge, donne l'exemple d'une variation probablement phonétique, au départ, avant que son acception en fasse un terme à part entière. Au XXIᵉ siècle, les Québécois usent aussi d'expressions et de mots qui, précise le dictionnaire, sont *vieillis* ou consi-

___

9. Notamment dans *La double inconstance*, acte II, scène 10. Marivaux fut élu membre de l'Académie française en 1742. Son théâtre, contrairement à un préjugé tenace, n'est pas précieux et artificiel. L'auteur y intègre harmonieusement de nombreux registres de la langue, dont le familier, pour mieux épouser la vie au quotidien de ses personnages.

dérés comme des *régionalismes*, par exemple, *itou* et *blé d'Inde*. C'est un bel héritage auquel puisent les auteurs du XIXe siècle.

... mâtiné d'anglicismes

Dans une Amérique où l'anglais, omniprésent, exerce un puissant pouvoir d'attraction culturelle et économique, le français ne saurait s'en prémunir totalement. En outre, dès le XIXe siècle, dans les chantiers et les usines, on impose la langue du *boss* et du *foreman* à la main-d'œuvre francophone. En conséquence, bien des anglicismes, qui truffent encore aujourd'hui la langue officielle du Québec, proviennent du milieu du travail. Ainsi en est-il d'une foule de mots techniques, issus des domaines de la mécanique, de la plomberie, de l'électricité et de la menuiserie : *shifter*, *washer*, *plug*, *plywood*, etc. D'autres anglicismes, liés à des inventions ou à des objets de consommation — *truck*, *toaster*, *cutex*, *record* — sont aussi des stigmates d'une civilisation foncièrement anglophone, à laquelle les francophones d'ici tentent de se greffer tant bien que mal.

LES AUTEURS ET LEURS CONTES

PHILIPPE AUBERT DE GASPÉ fils (1814 - 1841)
Sa vie
Son enfance

Né à Québec le 8 avril 1814, Philippe Ignace François Aubert de Gaspé est le fils de Philippe Joseph Aubert de Gaspé, l'auteur du célèbre roman *Les anciens Canadiens*. La petite enfance du fils se déroule à Québec, mais en 1822, le père, destitué de son poste de shérif de Québec pour cause de malversations, déménage avec toute sa famille au manoir ancestral de Saint-Jean-Port-Joli. Les Aubert de Gaspé y vivent repliés sur eux-mêmes, le père dispensant lui-même l'éducation primaire à sa progéniture. Philippe, le fils, ne s'inscrit au collège de Nicolet qu'en cinquième année.

Un sympathique délinquant

À la fin de ses études, le jeune Aubert de Gaspé s'intéresse au journalisme. En 1832, il entre au *Canadien* de Québec, mais délaisse cet emploi pour un bref séjour aux États-Unis. À son retour, il décroche les postes de sténographe et de correspondant parlementaire au *Canadien* et au *Quebec Mercury*. En novembre 1835, une altercation avec le propriétaire du *Vindicator*, le député de Yamaska O'Callaghan, le contraint à purger une peine d'un mois de prison. La réputation de Philippe Aubert de Gaspé, traînée dans la boue par l'influent politicien, est entachée par des accusations de malhonnêteté intellectuelle, ce qui nourrit une intense polémique dans les journaux. À sa sortie de prison, l'accusé se venge de l'affront : avec l'aide de son ami Napoléon Aubin, il jette une bombe puante en plein parlement, au mois de février 1836. La classe politique est en émoi, mais le public s'amuse de la plaisanterie du sympathique délinquant. En revanche, l'orateur Louis-Joseph Papineau émet un mandat d'arrêt contre Aubert de Gaspé fils qui, pour fuir la justice, se cache au manoir de son père, à Saint-Jean-Port-Joli.

L'écrivain

Là, une ambiance propice à la discussion et à la lecture encourage le jeune homme à écrire un récit d'aventures, *L'influence d'un livre*. En mai 1837, il collabore au *Télégraphe*, dans lequel paraît le chapitre III de son roman. Ce n'est qu'au mois de septembre de la même année que l'œuvre, le tout premier roman des lettres québécoises, est publiée *in extenso*. Dès ce moment s'abattent sur le jeune homme des critiques horrifiées par l'absence presque totale de moralité dans un récit où se succèdent meurtres, procédés alchimiques et actes de sorcellerie. Le jeune Aubert de Gaspé, qui connaît le roman gothique anglais et le fantastique français, y a puisé son inspiration, brodant une variation québécoise sur des thèmes très en vogue en Europe. Mais, dans le Québec catholique du XIXᵉ siècle, ses détracteurs contestent le talent du jeune auteur, dénonçant la collaboration présumée du père à l'ouvrage. Sans les signer, ce dernier aurait composé « L'étranger » et « L'homme de Labrador », deux contes fantastiques insérés dans la trame de *L'influence d'un livre*. Dans ses *Souvenances canadiennes*[1], l'abbé Casgrain affirme même avoir reçu la confirmation de cette supercherie auprès du père. Bien sûr, ce n'est pas tant la recherche d'une quelconque vérité qui motive les pourfendeurs du romancier, que la volonté de déprécier coûte que coûte une œuvre qu'ils jugent immorale.

---

1. Tome 3, p. 72.

Sa mort soudaine

À l'automne 1840, Aubert de Gaspé fils est à Halifax. Il y occupe un poste d'instituteur dans un orphelinat, avant de devenir reporter à l'assemblée législative de Nouvelle-Écosse. Soudain, le 7 mars 1841, Aubert de Gaspé père, alors détenu en prison, reçoit une missive qui lui apprend la brève maladie et la mort subite de son fils, âgé de vingt-sept ans.

Précisions sur ses contes
« L'étranger »

« L'étranger », chapitre V du roman *L'influence d'un livre*, détient le double honneur d'être le tout premier conte écrit des lettres québécoises et la plus célèbre version de la légende de Rose Latulipe. Dans *L'influence d'un livre*, à la fin du chapitre IV, des *habitants* ont capturé un meurtrier qu'ils doivent maintenir sous bonne garde pendant la nuit, jusqu'à l'arrivée des autorités. Pendant la longue veille, la discussion s'anime à propos de l'existence du diable, et l'un des hommes présents, le père Ducros, accepte de raconter un souvenir de jeunesse : c'est lui le voyageur qui, au début du conte, revient d'un long séjour dans le Nord-Ouest. L'approche d'une tempête le pousse à trouver refuge chez un *habitant*, où une jeune fille s'apprête à se rendre au bal. Pour l'en dissuader, son père lui rappelle le triste sort de Rose Latulipe, une héroïne dont le récit, naguère transmis par l'aïeul, est bien connu de la famille. L'*habitant* encore inquiet, après le départ de sa fille et de son cavalier venu la chercher, raconte à son hôte la légende d'autrefois. De caractère didactique, ce prologue met en garde contre le péché de danser pendant les jours saints. Toutefois, les péripéties vont élargir la condamnation, s'attaquant surtout à l'attitude répréhensible de la jeune fille volage. Au péché de danser pendant le mercredi des Cendres s'ajoutent donc les écarts de conduite de Rose Latulipe, fille gâtée par son père, qui, en dépit des conseils de son entourage, n'en fait qu'à sa tête. Le curé, alerté dans son sommeil par le Saint-Esprit, arrive juste à temps pour repousser le démon et sauver l'âme de la jeune écervelée. Celle-ci comprend alors les graves conséquences de sa désobéissance. Elle promet de racheter sa faute et d'entrer au couvent. En conclusion, le châtiment de la mort est infligé à la pécheresse.

« *L'homme de Labrador* »

« L'homme de Labrador », ou la légende de Rodrigue bras-de-fer, constitue le chapitre IX de *L'influence d'un livre*. À l'instar de la légende de Rose Latulipe, à laquelle il offre un pendant, il met en scène le diable. Mais Satan ignore ici l'habit de l'invité et fait une apparition à visage découvert. L'effroi qu'il inspire punit à lui seul le présomptueux qui, dans son égarement spirituel, prétend que le démon n'est qu'une superstition tout juste bonne à effrayer les pleutres. Cette opposition entre la croyance et le doute parcourt tout le texte. Dès le prologue, une discussion met aux prises un vieux mendiant et un jeune clerc, représentants respectifs de la superstition et de l'incrédulité. À la tradition répond le scepticisme ; à la sagesse des campagnes, le savoir académique des villes. Le vieux mendiant, Rodrigue bras-de-fer, en vient à raconter son expérience, afin de prouver l'existence du diable au jeune clerc rationaliste. Alors que la plupart des contes multiplient les médiateurs pour entourer les faits de toujours plus de mystère, « L'homme de Labrador » offre un témoignage sans apprêt pour mieux confondre les incrédules. Pourtant, personne ne convainc personne et, à la fin du conte, chacun reste sur ses positions. « L'homme de Labrador » a pour cadre un *camp* de bûcherons isolé et sordide, reflet de l'âme du mécréant, qui s'oppose à la maison où se déroule la fête des bonnes gens du village. Par ailleurs, le conte accorde une attention particulière à la figure de Rodrigue bras-de-fer. Satan a beau se payer ici une scène infernale d'anthologie, c'est Rodrigue, submergé par la peur, qui émeut le plus. Même s'il se conforme à l'archétype du gars de chantier hâbleur, blasphémateur et alcoolique, Rodrigue n'en demeure pas moins une victime de ses superstitions, car fermé à la raison, il se cantonne dans la voie des souffrances et de la dure pénitence.

JOSEPH-CHARLES TACHÉ (1820 - 1894)
Sa vie
Sa jeunesse

Joseph-Charles Taché naît le 24 décembre 1820 à Kamouraska. Orphelin dès l'âge de cinq ans, il fréquente l'école du village avant de s'inscrire, en novembre 1832, au petit séminaire de Québec. Il est admis en 1841 à l'École de médecine. Trois ans plus tard, un diplôme en poche, il devient interne à l'Hôpital de la Marine. En 1845, il quitte Québec et s'installe à Rimouski. Il y pratique la médecine, est élu conseiller municipal et, le 1er juillet 1847, y épouse Françoise Lepage. À l'automne de cette même année, il siège comme député conservateur à la Chambre des communes et, parallèlement à ses fonctions politiques, se fait correspondant parlementaire pour *L'Ami de la religion et de la patrie*. À partir de 1848, il est en outre nommé directeur de la Société d'agriculture, charge qui l'oblige à la rédaction d'articles destinés aux agriculteurs du *Journal de l'Instruction publique*.

Sa maturité

À l'occasion de sa réélection comme député, en 1854, Taché publie *De la tenure seigneuriale et de son projet de commutation*, œuvre qui suscite un grand débat dans le milieu agricole et qui mène à l'abolition des derniers vestiges du régime seigneurial au Canada. En collaboration avec Pierre-Joseph-Olivier Chauveau, et sous le pseudonyme de Gaspard LeMage, il écrit aussi *La Pléiade rouge*, un recueil de récits satiriques qui attise la polémique sur une douzaine de figures politiques du temps. En 1855, Joseph-Charles Taché représente le Canada à l'Exposition universelle de Paris. En février 1857, il fonde, avec Hector-Louis Langevin et Alfred Garneau, le *Courrier du Canada*, un périodique conservateur et ultramontain qui ne subsiste que deux ans. Puis, il démissionne de son poste de député et se retire de la vie politique. En juillet, il entreprend une série d'articles, ultérieurement réunis en volume sous le titre *Des provinces de l'Amérique du Nord et d'une union fédérale* (1858). Il tâche d'y rallier la cause conservatrice à celle des pères d'une Confédération canadienne qui n'en est qu'à ses premiers balbutiements. Honoré du titre de «professeur extraordinaire» de physiologie de l'Université Laval en avril 1860, il assure, l'année suivante, la fondation des *Soirées canadiennes*. Dans cette dernière publication, il fait paraître des récits qui mêlent des contes fantastiques à des descriptions minutieuses des activités économiques des Pays d'En-Haut. Ce sont *Trois légendes de mon pays* (1861) et, surtout, *Forestiers et voyageurs* (1863), le chef-d'œuvre de l'auteur. En sa qualité d'homme de sciences, Taché y fait preuve d'authentiques préoccupations ethnologiques.

Ses démêlés judiciaires

En 1864, Taché reprend une activité politique : il est nommé sous-ministre de l'Agriculture et des Statistiques à Ottawa. En 1878, il reçoit un doctorat en médecine de l'Université Laval et, en 1883, un doctorat *honoris causa* de la même institution. C'est à cette époque qu'il intente deux poursuites judiciaires, d'une part, contre l'historien Benjamin Sulte qui a violemment critiqué son *Histoire des Canadiens français*; et, d'autre part, contre l'abbé Henri-Raymond Casgrain, cofondateur des *Soirées canadiennes*, pour une sombre histoire de droits détournés sur la vente de ses œuvres. Taché ira jusqu'à instruire le Vatican du forfait de l'abbé Casgrain, mais en 1886, il est débouté et interjette appel, sans succès. Entre-temps, paraissent quelques ouvrages, dont un qui dénonce les conditions de vie des aliénés dans les asiles de la province. Taché remet sa démission au Gouvernement canadien en 1888. Il meurt le 16 avril 1894, à Ottawa.

Précisions sur ses contes
« *Ikès le jongleur* »

Outre une minutieuse description d'un camp de bûcherons du XIXe siècle, *Forestiers et voyageurs* propose une série de contes, dont « Ikès le jongleur » et « L'hôte à Valiquet ». Taché participe ainsi au projet de valorisation du folklore amorcé dans le paysage culturel de son époque par le Mouvement littéraire et patriotique de Québec. Contrairement à l'abbé Casgrain, et bien que très catholique, Taché rejette l'idée d'infuser à tout prix une morale bien-pensante aux récits populaires. Quand vient le temps de raconter, il cède volontiers la parole au père Michel :

> Le père Michel était un beau vieillard d'une taille un peu au-dessus de la moyenne, chez qui la force de la constitution se révélait dans toute l'habitude du corps. Ses larges épaules et son cou nerveux portaient une tête magnifique, dont la chevelure toute blanche, était encore aussi touffue que celle d'un jeune homme. L'ensemble de sa personne avait cet air de négligence, ce chiffonné qui plaisent tant aux artistes. La vivacité de son regard et de sa parole contrastait avec cette allure lente et mesurée, qu'acquièrent les hommes que n'ont point épargnés les fatigues et les aventures. Gai d'ordinaire, il tombait quelquefois dans des rêveries silencieuses, dont il n'était pas toujours facile de le faire sortir. C'était un grand conteur : comme il avait beaucoup vu, beaucoup entendu et un peu lu, son répertoire n'était jamais épuisé [1].

Dans *Forestiers et voyageurs*, « Ikès le jongleur » constitue le chapitre VI des « Histoires du père Michel ». Dans le camp, après le souper, les bûcherons se sont réunis autour d'une *attisée* dans l'intention de réclamer une série de contes au père Michel. Celui-ci ne se fait pas longtemps prier et en livre quatre de suite, avant de décréter une pause pour reprendre haleine. C'est au retour de ce répit qu'il entame « Ikès le jongleur », dont le héros éponyme est un Indien. D'entrée de jeu, le conteur précise l'incapacité des sortilèges autochtones à nuire aux fidèles catholiques. On peut

---

1. Joseph-Charles Taché, *Forestiers et voyageurs*, Boréal, page 42.

alors croire que « Ikès le jongleur » sera un récit édifiant, voué à la démonstration de la supériorité de la foi chrétienne sur les cultes indigènes. Il n'en est rien. Certes, les sauvages chrétiens sont distingués des sauvages infidèles, mais une fois établi le préjugé du tout-puissant catholicisme, le récit ne s'y attarde pas. Ikès vit dans un monde en marge de la religion, et le conte se garde bien de le convertir. Ainsi est évité l'écueil du bon sauvage découvrant la voie de la vraie religion. L'Indien conserve ses coutumes et ses traditions et bénéficie, grâce au conteur, d'une étude psychologique riche et complexe, qui illustre les contradictions d'un homme heureux, mais angoissé, qui contrôle mal ses subites flambées de violence. Ennemi juré de la vieille *Mouine* et de l'Algonquin, Ikès apparaît aussi retors qu'eux, sans pour autant manquer de faire preuve de générosité à l'égard de son coéquipier blanc. Le père Michel, qui raconte ici un souvenir de jeunesse, demeure sensible aux tourments d'Ikès, provoqués par le *mahoumet* ou par ses ennemis de toujours. Bien qu'il désapprouve la sorcellerie, Michel reconnaît la valeur de l'Indien. Il lui conseille simplement de renoncer aux pratiques occultes, mais ne lui impose ni sa foi ni sa conduite. Loin de noircir le sauvage ou de le rabaisser au rang de bête malfaisante, le trappeur tente de comprendre ses motivations et plaint avant tout un homme qu'il juge égaré par la haine. La mort d'Ikès s'interprète donc moins dans la perspective du châtiment de l'impie que dans celle d'une tragique vengeance humaine.

« *L'hôte à Valiquet* »

Au chapitre XIII de la deuxième partie de *Forestiers et voyageurs*, le père Michel entreprend deux courtes histoires apprises au campement des Écores : « Le noyeux » et « L'hôte à Valiquet ». Ce dernier conte exploite l'entité fantastique du mort-vivant lié au motif du pendu mis en cage, popularisé au Québec par la légende de La Corriveau. Ici, la variation cherche moins à évoquer la terreur du cadavre ambulant qu'à imposer une leçon morale : un soir, le fanfaron Valiquet se moque de la dépouille d'un pendu, accroché en bordure de la voie publique, et l'invite à souper. Il apprend à ses dépens que même le cadavre d'un mécréant a droit au respect des vivants. Heureusement pour lui, l'amour de son épouse et la récente naissance de son enfant, qui fait de Valiquet un père, lui permettent de faire son acte de contrition et d'éviter le châtiment que lui réservait le cadavre ambulant sur le coup de minuit. Le châtiment se meut en prise de conscience. Ce conte a peu vieilli, comparé à d'autres du XIXe siècle, car l'attitude prônée à l'égard des morts rejoint encore celle observée aujourd'hui. De plus, Taché s'évertue à conserver un point de vue d'ethnologue : ainsi, à la fin du conte, prend-il soin de rédiger une longue note qui précise les sources historiques et populaires de la légende.

HONORÉ BEAUGRAND (1848 - 1906)
Sa vie
Sa jeunesse

Marie-Louis Honoré Beaugrand naît à Lanoraie, dans le comté de Berthier, le 24 mars 1848. Son enfance est marquée par la mort de sa mère, survenue en décembre 1856. Trois ans plus tard, à l'âge de onze ans, le jeune Honoré entre au collège de Joliette. Ses études terminées, il fait un temps du cabotage sur le Saint-Laurent, accompagné de son père. Pendant l'été 1865, il s'inscrit à l'École militaire de Montréal. À dix-sept ans, muni d'un certificat de deuxième classe, il s'enrôle dans les troupes françaises de Napoléon III et participe à la guerre civile du Mexique. Avec son ami, l'écrivain Faucher de Saint-Maurice, il découvre, dans le bourbier militaire, un amalgame d'écrivains désabusés, d'officiers incompétents et d'aventuriers à son image, en quête de sensations fortes. Au sein de cette contre-guérilla peu recommandable, le tout jeune Beaugrand se distingue et est nommé maréchal des logis. Au printemps de 1867, à dix-neuf ans, il accompagne les troupes françaises sur le chemin du retour et s'installe en France pour deux ans. C'est là qu'il apprend les rudiments du journalisme auquel il consacrera désormais sa vie.

Son exil américain

De retour en Amérique, Beaugrand passe quelque temps à La Nouvelle-Orléans, puis se rend à Mexico, où il trouve un emploi de comptable-interprète pour la compagnie de chemin de fer Veracruz. En 1871, il séjourne à Chicago, mais s'établit finalement à Fall River, dans le Massachusetts. Il exerce, dans les environs, divers petits métiers, dont ceux de peintre en bâtiment et de violoneux, avant de fonder, en 1873, *L'Écho du Canada*, journal qui lui permet à la fois de matérialiser son rêve de journaliste et d'exploiter son intérêt naissant pour la littérature. La même année, il épouse Eliza Walker, une Américaine protestante, dont il aura deux enfants. Maître de la loge franc-maçonnique de Fall River, il est aussi juge de paix et « notaire public ». En 1875, *L'Écho du Canada,* alors à son apogée, publie non seulement des articles sur le rapatriement des émigrés franco-américains, mais aussi les premières versions illustrées des récits fantastiques d'Honoré Beaugrand. En dépit de ses succès et de son implication dans la communauté, l'écrivain songe à rentrer au pays. À l'automne, il est brièvement rédacteur au *Courrier de Montréal,* puis il se retrouve à Boston pour fonder *La République.* Nettement radical, ce nouveau journal permet à Beaugrand de diffuser ses idées libérales. En 1878, peu avant la dissolution de ce journal, il y fait paraître en feuilleton son unique roman, *Jeanne la fileuse.* Mais le temps est venu de rentrer au pays.

Son retour au pays

En mai 1878, Honoré Beaugrand est employé surnuméraire au parlement d'Ottawa. Cette année-là, il fonde successivement deux journaux : *Le Fédéral,* dans la capitale canadienne et, en octobre, *Le Farceur,* un journal satirique de Montréal. Mais c'est en février 1879, toujours à Montréal, qu'il lance ce qui demeure sa plus grande réussite financière, *La Patrie,* le célèbre quotidien libéral tant décrié par le clergé. Le succès retentissant de ce journal, lu avec espoir par ceux qui aspirent au changement et froissé avec hargne par les conservateurs (qui ne manquent pas néanmoins de se le procurer), fait la fortune de son directeur. Bien engagé dans les débats politiques de son temps, Beaugrand exprime, par le truchement de son journal, des positions d'avant-garde, se prononçant notamment en faveur d'une école laïque, gratuite et obligatoire. Quel scandale ! Mais en dépit de son audience, Beaugrand se lasse de voir tout son temps monopolisé par *La Patrie.* Infatigable curieux, il se passionne aussi pour l'histoire, le folklore et même pour l'archéologie précolombienne !

Aussi, dès 1884, s'assure-t-il les services de son ami Louis Fréchette au poste de rédacteur en chef de *La Patrie*. Bibliophile invétéré, il a maintenant le temps de peaufiner un album de luxe sur *Le Vieux Montréal 1611-1803*, perçu à sa parution comme l'œuvre d'un grand admirateur de la métropole. En 1885, il brigue d'ailleurs les suffrages et devient maire de Montréal, où il exerce pendant deux ans un mandat exemplaire. Ainsi, au moment de l'épidémie de petite vérole qui sévit à l'automne, il sait imposer, malgré les résistances, une vaccination obligatoire de la population.

Sa maladie

Miné par l'asthme depuis de nombreuses années, Beaugrand constate que le mal s'envenime et se voit bientôt contraint d'abandonner sa carrière politique et de voyager dans des contrées plus clémentes. Il entreprend ainsi de longs périples dans le Sud-Ouest américain, au Colorado et au Mexique, ne séjournant à Montréal que pour respecter ses engagements ou fonder quelque publication, notamment le *Montreal Daily News*, aussitôt abandonné, et *Le Canard*, un journal humoristique. Jusqu'en 1890, il sillonne aussi l'Angleterre, la France et l'Afrique du Nord. Ses *Lettres de voyage* témoignent de cette première série de pérégrinations. En septembre 1892, il est à Vancouver où il s'embarque à bord de l'*Empress of China* pour un tour du monde : le Japon, la Chine, l'Asie du Sud-Est, les Indes et, via l'Égypte, l'Italie et, de nouveau, la France. Durant ce long voyage, il entretient une correspondance suivie avec *La Patrie*, dont il se détache pourtant peu à peu. Il revient au Québec en mai 1893, mais repart dès septembre 1894, cette fois pour s'installer avec toute sa famille à Paris, à l'automne, puis à Nice, pour l'hiver. Durant une dizaine d'années, l'existence de Beaugrand n'est qu'une suite ininterrompue d'allées et venues entre Paris, Montréal, Montreux ou Lakewood, dans le New Jersey. Mais des crises respiratoires aiguës le contraignent à l'usage de plus en plus fréquent de morphine. Désapprouvant la politique libérale de Wilfrid Laurier, il se retire finalement de la vie publique, vend *La Patrie*, en février 1897, et quitte sa loge maçonnique de Montréal la même année. Il concentre dès lors une partie de son attention au folklore canadien. Son chef-d'œuvre, *La chasse-galerie, légendes canadiennes*, paraît en 1900. D'une écriture claire et précise, héritée d'une longue pratique du journalisme, ces contes laissent transparaître l'esprit libéral et anticlérical de leur auteur dans des récits émaillés de pointes satiriques et de références folkloriques. En juillet, Beaugrand retourne à Paris pour l'Exposition universelle et participe au Congrès international des traditions populaires. En 1904, il rédige un rapport sur ce dernier événement : *New Studies of Canadian Folk Lore*. C'est son ultime publication. Honoré Beaugrand s'éteint à Montréal le 7 octobre 1906.

Précisions sur ses contes
« *Le fantôme de l'avare* »

Le thème du fantôme revient dans au moins une cinquantaine de contes québécois et trouve ici une de ses meilleures expressions. Valorisant l'hospitalité et la compassion humaine en décriant le péché de l'avarice, « Le fantôme de l'avare », de facture classique, offre une exemplaire histoire de revenant qui, à défaut d'originalité, conserve un réel pouvoir d'évocation. Beaugrand a donné plusieurs versions[1] de ce texte, dont celle qui constitue le chapitre V de *Jeanne la fileuse*. La veille du jour de l'An 1873, chez le père Montépel de Lavaltrie, les convives se sollicitent les uns les autres pour raconter une anecdote ou chanter un couplet. Quand arrive le tour du maître d'école, le meilleur conteur des environs, l'assemblée lui réclame la légende du « Fantôme de l'avare ». Un premier récit enchâssé débute alors : quinze ans plus tôt, la veille du jour de l'An 1858, la petite-fille de Joseph Hervieux incite son grand-père à raconter encore une fois sa rencontre de jeunesse avec un fantôme. Né en 1768, Joseph Hervieux avait vingt ans en

---

1. La présente édition prend en compte certaines de ces variantes.

1788, l'année où, dans la tempête, lui est apparu le spectre de Jean-Pierre Beaudry. Le récit se déploie dès lors avec vivacité, sans quitter un ton empreint de gravité, sinon de noblesse. Dans ce premier conte achevé, Beaugrand demeure soucieux de respecter la tradition et les croyances populaires, évitant la critique et la satire auxquelles il aura plus tard fréquemment recours. Le châtiment du revenant prend ainsi une résonance pathétique. Avec l'épilogue, un sentiment de compassion, mêlée de crainte, envahit l'âme des auditeurs et atténue le caractère sentencieux de la légende. L'erreur du péché acquiert ainsi une dimension d'une poignante humanité. Rappelons, en terminant, que des chercheurs universitaires ont découvert l'existence réelle d'un Joseph Hervieux dans la paroisse de Lanoraie, lieu de naissance d'Honoré Beaugrand. Aucun document n'authentifie toutefois celle d'un Jean-Pierre Beaudry dans la paroisse de Saint-Sulpice, cinquante ans auparavant. Il est donc permis de croire que Beaugrand a recueilli cette histoire de revenant de la bouche même de son inventeur, le conteur Joseph Hervieux.

« *La chasse-galerie* »

Le plus célèbre conte d'Honoré Beaugrand impose depuis cent ans sa version de la légende, où le « vol galant » d'un canot d'écorce permet à huit gars hardis de retrouver leurs blondes, le temps d'un rigaudon, en se moquant des rigueurs de l'hiver et de leur isolement dans les bois. Grâce aux sortilèges du démon (ou à ceux plus brumeux de l'alcool), Joe le *cook* et ses compagnons se lancent à la chasse aux « créatures » la veille du jour de l'An. Le récit, exemplaire d'équilibre, recèle juste assez de pittoresque pour l'ancrer dans le folklore québécois, sans appesantir la trame narrative. Les péripéties, émaillées de chansons populaires et de prodiges, maintiennent l'intérêt par leur naturel. De fait, le chef-d'œuvre de Beaugrand sonne juste. Impossible, semble-t-il, de raconter l'histoire autrement. La langue, avec ses mots et ses expressions savoureuses, colle à merveille aux origines sociales des personnages et la narration évite de s'enliser dans un lourd moralisme. D'un sujet qui aurait pu être scabreux, Beaugrand évite les écueils, recouvrant les bas instincts de ses héros sous un ton d'une fraîcheur bon enfant. Les rudes gars de chantier, parions-le, n'étaient pas aussi sympathiques dans la réalité que la bande de joyeux lurons du conte. En conséquence, le pacte avec le diable est moins associé au péché de la luxure qu'aux frasques bénignes de ces garnements pleins comme des barriques qui, une fois leur forfait accompli, rient sous cape d'avoir berné Satan. Qui se plaindrait de cette divertissante insolence pendant le temps des fêtes? Certes, Joe le cook formule à quelques reprises la mise en garde de rigueur contre la tentation de voler en pleine nuit dans un canot d'écorce conduit par le démon. Mais parions que ses auditeurs, passés et présents, oublient rapidement cet interdit de convention pour s'adonner sans fausse culpabilité au plaisir de vivre, par procuration, cette palpitante aventure. Au lieu de blâmer les rameurs, on estime leur compagnie et on tremble pour leurs âmes quand, par la faute du plus saoul de l'équipée, l'embarcation frôle une croix de tempérance ou le clocher d'une église. Et quel bonheur qu'aucun châtiment ne s'abatte sur eux à la fin de l'expédition! Cette heureuse association entre la joie de vivre et le sacrilège souligne à l'évidence le caractère subversif du conte et explique peut-être pourquoi, après la mort de Beaugrand, des bien-pensants allèrent jusqu'à en publier des versions expurgées…

« *La bête à grand'queue* »

Humoristique et cinglant, « La bête à grand'queue » dénonce par le rire la bêtise de la superstition populaire. Sans jamais se départir de sa légèreté de touche, l'œuvre s'élabore sur le mode de la caricature et de la farce. Dès les premières lignes, le ton est donné. Dans un débit d'alcool clandestin, deux ivrognes se livrent à l'occupation favorite des désœuvrés : la revue des derniers cancans du patelin. Tout droit sorti d'une farce théâtrale, leur dialogue souligne la balourdise des deux compères. Surgit alors Fanfan Lazette, celui-là même dont l'aventure récente alimente les conversations, et dont le simple nom contribue d'évidence au registre burlesque de l'œuvre. Ce héros bouffon, on l'apprendra, cumule toutes les tares des protagonistes de la farce classique : sottise, paresse, alcoolisme, vantardise et crédulité superstitieuse. De fait, Fanfan Lazette incarne l'archétype du mythomane des campagnes, du fanfaron hâbleur, toujours enclin à raconter quelque histoire incroyable pour monopoliser l'attention de la compagnie. Peu soucieux de respecter un jour ses devoirs religieux, il prétend pourtant que la rencontre de la bête fabuleuse lui a donné une sérieuse leçon. Mais on peut en douter : sa seule présence dans un débit de boisson, peu après l'événement, paraît déjà suspecte, et il appert que, loin de le punir, l'événement est pour lui une aubaine. Dès qu'il a prononcé son *mea culpa* de bon chrétien repentant, il s'empresse de s'envoyer un petit coup derrière la luette, et d'amorcer son fameux récit. Comme tous les personnages de son acabit, il se représente alors dans des péripéties burlesques auxquelles ne manquent ni culbutes, ni grimaces, ni poursuite, et qui sont couronnées par un beau plongeon dans la rivière. Quel intérêt aurait son histoire s'il n'avait coupé que la queue d'un taureau ! Puisque sa célébrité dépend de la présence de l'irrationnel, Fanfan serait bien fou de décevoir ses auditeurs. Le conte se termine par un dernier trait décoché à l'endroit de l'appareil judiciaire. La reproduction du jugement de la cour dans l'affaire opposant le fermier F. X. Trempe à Fanfan Lazette révèle l'incompétence des trois juges de fortune, incapables de trancher entre des faits et leur interprétation irrationnelle, et qui achèvent de se discréditer en convenant de se faire rémunérer leurs médiocres services.

LOUIS FRÉCHETTE (1839 - 1908)
Sa vie
Sa jeunesse

Grand romantique québécois, Louis-Honoré Fréchette naît dans la région de Lévis le 16 novembre 1839. D'extraction modeste, il n'en fréquente pas moins, dès 1854, le petit séminaire de Québec, sous la tutelle des frères des Écoles chrétiennes. Il séjourne brièvement aux États-Unis, durant sa quinzième année, avant de poursuivre ses études au collège de La Pocatière, puis au séminaire de Nicolet. C'est là, fort probablement, qu'il découvre Victor Hugo. Il se plonge entièrement dans la poésie et, en avril 1859, publie ses premiers vers : *À un jeune poète*. Expulsé de l'institution pour indiscipline, il fréquente la Faculté de droit de l'Université Laval. Parallèlement, il exerce le métier de journaliste à Québec et collabore à la revue littéraire *Soirées canadiennes*. Son éclectisme lui assure en outre un emploi de traducteur au parlement. De cette période datent ses premiers textes dramatiques, et la création de *Notaires du village*, en janvier 1862, et de *Félix Poutré*, en novembre. En 1863, il parvient à faire éditer *Mes loisirs*, son premier recueil poétique d'importance. Il a vingt-quatre ans.

Son exil américain

Féru de politique libérale, Fréchette cherche à participer aux débats et, pour faire entendre sa voix, fonde *Le Drapeau* et *La Tribune de Lévis*, deux journaux d'existence éphémère. Encore étudiant en droit, il ouvre néanmoins un bureau d'avocat à Lévis. Mais le peu de succès de toutes ses entreprises lui pèse et, comme beaucoup de Canadiens français de l'époque, il croit entrevoir une solution dans son exil aux États-Unis. Installé à Chicago de 1866 à 1871, il travaille d'abord pour l'Illinois Central Railway, pour ensuite fonder deux périodiques, *L'Observateur* et *L'Amérique*, poursuivant son œuvre dramatique avec *Tête à l'envers* (1868). La totalité des œuvres écrites pendant cette période sont toutefois détruites pendant le gigantesque incendie de Chicago en 1871. *La voix d'un exilé*, son seul manuscrit réchappé, est un virulent pamphlet poétique, alimenté par la fibre libérale, qui dénonce le projet de la Confédération canadienne et qui, à sa publication, procure une célébrité inespérée à l'auteur émigré.

Le politicien

Dès son retour à Québec, Fréchette se consacre presque exclusivement à la politique active. Élu député du comté de Lévis au Parlement d'Ottawa, en 1874, il y devient un orateur redoutable. En 1876, il prononce en Chambre une douzaine de discours qui critiquent le déroulement antidémocratique des élections et l'influence néfaste du clergé. Cette même année, il épouse Emma Beaudry, une riche héritière montréalaise et, l'année suivante, publie un nouveau recueil de poésie, *Pêle-mêle*, qui remporte un vif succès dont l'écho se répand jusqu'en France. Défait aux élections de 1888, il abandonne sans trop de regrets la politique, s'installe à Montréal, rue Ontario, et s'investit tout entier dans sa profession d'écrivain national.

Le poète national

Un nouveau recueil de poésie, *Les oiseaux de neige*, paraît en 1879. Mais la consécration vient au cours de l'année suivante. En juin, il écrit et fait représenter sur la scène de l'Academy of Music de la rue Victoria, en plein quartier anglophone de la métropole, deux pièces qui glorifient la rébellion et les Patriotes : *Le retour de l'exilé* et *Papineau*. Ces spectacles à grand déploiement, dignes des productions de Broadway, selon certains spécialistes du théâtre québécois, remportent un véritable triomphe. Puis, le 5 août 1880, il reçoit le prix Montyon de l'Académie française pour deux recueils de poèmes réunis en un volume, *Les fleurs boréales* et *Les oiseaux de neige*. Fréchette se rend à Paris pour recevoir cet honneur décerné pour la première fois à un écrivain canadien. Cette distinction exceptionnelle le rend universellement célèbre. À son retour, les universités McGill de Montréal et Queen's de Toronto lui décernent l'une et l'autre des doctorats *honoris causa*. Il est surnommé le poète lauréat et, en 1882, entre à la Société royale du Canada en qualité de membre fondateur. En dépit de cette notoriété, Fréchette accepte, à la demande d'Honoré Beaugrand, le poste de rédacteur en chef de *La Patrie*. Il y clame ses idées libérales et anticléricales qui lui valent de nombreux ennemis. Mais une mésentente avec Beaugrand, au sujet de l'affaire Riel, le contraint à démissionner. Il se retire avec sa famille à Nicolet et consacre dès lors son temps à la composition de *La légende d'un peuple*, une vaste épopée canadienne influencée par *La légende des siècles* de Victor Hugo. À l'occasion d'un deuxième voyage en France, en 1887, il publie cette œuvre imposante, couronnée par l'Académie française. Honneur insigne, Victor Hugo l'accueille dans sa demeure et lui accorde un bref entretien. Au pays, la facture épique et les orientations politiques de *La légende d'un peuple* soulèvent la controverse. Qu'à cela ne tienne, Fréchette est devenu le grand poète national. Poète engagé, polémiste de talent et fervent admirateur de Victor Hugo, ce progressiste de la première heure règne dès lors en maître sur le monde des lettres québécoises du XIXᵉ siècle. Docteur *honoris causa* de l'Université Laval, en 1888, il quitte son manoir de Nicolet pour une luxueuse maison bourgeoise de la rue Sherbrooke, à Montréal. En 1889, le premier ministre Honoré Mercier le nomme au poste de greffier du Conseil législatif de Québec, une charge honorifique, sorte de pension d'État, que Fréchette conserve jusqu'à sa mort.

Le conteur

Farouche défenseur du libéralisme, Fréchette dénonce inlassablement les partisans de la tradition, de la monarchie et le tout-puissant clergé. Cette lutte incessante, il la livre au moyen de nombreux essais et discours publics percutants. En parallèle, il s'intéresse aux études folkloriques qui suscitent, en cette fin du XIXᵉ siècle, l'engouement des facultés d'histoire et de littérature des universités anglaises et américaines. Stimulé par l'invitation des chercheurs de l'Université McGill, Fréchette entend participer à la mise en valeur de l'héritage populaire du Canada français. Il devient vice-président de l'Association of Folklore et, en cette même année de 1892, publie *Originaux et détraqués*, une série de portraits d'hurluberlus qu'il a croisés, du temps de sa jeunesse, dans les rues de Québec et de Lévis. L'aspect satirique et populaire de l'ouvrage se retrouve dans la cinquantaine de contes qu'il compose pendant ses dernières années. Par ailleurs, les attaques répétées de Fréchette contre le contrôle de l'éducation par le clergé — un privilège intouchable dans le Québec de 1894 — suscitent des attaques personnelles. William Chapman, un poète rival, l'accuse bientôt de plagiats, et sa dénonciation, même si elle se révèle en partie fondée, souligne surtout la hargne dont Fréchette est devenu l'objet. En revanche, la célébrité du lauréat n'en souffre guère. Il préside, notamment, à titre honorifique, les premières réunions de l'École littéraire de Montréal. Seule la traduction, parue à Toronto, de *La Noël au Canada*, essuie un cuisant échec.

Sa vieillesse

Après la publication, en 1900, de ses *Mémoires intimes*, son texte le plus émouvant, Fréchette entreprend l'édition de ses œuvres complètes, une tâche poursuivie en dépit de l'immense chagrin que lui cause, en 1901, la perte de son fils Louis-Joseph, âgé d'à peine vingt-cinq ans. *Véronica*, jouée sans succès au Théâtre des Nouveautés en 1903, signe ses adieux à la scène. L'homme public se fait dès lors plus rare. Le 24 juin 1906, il rédige un discours pour l'inauguration du monument d'Octave Crémazie au carré Saint-Louis. Puis, en 1907, il se retire avec sa femme à l'Institut des Sourdes et Muettes de Montréal, rue Saint-Denis. Ses dernières années sont assombries par des crises d'arthrite sévère. Il fréquente néanmoins ses amis les plus chers et participe à quelques veillées parfois fort animées. C'est au retour de l'une d'elles, un soir, qu'il subit une grave attaque d'apoplexie. Plongé dans le coma, il décède le lendemain, le 31 mai 1908.

Précisions sur ses contes
« *La maison hantée* »

« La maison hantée », d'abord publié en février 1892 sous le titre de « Sorcier de Saint-Ferdinand », surprend le lecteur par un traitement thématique bien éloigné de récits similaires, issus de la littérature anglophone. Rien ne se déroule ici pendant une nuit d'orage, en présence de voyageurs égarés qui trouvent refuge dans une vaste résidence à l'écart de la route, où ils connaîtront la terreur et la mort. Le conte de Fréchette, en dépit d'une inspiration un peu courte, possède un ton différent — plus léger et moins convenu — qui ne manque pas de charme. Le prologue s'ouvre sur l'évocation d'un souvenir de jeunesse de l'auteur — un cas de figure récurrent dans les contes de Fréchette. Un soir, à la faveur de la visite d'un curé de campagne au directeur du collège de Nicolet, le jeune poète en herbe apprend les détails d'un étonnant fait divers. Depuis quelque temps, à Saint-Ferdinand, une maison du village est hantée : les meubles et les objets du lieu s'y meuvent par eux-mêmes. Le pauvre curé, troublé par le phénomène qu'il a pourtant constaté de ses propres yeux, hésite à choisir son camp entre la raison et la superstition. Mais son égarement n'a rien d'inquiétant. Dans ce conte, l'humour est à l'honneur : quand le tison s'occupe lui-même du feu, que les patates de la cave s'égaillent dans toute la maison et qu'un gros gaillard reçoit une claque en plein visage, le propos demeure à coup sûr cocasse. Peut-il en être autrement ? Aucun personnage du conte n'est cruel, ni le mendiant jeteur de sort qui agit non par haine mais par mécontentement, ni le curé qui croit avoir exorcisé les lieux, ni le fils Bernier qui punit le coupable sans le savoir En somme, plus que les sortilèges, c'est la pauvreté qui hante en filigrane ce village traditionnel, dont Fréchette se plaît à ternir la représentation idéalisée.

« *La mare au sorcier* »

Dans « La mare au sorcier », Fréchette emprunte résolument la voie satirique. Il reprend le motif de la méfiance envers le vieux mendiant de « La maison hantée » pour le développer de façon plus percutante, dénonçant la superstition qui couvre bien souvent les préjugés d'un groupe fermé à l'endroit des marginaux. Le prologue reprend, dans un cadre estival, un souvenir de jeunesse de l'auteur. Puis, la première partie expose les griefs des villageois à l'égard d'un Acadien engagé depuis peu à la ferme de Pierre Vermette. Aucune des observations et des conclusions erronées des villageois sur le compte de l'Acadien ne résiste à un examen rationnel. La suspicion générale repose uniquement sur l'étrangeté d'une conduite qui déroge aux critères en vigueur dans le milieu : à commencer par cette suspecte recherche de la solitude, contraire au devoir de participation prescrit par le groupe afin d'assurer l'insertion sociale obligatoire de chacun. L'injustice se fonde sur une norme imposée par les villageois. Leur ostracisme obéit donc à un instinct de conservation, à une peur sans fondement, mais viscérale, du changement, générée par l'ignorance, la stupidité et les réflexes conditionnés par la tradition. En bref, Fréchette met le doigt sur le manque d'ouverture et la mesquinerie de ces villageois québécois, ébréchant le mythe de leur prétendue hospitalité. La deuxième partie du conte n'a pas la même rigueur. Cherchant à démentir les allégations qui pourraient lui coûter un excellent ouvrier agricole, le bonhomme Vermette s'installe un soir derrière une corde de bois pour le surprendre dans ses activités occultes. Le passage où le fermier succombe au sommeil, inséré habilement, fait glisser le lecteur sans avertissement dans le monde onirique. Le doute, propre au fantastique, a tout loisir de le tarauder. Malheureusement, sous prétexte de transcrire l'incohérence des cauchemars, Fréchette multiplie les incongruités et les redites. L'action s'étiole et l'intérêt fléchit : le réveil et l'alitement de l'oncle, les démêlés avec le curé semblent artificiels. En revanche, les dernières lignes esquissant le sort tragique de l'Acadien, qu'une allusion antérieure sur la mort d'un vagabond permet de corroborer, concluent dignement le conte.

Les contes de Jos Violon

Il est paradoxal que l'auteur des contes de Jos Violon soit Louis Fréchette, ce grand défenseur de la pureté du français au Québec et ce pourfendeur des anglicismes dans de nombreux essais pamphlétaires. Soucieux de réalisme pittoresque, Louis Fréchette s'évertue, en effet, dans cette série unique de la littérature québécoise, à retranscrire fidèlement le langage populaire de Joseph Lemieux, ce vieux conteur d'autrefois qui se faisait aussi appeler José Caron, et que tout le monde surnommait Jos Violon. L'écrivain de Lévis rend ainsi hommage à ce génie populaire qui maniait les figures de style et l'ironie avec la *maestria* des plus grands. Avec un art consommé, il réussit à rendre la verdeur et la finesse de ses récits. Dans ses *Mémoires intimes*, Fréchette présente les circonstances où il lui a été donné de l'entendre.

> Souvent, les soirs d'automne ou d'hiver — car Joe [*sic*] Violon n'allait plus « en hivernement » — il y avait « veillées de contes » chez quelques vieux de notre voisinage, et nous allions écouter les récits du vétéran des chantiers dont le style pittoresque nous enthousiasmait [1].

Convaincu d'avoir achevé des œuvres qui lui assurent l'immortalité, Fréchette, qui avance en âge, entreprend d'écrire des contes folkloriques qui, ironiquement, avec ses *Mémoires intimes*, deviendront ses réels titres de gloire. C'est que, contrairement à sa poésie, souvent empesée et désincarnée, ses contes et ses mémoires grouillent de vie. Comment s'en étonner, puisque l'écrivain s'inspire de ses propres souvenirs ? À huit

---

1. Louis Fréchette, *Mémoires intimes*, Montréal, Fides, « Collection du Nénuphar », 1977, p. 179, note 5.

reprises [2], entre 1892 et 1907, Fréchette cède la parole à Jos Violon et, chaque fois, il ne manque pas de lire sa composition à voix haute, cherchant à retrouver le rythme idoine et riant aux éclats des embardées de la verve inimitable et colorée de son conteur favori. Une erreur commune est de croire que Jos Violon est un peu simple d'esprit parce qu'il s'exprime dans le langage qui déroge au code normatif en vigueur et de se convaincre qu'il est idiot parce qu'il se commet dans des actions, des erreurs de jugement ridicules. Attention de confondre le conteur et le protagoniste ! Jos Violon connaît à la perfection les ficelles de son art. Un peu comme un acteur sur scène, il se représente dans ses contes et se place à dessein dans des situations cocasses à seule fin de faire rire. En tout temps, il conserve son ascendant sur un auditoire dont il manipule à son gré les réactions. Que lui importe de paraître idiot pendant un épisode, s'il captive son monde et laisse sa trace dans la mémoire de chacun. Les procédés du rire lui permettent, en outre, de glisser dans ses récits divertissants quelques critiques bien senties et de se moquer des préjugés de son temps.

« *Tipite Vallerand* »

Dans « Tipite Vallerand », le premier conte de la série, le méchant sacreur éponyme impose son autorité violente aux compagnons de Jos Violon. Mais il y a des limites : quand le fou se met à les menacer d'une arme et à les obliger à passer la nuit au mont à l'Oiseau, il est temps de lui donner une leçon. Pour la lui servir, Tanfan Jeannotte se servira du juron préféré du sacreur — *Je veux que le diable m'enlève tout vivant par les pieds !* Cela donne lieu à un passage spectaculaire avec flambée de cheveux à la clé. Les compagnons, à commencer par l'intéressé, croient tous à une intervention du démon. Mais Jos Violon, qui a observé les

---

2. Dans l'ordre, les huit contes de Jos Violon sont : « Tipite Vallerand », « Tom Caribou », « Coq Pomerleau », « Le diable des forges », « Titange », « Le Money Musk » « Les lutins » et « La hère ».

allées et venues de Tanfan Jeannotte après le souper, n'en est pas si sûr, et met discrètement le lecteur sur la voie de l'explication rationnelle. Auprès de ses compagnons, il se garde en revanche de dissiper la superstition : il serait trop dommage de se passer d'un hiver tranquille, avec un Tipite Vallerand assagi. Mais gageons que l'attitude de Tipite est plus redevable à la honte et au dépit de s'être fait jouer un mauvais tour qu'à une réelle crainte du démon. Quand Jos Violon le croise, quatre ans plus tard, dans une chapelle des Piles, il fait tout pour ne pas le reconnaître : est-il rien de plus cuisant, pour un orgueilleux, que de voir surgir du passé le témoin d'une mésaventure qui lui a fait perdre la face !

« *Le diable des Forges* »

« Le diable des Forges » revisite l'interdit de danser pendant les jours saints et le mythe des méfaits du démon pour permettre le développement du double thème de la disparition et de la petite vengeance. D'une structure complexe, le conte enchaîne une série d'habiles variations. Après la formule sacramentelle — *Cric, crac, les enfants ! Parli, parlo, parlons...*, etc. — et la morale condamnant la danse le dimanche, Jos Violon raconte que Bob Nesbitt, leur *foreman*, cette année-là, dans le haut Saint-Maurice, détestait qu'on lui mente. Or, Jos le surprend à discuter avec deux Indiens à propos de pépites d'or et l'entend, par la suite, lui servir de fausses excuses en lui remettant la responsabilité de conduire la troupe de gars au chantier. Sans souffler mot, Jos Violon se charge de rendre à ce menteur la monnaie de sa pièce. Au bal des Forges, où ses compagnons l'entraînent, Jos découvre par hasard le moyen de faire damner son menteur de *foreman*. Pendant un rigaudon, une belle « créature », prénommée Célanire, fait de l'œil à notre héros et lui lance plus d'un compliment auquel il voudrait bien croire ; puis elle disparaît mystérieusement. C'est que Jos Violon s'était endormi sur sa chaise et qu'il a été trompé par le monde des rêves. À ce moment, pour faire cesser la danse le dimanche, la Louise à Quiennon Michel entre en coup de vent dans la salle de bal et affirme que le diable forge un sortilège contre les danseurs dans l'ancienne fonderie. Toute la compagnie se précipite dehors pour constater le phénomène, mais il fait noir comme dans un four et Satan a disparu. Ou, plutôt, il n'y a jamais rien eu dans la forge, et la Louise à Quiennon Michel est une dévote qui a menti pour en arriver à ses fins. Ainsi le thème du mensonge revient-il toujours associé au phénomène de la disparition. Cette alliance s'affirme de nouveau quand le démon s'amuse à éclipser un des gars du chantier. Pleins comme des barriques, les bûcherons ne distinguent plus très bien le réel de l'imaginaire quand ils s'étonnent de la disparition sporadique d'un des leurs, alors que cette supposée disparition provient tout simplement de ce que Jos Violon oublie de s'inclure quand il fait le décompte des membres de l'expédition. Une fois à destination, devant Bob Nesbitt, Jos Violon proteste de sa surprise puisque son supérieur constate que le compte est bon! Ulcéré, Nesbitt détourne sa confiance de Jos Violon, qui aurait ainsi perdu la chance de faire fortune. Ainsi, le fin conteur évite-t-il de se donner le beau rôle. Jos Violon connaissait-il la clé du mystère? N'est-ce pas dans l'art d'un vieux conteur que de s'amuser à jeter des clins d'œil complices à son auditoire?

« *Les lutins* »

Dans « Les lutins », le degré de mystification atteint son comble. Jos Violon croit-il véritablement aux espiègles petits bonshommes? Et à la possibilité de s'enrichir en les capturant? Encore une fois, le texte le laisse croire au lecteur médusé. Les péripéties désopilantes qui suivent se chargent toutefois de révéler à demi-mot l'identité de l'instigateur de cette supercherie, un sournois, surnommé Pain-d'épices. C'est lui qui tire les ficelles et alimente la superstition des lutins auprès de ses compagnons. Il vient près de se faire prendre à son propre piège quand Jos Violon et Fifi Labranche, installés à l'affût dans l'écurie, le surprennent sur le seuil d'une entrée secrète. Mais pourquoi Pain-d'épices a-t-il tant besoin d'emprunter en cachette une monture plusieurs fois par semaine? La solution éclate au printemps. Sur un chemin où Jos, Fifi et la jument Belzémire se sont engagés, celle-ci oblique subitement à gauche jusqu'à une maison perdue dans les bois. Une parole échappée par une jeune femme à la voix claire corrobore que le lieu est la destination habituelle de Pain-d'épices, et qu'il ne s'y rend qu'à la nuit tombée. Pourquoi se rendait-il là plusieurs fois par semaine ? Rien dans le texte ne le divulgue clairement. Mais ce manque de précision est déjà un indice en soi. Les lutins n'ont-ils pas la réputation d'être souvent mêlés à des récits de cavalcades nocturnes et de transgressions sexuelles ? L'année d'après, Jos Violon croise d'ailleurs le rusé Pain-d'épices dans le *Cul-de-Sac* (c'est moi qui souligne), un des quartiers les moins recommandables de Québec. À la remarque bien sentie du héros sur la présence du chapeau des lutins sur la tête du bougre, Pain-d'épices réplique par une de ses fariboles dont il est prodigue, jouant le jeu de la dissimulation et de l'innocence jusqu'au bout. *Et cric, crac, cra !… Sacatabi, sac-à-tabac ! Mon histoire finit d'en par là.*

PAMPHILE LE MAY (1837 - 1918)
Sa vie
Sa jeunesse

Léon-Pamphile Le May voit le jour, le 5 janvier 1837, à Lotbinière au moment où le Québec traverse la période mouvementée de la rébellion des Patriotes. La naissance du futur écrivain coïncide aussi avec celle du roman québécois et de la publication de *L'influence d'un livre*, de Philippe Aubert de Gaspé fils. Le jeune Le May fréquente un temps l'établissement des frères des Écoles chrétiennes de Trois-Rivières avant de poursuivre, au collège de Lotbinière, un cours classique maintes fois interrompu par la maladie. De 1854 à 1857, il s'inscrit au petit séminaire de Québec. C'est là qu'il compose ses premiers poèmes, restés inédits. L'année suivante, une dyspepsie le contraint au repos. En mai 1858, il est clerc de notaire à Québec, mais dès juin, il part aux États-Unis en quête d'un meilleur emploi. Il rentre bredouille à Lotbinière et, à la recherche de lui-même, il entreprend l'étude de la philosophie. De 1858 à 1860, il s'inscrit en théologie au grand séminaire d'Ottawa, mais une fois de plus, sa santé l'oblige à rompre ses engagements. Avec son camarade Louis Fréchette, il se remet au droit dans un cabinet de notaire. En outre, il est traducteur pour l'Assemblée législative du Canada Uni à Québec. Fréchette et Le May fréquentent alors le milieu littéraire de la Vieille Capitale. À la célèbre librairie d'Octave Crémazie, ils participent au Mouvement littéraire et patriotique de Québec et font la connaissance des Garneau, Taché, Gérin-Lajoie et Casgrain, devant qui Le May lit ses œuvres. Encouragé par le succès remporté, le jeune écrivain publie ses vers dès 1861, dans le *Journal de Québec* et dans *Les soirées canadiennes*. En octobre 1863, il épouse Sélima Robitaille et retrouve la maison familiale de Lotbinière. Un mois plus tard, il fait paraître sa première nouvelle, « L'épreuve », dans le *Journal de Québec*. L'année 1864 voit la naissance de sa fille et la parution de sa traduction d'*Évangéline*, le célèbre poème sur la déportation des Acadiens du poète américain Longfellow. Reçu avocat en 1865, Le May devient traducteur à la Chambre des communes d'Ottawa et publie des *Essais poétiques*. Il participe au premier concours de poésie de l'Université Laval et remporte, en juillet 1867, la médaille d'or pour une œuvre de 2800 vers sur le deuxième voyage de Jacques Cartier au Canada.

Sa maturité

Le premier ministre Chauveau le nomme, en octobre, bibliothécaire attitré de l'Assemblée législative. Lauréat de l'Université Laval une seconde fois, en 1869, avec son *Hymne pour la fête des Canadiens français*, il déménage avec toute sa famille à Québec. En avril 1870, *Les vengeances*, un poème qui rend honneur à Louis Riel, soulève de violentes réactions dans la presse anglophone. L'écrivain signe aussi des romans : *Le pèlerin de Sainte-Anne*, en 1877, et *Picounoc le maudit*, son plus célèbre, l'année suivante. Membre fondateur de la Société royale du Canada, Le May trouve encore le temps de composer des *Fables canadiennes*, mais l'incendie de la bibliothèque de l'Assemblée législative ruine son travail de bibliothécaire. Sa célèbre traduction du *Chien d'or*, récit de légendes du Canadien anglais William Kirby, et la publication de *L'affaire Sougraine*, un troisième roman, achèvent la période faste de l'écrivain. En 1888, il s'embarque pour la France en compagnie de quelques amis, dont Faucher de Saint-Maurice. À son retour, il reçoit un doctorat honorifique de l'Université Laval et, intéressé par l'écriture dramatique, donne coup sur coup deux comédies satiriques : *En livrée* et *Rouge et bleu*. Mais l'idée de la retraite, toute proche, le hante et, pour contrer son angoisse, il s'impose de nouveau un rythme effréné d'écriture, multipliant les collaborations à divers périodiques. En 1899, paraît une première édition de ses *Contes vrais*. En 1904, il signe *Les gouttelettes*, le premier recueil de sonnets de la littérature québécoise.

Sa vieillesse

Grand perfectionniste, Pamphile Le May consacre les dernières années de sa vie à remanier ses œuvres. En 1907, il accorde un soin tout particulier à l'édition revue et augmentée de ses *Contes vrais*. Le recueil comprend finalement vingt-deux contes. Malade, à moitié aveugle et perclus de rhumatismes, il trouve néanmoins l'énergie de publier deux derniers recueils de poésie : *Les épis* (1914) et *Reflets d'antan* (1916) avant de s'éteindre, le 11 juin 1918, à l'âge de quatre-vingt-un ans.

Précisions sur son conte
« *Le loup-garou* »

Pamphile Le May se risque tardivement à l'écriture du conte folklorique, car il préfère la poésie et le feuilleton romanesque. Ses *Contes vrais* demeurent pourtant le fleuron de son œuvre. « Le loup-garou » apparaît dans la dernière édition augmentée de 1907, mais une première version avait paru dans la presse dès 1895. À la version définitive, Le May apporte surtout des corrections de style qui trahissent sa volonté de produire un récit toujours plus vif et allègre. Fait rare, le conteur dans ce texte est… une conteuse. Elle se nomme Geneviève Jambette et raconte une aventure survenue à Firmin, son frère. Souvent interrompue par les boutades de son auditoire, la vieille ne se gêne pas pour servir à la jeunesse de sévères remontrances proférées sur un ton mi-figue, mi-raisin et avec un clin d'œil amusé en accompagnement. Le récit conserve ainsi une agréable légèreté, faite d'ambiguïtés morales. À cet égard, la conclusion en pochade illustre bien le discours équivoque qui anime « Le loup-garou ». Les remarques sur la haute morale des ancêtres et la piètre conduite des contemporains se trouvent contredites par le franc éclat de rire sur lequel s'achève le récit. L'originalité ici provient donc moins du récit assez convenu sur le surgissement d'un loup-garou, que du jeu instauré par la narration entre un sérieux discours traditionaliste et un humour irrévérencieux.

VERS LA DISSERTATION CRITIQUE

SUJETS DE DISSERTATION CRITIQUE PORTANT SUR UN SEUL CONTE

Sujet sur « L'Étranger » de Philippe Aubert de Gaspé fils

Peut-on affirmer que la somme des fautes morales de l'héroïne justifie son double châtiment ?

Questions préparatoires

1. Dans le prologue, que défend l'*habitant* à sa fille Marguerite ?
2. Commentez l'attitude de la mère à la ligne 34.
3. Justifiez l'adresse du conteur à son auditoire à la ligne 54.
4. Pourquoi le père est-il rassuré à la vue de José ?
5. L'attachement du père Latulipe pour sa fille influence-t-il son autorité ?
6. Le comportement de Rose envers les hommes dénote-t-il un manque d'amour ou de respect envers son fiancé ?
7. À quoi les invités du bal devinent-ils le statut social de l'étranger ?
8. Dans le paragraphe de la ligne 115, quels adjectifs évoquent l'identité réelle de l'étranger ?
9. Quels gestes ou paroles révèlent que Rose est consciente de commettre une faute en répondant aux propos de l'étranger ?
10. Comment comprendre l'attitude résignée de Gabriel, le fiancé ?

11. Quelles vertus la vieille et sainte femme prêche-t-elle?
12. Des lignes 141 à 145, quelles impolitesses Rose commet-elle à l'égard de la vieille?
13. Pourquoi le père sursoit-il à son intention de faire cesser la danse?
14. De la ligne 146 à 165, de quelles fautes morales Rose se rend-elle coupable?
15. Comment Satan balaie-t-il les remords de Rose?
16. Par quel simple geste, Rose scelle-t-elle un pacte avec le diable?
17. Dans le paragraphe de la ligne 190, quels mots laissent entendre que l'étranger est conscient de la consternation générale dont il est responsable?
18. Pourquoi Rose refuse-t-elle de retirer son collier de verre?
19. Quelles traces d'humour recèlent les lignes 200 et 201?
20. Au paragraphe de la ligne 224, quelle figure de style met en évidence la transformation du curé?
21. À la ligne 226, dans la réplique de Lucifer au curé, les prétentions du démon paraissent-elles légitimes?
22. À la ligne 243, pourquoi Rose s'adresse-t-elle au curé en l'appelant «mon père»?
23. Aux lignes 244 et 249, commentez l'emploi de deux adjectifs qualificatifs différents accolés au mot pasteur.
24. Quel est le double châtiment de l'héroïne?
25. Qui sont les proches présents aux funérailles de Rose?

Sujet sur «Ikès le jongleur» de Joseph-Charles Taché

Est-il juste d'affirmer qu'Ikès et le trappeur blanc entretiennent en définitive de strictes relations de travail à cause de la présence et des actions du mahoumet?

Questions préparatoires

1. a) Dans le premier paragraphe, quels mots le conteur emploie-t-il pour identifier Ikès?

b) Refaites l'exercice dans l'avant-dernier paragraphe (l. 266-273), puis comparez et commentez votre résultat.

2. Sur qui peuvent agir les pouvoirs des jongleurs?

3. Pourquoi Michel, le trappeur blanc, accepte-t-il de s'associer à Ikès?

4. À quelle classe de jongleurs Ikès appartient-il?

5. Quels rapports entretiennent un *mahoumet* et son *adocté*?

6. Énumérez les arguments du conteur qui, des lignes 35 à 42, tentent d'établir l'existence du surnaturel.

7. Pour Ikès et Michel, la chasse est-elle un simple loisir? Expliquez.

8. Comment Michel parle-t-il d'Ikès aux habitants de Rimouski?

9. L'incident de l'île Saint-Barnabé justifie-t-il la haine de l'Algonquin envers Ikès?

10. À ce point du récit, décrivez les relations entre Michel et Ikès.

11. Justifiez le signe de croix exécuté par Michel à la ligne 134.

12. Aux questions de son coéquipier, Ikès semble-t-il hypocrite et dissimulateur?

13. Relevez les deux comparaisons du paragraphe de la ligne 141. Quels aspects du *mahoumet* mettent-elles en évidence?

14. Que fait Ikès pour apaiser la colère de son *mahoumet*?

15. Commentez les propos de Michel sur Ikès aux lignes 209 et 210.

16. À la ligne 228, pourquoi Michel parle-t-il de « l'argent du diable »?

17. a) Qui seraient les responsables de la chicane entre Ikès et son *mahoumet*?

    b) L'accusation est-elle fondée?

    c) Quelle punition Ikès inflige-t-il aux coupables?

18. Dans le paragraphe de la ligne 252, comment surgit le doute du fantastique?

19. Décrivez la nature et la force de l'opposition entre Michel et Ikès, à propos de la punition infligée par ce dernier à l'Algonquin.

20. Quand et comment Ikès trouve-t-il la mort?

Sujet sur « L'hôte à Valiquet » de Joseph-Charles Taché

Est-il juste d'affirmer que la faute morale de Valiquet aurait dû lui mériter, non pas le pardon, mais un lourd châtiment?

Questions préparatoires

1. Pourquoi Valiquet offre-t-il un repas à ses amis?
2. Qu'est-ce qui pousse Valiquet à s'adresser au squelette?
3. Le voisin de Valiquet approuve-t-il sa conduite?
4. Que révèle la réaction de Valiquet sur son caractère?
5. De quelles qualités Valiquet fait-il preuve quand le mort-vivant se présente au souper?
6. Que penser de la volonté de Valiquet de se rendre au rendez-vous du pendu?
7. Quels mots, employés par la femme de Valiquet pour désigner leur nouveau-né, font comprendre la protection qu'offre le bébé contre le mort-vivant?
8. Que doit faire Valiquet chez M. le Curé?
9. Peut-on voir une opposition entre le fardeau du pendu et celui de Valiquet?
10. Pourquoi le pendu avait-il pensé infliger le fouet à Valiquet?

Sujet sur « Le fantôme de l'avare » d'Honoré Beaugrand

Peut-on affirmer que le conte dénonce autant l'avarice que l'inhospitalité?

Questions préparatoires

1. Quelle morale apparaît aux premières lignes du conte?
2. a) Qui réclame au grand-père la légende du fantôme de l'avare?
   b) Les lieux et les circonstances se prêtent-ils à la narration d'un conte? Justifiez votre réponse.
   c) À quel aspect de la légende l'aïeul désire-t-il que son auditoire soit attentif?

3. Qui est le héros de la légende de l'aïeul?

4. Que contient le *brelot* avant que le héros ne reprenne la route de Lanoraie?

5. Paraît-il vraisemblable que le héros se perde sur une route parcourue mille fois?

6. a) Établissez le champ lexical du dénuement dans le paragraphe de la ligne 104.

   b) Établissez le champ lexical du regard dans le paragraphe de la ligne 128.

   c) Quelle atmosphère le dénuement et le regard contribuent-ils à créer dans ce passage du conte? Justifiez votre réponse à l'aide des champs lexicaux.

7. Identifiez la figure de style de la ligne 134. Que semble-t-elle révéler?

8. En quoi l'emploi des adjectifs à la ligne 139 participe-t-il à l'atmosphère du conte et à l'état psychologique du héros?

9. Identifiez la figure de style de la ligne 140. Justifiez son emploi.

10. Identifiez la figure de style de la ligne 150.

11. a) Pourquoi Jean-Pierre Beaudry refuse-t-il sa porte à un jeune homme égaré?

    b) Comment tente-t-il jusqu'à sa mort de réparer son erreur?

12. a) Comment l'évanouissement du héros est-il justifié?

    b) Que conclure du fait qu'il se réveille dans son brelot?

13. Dans le paragraphe de la ligne 201, l'accent est-il mis sur le discours moral ou sur la compassion humaine? Justifiez votre réponse.

14. Dans le paragraphe de la ligne 210, justifiez l'accumulation de précisions.

15. a) Relevez les adjectifs du paragraphe de la ligne 222.

    b) Mettent-ils l'accent sur la crainte du péché ou sur la peur du surnaturel?

Sujet sur « La chasse-galerie » d'Honoré Beaugrand

Le conte est-il dominé par la soif de liberté et l'assouvissement des désirs ou par les remords et la culpabilité morale ?

Questions préparatoires

1. a) Sur quel ton est proférée la mise en garde de Joe le *cook* à ses auditeurs ?
   b) Quel sentiment trahit la réaction de ceux-ci ?
2. Énumérez ce qui assure le bien-être de l'auditoire de Joe le *cook*.
3. a) Quelle est l'expérience de vie de Joe le *cook* ?
   b) Quelle est sa particularité physique ?
   c) Qu'est-ce qui parvient à délier la langue du conteur ?
4. Joe le *cook* est-il différent de ce qu'il était du temps de sa jeunesse ?
5. a) Quand l'aventure a-t-elle eu lieu ?
   b) En cette occasion, les hommes avaient-ils beaucoup bu ?
6. a) Que fait Joe le *cook* quand Baptiste Durand vient lui proposer de courir la chasse-galerie ?
   b) Pourquoi Joe le *cook* hésite-t-il à se lancer dans l'aventure ?
7. Que faut-il éviter pendant le vol en chasse-galerie ?
8. Donnez trois arguments de Baptiste Durand visant à convaincre Joe le *cook*.
9. Comment le pacte avec le démon est-il scellé ?
10. a) Identifiez la figure de style des lignes 121 et 124.
    b) Quelles sensations insuffle-t-elle au vol ?
11. a) Identifiez les figures de style des lignes 130 et 131.
    b) Que révèlent-elles sur les conditions météorologiques de l'aventure ?
12. a) Identifiez les figures de style des lignes 137, 139, 141 et 144.
    b) Que précisent-elles sur le cadre de l'aventure ?
13. Que font les voyageurs en arrivant à Montréal ?
14. Chez Batissette Augé, comment les voyageurs repoussent-ils les questions gênantes des invités ?

15. Pourquoi Joe le *cook* oublie-t-il qu'il a risqué son salut pour ce bal?

16. D'après Joe le *cook*, quelles conséquences le bal a-t-il eues sur son avenir?

17. Sur quel ton Baptiste réplique-t-il à la recommandation de Joe au moment de reprendre le vol?

18. Où se produit la première dégringolade des voyageurs?

19. Quelle métaphore illustre le plaisir et l'espoir que caresse le démon de se saisir des âmes des coureurs de chasse-galerie?

20. Où et comment se produit la seconde dégringolade?

21. Comment comprendre que Joe le *cook* s'éveille dans son lit le lendemain matin?

22. Qu'est-ce qui explique les nombreuses blessures et contusions des gars?

23. Quelle morale clôt le conte?

24. À quoi Joe le *cook* invite-t-il ses auditeurs une fois le conte terminé?

Sujet sur « La maison hantée » de Louis Fréchette

Le conte parvient-il à faire croire à la maison hantée ou mine-t-il le bien-fondé du témoignage du curé Bouchard?

Questions préparatoires

1. Qui est le « je » de ce conte?

2. Décrivez le caractère de l'abbé Thomas Caron.

3. Qu'est-ce qui favorise l'amitié entre le jeune étudiant et l'abbé?

4. Pourquoi et par quoi le jeune poète se laisse-t-il volontiers distraire?

5. a) De quel visiteur le narrateur se souvient-il tout particulièrement?

   b) Pourquoi ce voyageur est-il en route vers Trois-Rivières?

6. À la ligne 53, le curé tente-t-il de convaincre ses auditeurs en usant d'un avertissement? Justifiez votre réponse.

7. a) Hormis le curé, qui atteste l'authenticité des faits irrationnels?

   b) Quelles qualités garantissent, selon le curé, la probité de ces personnes?

8. Résumez les propos tenus par le curé dans le paragraphe de la ligne 58.

9. La description de la maison reflète-t-elle la condition de ses habitants?

10. a) Sur quel ton réplique le curé à son bedeau qui lui affirme qu'un sort a été jeté sur la maison des Bernier?

    b) Grâce à quel argument le bedeau tient-il tête au curé?

11. Qu'est-ce qui décide le curé Bouchard à se rendre chez les Bernier?

12. a) Énumérez les phénomènes surnaturels constatés par le curé.

    b) Paraissent-ils effrayants ou comiques? Justifiez votre réponse.

13. À la ligne 214, que laisse entendre l'abbé Caron à propos de cette histoire?

14. Comment se termine l'aventure pour le curé, le mendiant et la maison?

Sujet sur « La mare au sorcier » de Louis Fréchette

L'Acadien est-il un homme inquiétant ou un marginal inoffensif?

Questions préparatoires

1 En quoi le conteur Napoléon Fricot peut-il être associé au romantisme?

2. En quoi le paragraphe de la ligne 21 appartient-il au romantisme?

3. Selon le narrateur, quelle classe sociale souscrit d'emblée à la superstition?

4. Selon Napoléon Fricot, qu'est-ce qu'un *fi-follet*?

5. a) Dressez la liste de ce qui, pour les gens du village, ne paraît pas naturel chez l'Acadien.

   b) Classez les réponses et distinguez ce qui relève d'un écart de la norme de ce qui repose sur des fabulations fondées sur la peur et la superstition.

6. De quoi l'Acadien est-il bientôt accusé ? Sur quoi se fondent ces accusations ?

7. a) Pourquoi l'oncle Vermette hésite-t-il à congédier l'Acadien ?

   b) Qu'est-ce qui le pousse à surveiller son engagé ?

8. De quel drame funeste la grenouillère a-t-elle été le théâtre ?

9. Quand le récit glisse-t-il de la réalité au rêve de l'oncle ?

10. Quels dangers le feu follet fait-il courir à l'oncle Vermette ?

11. Quelle est la cause réelle de la maladie de l'oncle ?

12. Quel est finalement le sort de l'Acadien ?

SUJET SUR « LE DIABLE DES FORGES » DE LOUIS FRÉCHETTE
Le héros est-il responsable ou victime de son sort et de la perte de sa bonne fortune ?

Questions préparatoires

1. Quelle sentence morale ouvre et clôt le conte ?

2. Quelle expression de Jos Violon indique le manque de probité de Bob Nesbitt ?

3. a) Que déteste par-dessus tout le *foreman* irlandais ?

   b) Identifiez la figure de style qui illustre la rage qu'il peut alors ressentir.

4. Dans le paragraphe de la ligne 36, identifiez deux figures de style qui évoquent la consommation d'alcool.

5. Identifiez la figure de style de la ligne 49. Que met-elle en évidence ?

6. a) Quel mensonge le *foreman* conte-t-il à Jos Violon ?

   b) Ce dernier est-il dupe ?

7. Identifiez la figure de style de la ligne 131. À quoi est ainsi associée la consommation d'alcool ?

8. Identifiez la figure de style de la ligne 145. À quoi est ainsi associée la danse ?

9. Que réplique le père Carillon à sa femme qui veut faire cesser la danse ?

10. Que prétexte Jos Violon pour ne pas quitter la danse des Forges ?

11. a) Quelle phrase fait allusion au fait que Jos Violon s'endort et rêve sa rencontre avec Célanire Sarrazin ?

    b) Qui fait les premiers pas pour inviter à la danse ?

    c) Quel trait de caractère du héros est ainsi mis en évidence ?

12. a) Établissez le champ lexical de l'animalité des lignes 187 à 200.

    b) À qui les divers animaux sont-ils associés ?

    c) Quelles qualités ou quels défauts accordent-ils à Célanire ?

13. a) Jos Violon croit être ensorcelé, mais quelle est la cause réelle de la disparition de Célanire ?

    b) Et de celle de tous les danseurs ?

14. a) Qu'est-ce que la Louise à Quiennon Michel aurait vu dans la Forge ?

    b) Comment explique-t-on la disparition subite du démon ?

    c) Quelle est l'explication rationnelle des faits ?

    d) Quel but la Louise poursuivait-elle avec la mère Carillon, sa complice ?

15. a) Quand Jos Violon constate-t-il la disparition d'un de ses compagnons ?

    b) Comment l'explique-t-il ?

    c) Quelle est la cause rationnelle de cette « disparition » ?

    d) Pourquoi le « disparu » réapparaît-il quand les gars se trouvent dans les canots ?

16. a) À quoi Bob Nesbitt attribue-t-il la supposée disparition d'un des gars ?

    b) De quoi accuse-t-il Jos Violon le surlendemain au soir ?

17. Quelles métaphores opposent la richesse de Bob Nesbitt à l'indigence du héros ?

18. Qui Jos Violon accuse-t-il d'avoir fait son malheur ?

SUJET SUR « LE LOUP-GAROU » DE PAMPHILE LE MAY

Dans ce conte, les ruptures de ton discréditent-elles totalement la crédibilité du phénomène fantastique relaté ?

Questions préparatoires

1. Quel ton emploie le narrateur dans les trois premiers paragraphes du conte ?
2. Comment l'auteur prouve-t-il la piété de Geneviève Jambette ?
3. Quelle métaphore souligne la piété des gens des campagnes ?
4. Pourquoi ceux qui n'ont pas d'enfants meurent-ils plus profondément que les autres ?
5. a) Comment devient-on un loup-garou ?
   b) Quel constat moral sous-tend la prédiction de la conteuse touchant les cinquante prochaines années ?
6. Quel est le sens de l'adjectif de la ligne 44 ?
7. Pourquoi faut-il libérer et non tuer un loup-garou ?
8. Quels sens prennent les adjectifs dans la phrase qui parcourt les lignes 59 à 61 ?
9. Quel ton emploie l'auditoire dans sa réplique de la ligne 66 ?
10. Quelle sentence Geneviève Jambette leur oppose-t-elle ?
11. a) Dans le paragraphe de la ligne 73, le mariage entre Misaël Longeau et Catherine Miquelon est-il un mariage d'intérêt ou un mariage d'amour ?
    b) Dans les paragraphes suivants, citez un passage qui marque la naissance de l'amour entre le gaillard et la jeune fille.
    c) Quel ton ce passage emploie-t-il ?
12. Expliquez la sentence des lignes 99 à 101.
13. a) Identifiez la figure de style de la ligne 103.
    b) Comment cette figure se répercute-t-elle sur le paragraphe entier ?
14. a) Quel ton est employé dans le paragraphe de la ligne 113 ?
    b) À quoi la conteuse rend-elle hommage ?
    c) Que reproche-t-elle à ses contemporains ?

15. Identifiez et expliquez la figure de style de la ligne 128.
16. Comment le mariage est-il appréhendé par la mariée ?
17. Identifiez la figure de style qui s'amorce à la ligne 133.
18. Identifiez les figures de style de la ligne 136.
19. Pourquoi les convives sont-ils étonnés que le marié soit sorti nu-tête ?
20. Identifiez la figure de style qui parcourt les lignes 159 à 161. Quel effet crée cette figure ?
21. Quelle explication le marié donne-t-il de sa longue absence ?
22. a) Identifiez la figure de style des lignes 183 et 184.
    b) Que permet-elle de corroborer ?
23. a) Que promet Misaël à Firmin en échange de son silence ?
    b) Que menace de faire Firmin si la promesse n'est pas tenue ?
    c) Que veut ainsi protéger Firmin ?
24. a) Sur quelle note se termine le conte ?
    b) A-t-elle une répercussion sur le récit entier ?

SUJETS DE DISSERTATION PORTANT SUR DEUX CONTES

SUJET SUR « L'HOMME DE LABRADOR » D'AUBERT DE GASPÉ FILS ET « TIPITE VALLERAND » DE LOUIS FRÉCHETTE

La pression morale exercée par le groupe et la terreur engendrée par l'événement irrationnel ont les mêmes effets sur le comportement du mécréant dans « L'homme de Labrador » que dans « Tipite Vallerand ». Discutez.

Questions préparatoires sur « L'Homme de Labrador »

1. À l'aide de passages tirés du premier paragraphe, faites la description physique et morale du mendiant.
2. Pourquoi le clerc demande-t-il au mendiant de raconter son histoire ?
3. À l'aide de passages tirés du paragraphe de la ligne 73, faites la description physique et morale de Rodrigue bras-de-fer.
4. Pour quelle raison les membres d'équipage sont-ils assurés de réussir leur mauvais tour joué à Rodrigue bras-de-fer ?
5. Prouvez que l'incident qui accompagne l'abandon de Rodrigue au poste du diable tourmente le gaillard.
6. Quels mots ou expressions donnent à la nouvelle demeure de Rodrigue un caractère peu accueillant ?
7. Comment apprend-on que Rodrigue est ivre ?
8. À quoi sont censés servir les chiens qui accompagnent Rodrigue dans son exil ?
9. Où se dirigent les apparitions que Rodrigue voit sortir du bois ?
10. a) Que fait Rodrigue après son installation dans la cabane ?
    b) Est-il possible que le héros ait rêvé les manifestations fantastiques dont il est témoin ?

11. a) Qui Rodrigue invoque-t-il par la prière pour se protéger de son visiteur ?

b) Que lui promet-il ?

12. À l'aide de passages tirés du paragraphe qui commence à la ligne 220, faites le portrait physique de Satan.

13. Qu'est-ce qui sauve en définitive Rodrigue des griffes du démon ?

14. Quelle explication le clerc donne-t-il de l'aventure de Rodrigue ?

15. Quel sens prend la toute dernière réplique du conte ?

Questions préparatoires sur « Tipite Vallerand »

1. Qu'est-ce qui rend le portrait de Jos Violon particulièrement sympathique ?

2. a) À l'aide de passages tirés des paragraphes compris entre les lignes 41 à 51, faites la description physique et morale de Tipite Vallerand.

b) Pour quelles raisons Tipite déplaît-il à Jos Violon ?

3. Que remarque Jos Violon dans l'attitude de Tanfan Jeannotte à l'égard de Tipite ?

4. Pourquoi le mont à l'Oiseau suscite-t-il la crainte ?

5. Pourquoi, en dépit du caractère peu accueillant du mont à l'Oiseau, les gars mangent-ils avec appétit ?

6. Comment, en dépit de la mutinerie des gars, Tipite Vallerand impose-t-il sa volonté ?

7. a) Après le repas, quel est le comportement des gars ?

b) Et de Tanfan Jeannotte ?

8. a) Pourquoi Tipite Vallerand en vient-il à pousser une fois de plus son juron favori ?

b) Quel incident survient à ce moment précis ?

c) Que pense tout le chantier de l'incident ?

d) Que suspecte Jos Violon à propos de cette manifestation du diable ?

9. Quel comportement Tipite Vallerand adopte-t-il pendant tout l'hiver au chantier ?

10. À l'aide de passages tirés des paragraphes compris entre les lignes 333 et 344, faites la description physique et morale de Tipite Vallerand, quatre ans après les événements.

Questions de comparaison entre les deux contes

1. Comparez les descriptions physiques et morales de Rodrigue bras-de-fer et de Tipite Vallerand avant les événements qui les ont transformés.
2. Comparez l'opinion et le ressentiment des compagnons de voyage de chaque mécréant.
3. Comparez les réactions que suscitent le poste du diable et le mont à l'Oiseau chez les hommes.
4. Comparez les manifestations de violence dans les rapports entre les héros et leurs compagnons respectifs.
5. Comparez la frayeur ressentie par chaque héros au moment de son aventure.
6. Comparez, au physique et au moral, Rodrigue bras-de-fer et Tipite Vallerand avant et après les événements qui les ont transformés.

Sujet sur « La bête à grand'queue » d'Honoré Beaugrand et « Les lutins » de Louis Fréchette

Est-il juste d'affirmer que l'ironie et la satire parviennent à désamorcer le fantastique et à ridiculiser les gens superstitieux dans « La bête à grand'queue » et dans « Les lutins » ?

Questions préparatoires sur « La Bête à grand'queue »

1. Quel péché suscite l'apparition de la bête à grand'queue ?
2. Quels faits étranges Pierriche Desrosiers révèle-t-il à Maxime Sansouci ?
3. Décrivez le caractère de Fanfan Lazette.
4. Pour quelles raisons Fanfan Lazette et le grand Sem Champagne ne rentrent-ils pas une fois leurs affaires faites à Berthier ?

5. Fanfan Lazette et le grand Sem sont-ils ivres quand vient le moment du départ ?
6. Dans quelles circonstances la bête à grand'queue apparaît-elle aux deux compagnons ?
7. Le moyen de se débarrasser de la bête semble-t-il sérieux ?
8. Les péripéties de la poursuite prennent-elles un tour cocasse ou tragique ? Justifiez votre réponse.
9. Le tribunal de Lanoraie semble-t-il compétent pour juger la cause opposant Fanfan Lazette et François-Xavier Trempe ? Justifiez votre réponse.
10. Quelle est l'explication rationnelle de l'aventure survenue à Fanfan Lazette ?

Questions préparatoires sur « Les Lutins »

1. Quel péché est habituellement lié à l'apparition de lutins ?
2. Pourquoi le père Gilmore n'a-t-il pas voulu entendre parler des rustauds de Trois-Rivières ?
3. Décrivez le caractère de Zèbe Roberge.
4. a) Quels faits étranges Zèbe Roberge révèle-t-il à Jos Violon ?
   b) Quel est l'avis de ce dernier ?
5. a) Quelle observation se permet Jos Violon au sujet de Pain-d'épices ?
   b) Quelle thèse soutient Pain-d'épices sur les lutins ?
   c) Que cache cette attitude apparemment crédule ?
   d) Réaffirme-t-il, plus loin, avoir vu des lutins ?
6. En dépit de la peur, qu'est-ce qui pousse Zèbe Roberge et Jos Violon à tenter la capture d'un lutin ?
7. Sur quelle note comique se termine le guet-apens tendu par les deux hommes ?
8. Quelle impression laisse sur Zèbe Roberge la mésaventure de l'écurie ?
9. Comment expliquer le comportement de la jument à la Fourche ?

10. Quelle est l'attitude de Pain-d'épices, l'année d'après, quand il croise Jos Violon à Québec?

Questions sur les deux contes

1. À quoi est liée l'apparition fantastique dans ces deux contes?
2. a) Comment le phénomène fantastique est-il d'abord évoqué?
   b) Le doute peut-il s'immiscer dans l'appréciation des faits et des circonstances?
3. a) Décrivez les caractères de Fanfan Lazette et de Zèbe Roberge.
   b) Sont-ce des personnages graves ou comiques?
   c) Le personnage de Pain-d'épices paraît-il plus sérieux?
4. Expliquez le caractère cocasse des péripéties liées à chaque apparition fantastique.
5. Donnez l'explication rationnelle de chaque manifestation surnaturelle et observez si un certain degré de satire sociale s'y mêle.

Tableau chronologique

Année	Écrivains Vies et œuvres	Québec et Canada Culture	Québec et Canada Politique et société	Culture, politique et société Dans le monde
1814	Naissance à Québec de Philippe-Ignace Aubert de Gaspé fils.			*Waverley*, roman de Walter Scott.
1821	Naissance à Kamouraska de Joseph-Charles Taché.			*Smarra ou les Démons de la nuit*, conte fantastique de Charles Nodier.
1827		Naissance d'Octave Crémazie.		Traduction de la première partie du *Faust* de Goethe par Gérard de Nerval.
1834		Fondation de la Société Saint-Jean Baptiste par Ludger Duvernay.	En février, le Parti patriote de Louis-Joseph Papineau réclame dans ses 92 résolutions la souveraineté politique.	
1836	Aubert de Gaspé fils lance une bombe puante au parlement.			*La morte amoureuse*, conte fantastique de Théophile Gautier.

Année	Écrivains	Culture	Politique et société	Culture, politique et société
	Vies et œuvres	Québec et Canada	Québec et Canada	Dans le monde
1837	Publication par Aubert de Gaspé fils de *L'influence d'un livre*, roman qui contient « L'étranger » et « L'homme de Labrador ». Naissance à Lotbinière de Pamphile Le May.		À l'automne, débuts de la rébellion des Patriotes qui se poursuit jusqu'en novembre de l'année suivante.	Victoria, reine d'Angleterre. *La Vénus d'Ille*, conte fantastique de Mérimée.
1839	Naissance à Lévis de Louis Fréchette.		Publication du rapport Durham.	
1841	Mort de Philippe-Ignace Aubert de Gaspé fils à Halifax.			*Double assassinat dans la rue Morgue*, conte policier d'Edgar Poe.
1844	Taché obtient son diplôme de l'École de médecine de Québec.	Ouverture à Québec de la librairie *À l'enseigne d'or* par les frères Crémazie.	Montréal est la capitale du Canada-Uni.	

| | Écrivains | Culture | Politique et société | Culture, politique et société |
| | Vies et œuvres | Québec et Canada | | Dans le monde |
Année				
1845	Taché s'installe à Rimouski.	Publication de l'*Histoire du Canada* de F.-X. Garneau.	Retour des exilés politiques de la rébellion de 1837-1838.	*Le corbeau*, poème fantastique d'Edgar Poe.
1847	Taché épouse Françoise Lepage et est élu député.			
1848	Naissance à Lanoraie d'Honoré Beaugrand.	Parution du *Répertoire national* de James Huston.	Retour de Papineau à la Chambre des députés du Canada-Uni.	Révolution de mai en France.
1855	Taché nommé commissaire canadien à l'Exposition universelle de Paris.	*La Capricieuse*, premier bateau français à accoster à Québec depuis la Conquête, rétablit les liens culturels avec la France.		Baudelaire traduit Poe en français.

Année	Écrivains	Culture	Politique et société	Culture, politique et société
	Vies et œuvres	Québec et Canada		Dans le monde
1860	Louis Fréchette et Pamphile Le May fréquentent les réunions du Mouvement à la librairie des frères Crémazie, sise côte de la Fabrique.	Fondation du Mouvement littéraire et patriotique de Québec par des membres de l'École patriotique de Québec.		
1861	Taché, l'abbé Casgrain, Gérin-Lajoie et Hubert Larue fondent la revue *Soirées canadiennes*.	L'abbé Casgrain publie dans *Soirées canadiennes* ses *Légendes canadiennes*.		Guerre de Sécession aux États-Unis.
1863	Après un différend l'opposant à l'abbé Casgrain, Taché assume seul la direction des *Soirées canadiennes*; il y publie *Forestiers et voyageurs*, œuvre qui inclut les contes « Ikès le jongleur » et « L'hôte à Valiquet ».	Fondation de la revue *Le Foyer canadien*. *Les anciens Canadiens*, roman de Philippe Aubert de Gaspé père. Exil de Crémazie en France.		

	Écrivains	Culture	Politique et société	Culture, politique et société
Année	**Vies et œuvres**	**Québec et Canada**		**Dans le monde**
1865	Le May traduit l'*Évangéline* de Longfellow. Fréchette s'exile à Chicago. Beaugrand s'enrôle dans les troupes françaises envoyées au Mexique.	Deuxième version du roman *Une de perdue, deux de retrouvées*, de Georges Boucher de Boucherville.	Montréal cesse d'être une ville majoritairement anglophone.	*Alice au pays des merveilles*, conte de Lewis Carroll. *De la Terre à la Lune*, roman d'anticipation de Jules Verne.
1866	Publication par Fréchette de la première partie du poème pamphlétaire *La voix d'un exilé*, contre la Confédération canadienne.	*Mémoires* de Philippe Aubert de Gaspé père. *Jacques et Marie*, roman de Napoléon Bourassa.		Invention de la dynamite par Nobel.

Année	Écrivains	Culture	Politique et société	Culture, politique et société
	Vies et œuvres	Québec et Canada		Dans le monde
1867	Beaugrand combat avec les troupes françaises au Mexique. Le May nommé conservateur de la bibliothèque du Parlement de Québec.		Promulgation de la Confédération canadienne combattue par la plupart des libéraux québécois.	
1868			Soulèvement des métis de Louis Riel au Manitoba.	
1869	Beaugrand séjourne à La Nouvelle-Orléans et retourne au Mexique.	Excommunication des membres de l'Institut canadien de Montréal.		
1871	Fréchette revient d'exil et est défait aux élections provinciales dans Lévis. Beaugrand s'installe à Fall River, au Massachusetts.		Mort de Louis-Joseph Papineau. La population du Québec compte un peu plus d'un million d'habitants.	Défaite de la France aux mains de la Prusse.

Année	Écrivains	Culture	Politique et société	Culture, politique et société
	Vies et œuvres	Québec et Canada	Québec et Canada	Dans le monde
1872	Défaite électorale au fédéral de Fréchette dans Lévis.			
1873	Honoré Beaugrand fonde *L'Écho du Canada*. Il épouse Eliza Walker.	*Le chevalier de Mornac*, roman de Joseph Marmette.	Début de l'exode des Canadiens français vers les filatures américaines.	
1874	Élection de Fréchette comme député fédéral dans Lévis.	*À la brunante*, contes et récits de Faucher de Saint-Maurice.		
1875	Publication par Beaugrand du «Fantôme de l'avare» dans *L'Écho du Canada*.			
1876	Mariage de Fréchette avec Emma Beaudry. Défaite électorale de Fréchette.			Inventions du téléphone par Graham Bell et du ketchup par Henry Heinz.

	Écrivains	Culture	Politique et société	Culture, politique et société
Année	Vies et œuvres	Québec et Canada		Dans le monde
1878	Publication de *Félix Poutré*, pièce de Louis Fréchette. *Picounoc le Maudit*, roman de Le May. Honoré Beaugrand publie *Jeanne la fileuse*.			
1879	*Les fleurs boréales* et *Les oiseaux de neige*, recueils poétiques de Fréchette. *Une gerbe*, poésie de Le May. Honoré Beaugrand fonde le quotidien *La Patrie*.	Mort d'Octave Crémazie. Naissance d'Émile Nelligan. Sarah Bernhardt triomphe à Montréal malgré la condamnation du clergé. Création du *Ô Canada* d'Adolphe-Basile Routhier.		

	Écrivains	Culture	Politique et société	Culture, politique et société
Année	**Vies et œuvres**	**Québec et Canada**	**Québec et Canada**	**Dans le monde**
1880	Création du *Retour de l'exilé* et de *Papineau*, pièces de Louis Fréchette. On lui décerne le Prix Montyon de l'Académie française.			
1882	Nouvelle défaite électorale de Fréchette. Le May publie *Fables canadiennes* et est admis comme l'un des membres fondateurs de la Société royale du Canada.	Mort d'Antoine Gérin-Lajoie. Édition des *Œuvres complètes* de Crémazie. Fondation de la Société royale du Canada.		
1884	Édition en volume de *Forestiers et voyageurs*, de Taché. Fréchette devient rédacteur en chef de *La Patrie*.	Fondation de *La Presse*. *Angéline de Montbrun*, roman de Laure Conan.		

Année	Écrivains — Vies et œuvres	Culture (Québec et Canada)	Politique et société (Québec et Canada)	Culture, politique et société — Dans le monde
1885	Beaugrand, maire de Montréal jusqu'en 1886. Il est fait chevalier de la Légion d'honneur. Procès intenté par Taché à l'abbé Casgrain.		Pendaison de Louis Riel.	Mort de Victor Hugo. *Docteur Jekyll et Mister Hyde*, roman de Robert Louis Stevenson.
1887	*La légende d'un peuple*, épopée de Fréchette, couronnée par l'Académie française.		Honoré Mercier, premier ministre du Québec.	*Le Horla*, conte fantastique de Maupassant.
1889	Fréchette nommé greffier du Conseil législatif du Québec.			Mise en chantier de la tour Eiffel.
1890	Défaite électorale provinciale de Beaugrand.		Affaire des écoles françaises au Manitoba.	Naissance de H.P. Lovecraft.

| Année | Écrivains | Culture | Politique et société | Culture, politique et société |
| | | | | |
	Vies et œuvres	Québec et Canada		Dans le monde
1891	Publication par Beaugrand de la première version de « La chasse-galerie » dans *La Patrie*.		Démission d'Honoré Mercier.	*Le portrait de Dorian Gray*, roman fantastique d'Oscar Wilde.
1892	Fréchette devient vice-président de la Montreal Branch of the American Folklore Society et publie « Le sorcier de Saint-Ferdinand » dans *Canada-Revue*, première version de « La maison hantée », ainsi que « La mare au sorcier » et « Tipite Vallerand » dans *La Presse*. Publication par Honoré Beaugrand de la première version de « La bête à grand'queue » dans *La Patrie*.			

	Écrivains	Culture	Politique et société	Culture, politique et société
Année	Vies et œuvres	Québec et Canada		Dans le monde
1894	Mort de Joseph-Charles Taché.			
1895	Première version du « Loup-garou » publiée par Le May dans *La Revue canadienne*.	Fondation de l'École littéraire de Montréal qui se réunit au Château de Ramezay.		Invention du cinématographe par les frères Lumière.
1896	Beaugrand fonde une loge maçonnique et, la veille du jour de l'An, publie une nouvelle version du « Fantôme de l'avare » dans *La Patrie*.		Wilfrid Laurier, premier ministre du Canada. Félix-Gabriel Marchand, premier ministre du Québec.	*Les amis des amis*, récit fantastique de Henry James. *Dracula*, roman fantastique de Bram Stoker.
1898	Publication par Fréchette du « Sorcier de Saint-Ferdinand » sous le nouveau titre de « La maison hantée » dans *Le Monde illustré*.			*Le tour d'écrou*, conte fantastique de Henry James. *La guerre des mondes*, roman de H.G. Wells.

Année	Écrivains	Culture	Politique et société	Culture, politique et société	
	Vies et œuvres	Québec et Canada		Dans le monde	
1899	Première édition des *Contes vrais* de Pamphile Le May. Édition originale anglaise de *Christmas in French Canada* de Fréchette qui publie, la veille de Noël, « Le diable des Forges » dans *La Presse*.	Internement d'Émile Nelligan.		Naissance de Jorge Luis Borges.	
1900	*La chasse-galerie, légendes canadiennes*, d'Honoré Beaugrand, qui inclut les versions définitives de « La chasse-galerie » et de « La bête à grand'queue ».		Fondation à Lévis de la première caisse populaire par Alphonse Desjardins.	Exposition universelle de Paris.	

| Année | Écrivains | Culture | Politique et société | Culture, politique et société |
	Vies et œuvres	Québec et Canada		Dans le monde
1904	*Les gouttelettes*, poésie de Le May.	Mort de l'abbé Casgrain. *Marie Calumet*, roman de Rodolphe Girard.		
1905	Publication par Fréchette des « Lutins » dans l'*Almanach du peuple Beauchemin*.			Mort de Jules Verne.
1906	Mort d'Honoré Beaugrand.			
1907	Réédition des *Contes vrais* de Le May. Cette édition revue et augmentée contient notamment « Le loup-garou ».			
1908	Mort de Louis Fréchette.			

| Année | Écrivains | Québec et Canada | | Culture, politique et société |
	Vies et œuvres	Culture	Politique et société	Dans le monde
1916	Reflets d'antan, poésie de Le May.	Maria Chapdelaine, roman de Louis Hémon.		Mort de Henry James.
1918	Mort de Pamphile Le May.	La Scouine, roman d'Albert Laberge.		Fin de la Première Guerre mondiale.

GLOSSAIRE

Noms communs

Âbre : arbre.

Airs (les) : la disposition des lieux, de l'endroit.

Arrimer : préparer, être prêt au départ.

Aveindre : atteindre, aller chercher, puiser.

Balises : arbres ou simples morceaux de bois qui, l'hiver, jalonnent les chemins recouverts de neige et permettent de ne pas s'égarer.

Boss : anglicisme pour patron, responsable ou chef, imposé par les propriétaires des chantiers dont la langue est l'anglais.

Boufre, boufresse : bougre, malfaisant, vaurien ; bougresse, malfaisante, vaurienne.

Bourgeois : riche propriétaire ou directeur.

Brelot ou *berlot* : voiture rudimentaire — une simple boîte rectangulaire posée sur patins — que le cheval fait glisser sur la neige et la glace.

Cage : enfilade de radeaux, composés de billots de bois, glissant au fil de l'eau ou tirés par un bateau.

Cambuse : grand feu de foyer dans un camp de bûcherons et, par extension, la cuisine comme lieu et les mets qu'on y prépare.

Capot : manteau.

Carcajou : blaireau d'Amérique.

Chemin du roy : route principale du territoire québécois depuis l'époque de la Nouvelle-France. Elle relie Montréal à Québec en longeant la rive gauche du Saint-Laurent.

Chéti ou *chétif* : hypocrite, paresseux, vaurien.

Cook : cuisinier.

Corde de bois : bûches de bois de chauffage empilées. D'un peu plus d'un mètre de haut sur autant de large, et du double en longueur, la corde de bois présente des faces, *tirées à la corde*, donc parfaitement droites.

Cotillon : danse vive qui soulève les cotillons (les jupons) des dames.

Criature : femme.

Crignasse : chevelure. Provient de crinière (des chevaux).

Dame-jeanne : grand vase ou cruche contenant des liquides.

Dégrader : distancer, laisser en arrière.

Diable vert (au) : au diable Vauvert, c'est-à-dire très éloigné, dans un coin reculé. Vauvert est un bourg du Sud de la France.

Drave : anglicisme. Flottage de billots de bois sur un cours d'eau rapide.

Ébarouis : ébahis, étonnés.

En belle ou *embelle* : occasion, chance.

Étout ou *itou* : aussi.

Faire ses Pâques : recevoir la communion dans le temps de Pâques.

Faire des Pâques de renard : attendre la date limite prescrite par l'Église, soit le dimanche de la Quasimodo, une semaine après Pâques, pour faire ses Pâques.

Faraud : cavaliers, jeunes hommes qui courtisent les filles.

Farauder : courtiser les filles en étant assuré de son succès.

Foreman : contremaître.

Frime : mauvais coup, tour, mauvaise blague.

Gros : riche.

Guevale : jument, cheval.

Habitant : fermier, agriculteur.

Interboliser : transgresser les interdits de la religion catholique.

Jamaïque : alcool qu'on supposait être du rhum importé des Antilles, mais qui provenait souvent de distilleries canadiennes clandestines.

Lieue: ancienne mesure de distance qui couvre de quatre à six kilomètres.

Malcenaire: mercenaire et, par extension, esclave.

Mardi gras: jour de carnaval précédant le début du carême pendant lequel les fêtes, les banquets et la danse sont interdits.

Métiner (se): se cabrer (en parlant des chevaux). Par extension, une personne ou une chose qui se dompte difficilement, qui est rebelle.

Molson: bière populaire de la célèbre brasserie montréalaise fondée en 1786.

Nager: ramer.

Nageurs: rameurs.

Nippe: petit verre (d'alcool).

Portage: sentier terrestre qui contourne un obstacle fluvial (chute, rapides). Par extension, l'action même de porter canots et bagages au delà de l'obstacle ou d'un cours d'eau à un autre.

Ravalements ou *ravallements*: combles. Partie de la maison qui soutient la toiture et qui peut servir de lieu de rangement ou, plus rarement, de pièce habitable.

Shire ou *sheer*: anglicisme pour virage abrupt, dérapage, embardée.

Souleur: peur, sueurs froides.

Surpasser: dépasser (par les événements).

Torquette: feuilles de tabac à chiquer (parfois à fumer) que l'on presse en étroits rouleaux pratiques pour le voyage.

Watcher: anglicisme pour surveiller, superviser.

Noms propres

Berthier: village de la rive nord du Saint-Laurent, en face de Sorel et à une cinquantaine de kilomètres en aval de Montréal.

Forges du Saint-Maurice: première entreprise lourde du Canada, elles sont établies vers 1730, sous le régime français. La production se poursuit de façon sporadique jusqu'à la fermeture en 1883. Elles sont aujourd'hui un parc historique national.

Foulons du Cap-Blanc: quartier de la ville de Québec situé au pied du cap.

Gatineau: important affluent nord de l'Outaouais.

Lanoraie: village de la rive nord du Saint-Laurent, à dix kilomètres en aval de Lavaltrie.

Lavaltrie: village de la rive nord du Saint-Laurent, à une trentaine de kilomètres en aval de Montréal.

Outaouais ou *Ottawa*: affluent nord du Saint-Laurent à la hauteur de Montréal. Cette importante rivière délimite en partie le sud du Québec.

Pointe-Lévis: la Pointe-Lévis s'avance dans le fleuve en face de Québec.

Sainte-Anne la Parade: Sainte-Anne-de-la-Pérade, village de la Mauricie près de Trois-Rivières, célèbre pour la pêche annuelle aux petits poissons des chenaux.

Saint-Maurice: affluent de la rive nord du Saint-Laurent à la hauteur de Trois-Rivières. Ce cours d'eau tumultueux donne son nom à la région de la Mauricie.

BIBLIOGRAPHIE

Publication(s) antérieure(s) des contes de la présente anthologie

AUBERT DE GASPÉ fils, Philippe, « L'étranger », dans *L'influence d'un livre* (chap. V), Québec, William Cowan & fils, 1837 ; Montréal, Bibliothèque québécoise, 1995.

———, « L'homme de Labrador », dans *L'influence d'un livre* (chap. IX), Québec, William Cowan & fils, 1837 ; Montréal, Bibliothèque québécoise, 1995.

BEAUGRAND, Honoré, « Le fantôme de l'avare », dans *L'Écho du Canada*, (Fall River), 2 janvier 1875. Nouvelle version parue dans *Jeanne la fileuse*, 1re partie, chap. V, Fall River, Fiske & Monroe, 1878 ; 2e édition corrigée, *La Patrie*, 1888 ; *La chasse-galerie et autres récits*, Montréal, Presses de l'Université de Montréal, coll. « Bibliothèque du Nouveau Monde », 1989.

———, « La chasse-galerie », dans *La Patrie*, 31 décembre 1891. Nouvelle parution en volume dans *La chasse-galerie. Légendes canadiennes*, s. édit., 1900 ; *La chasse-galerie et autres récits*, Montréal, Presses de l'Université de Montréal, coll. « Bibliothèque du Nouveau Monde », 1989.

———, « La bête à grand'queue », dans *La Patrie*, 20 février 1892. Nouvelle parution en volume dans *La chasse-galerie. Légendes canadiennes*, s. édit., 1900 ; *La chasse-galerie et autres récits*, Montréal, Presses de l'Université de Montréal, coll. « Bibliothèque du Nouveau Monde », 1989.

Fréchette, Louis, « La maison hantée », sous le titre « Le sorcier de Saint-Ferdinand », dans *Canada-Revue*, février 1892, sous le titre actuel, dans *Le Monde illustré*, 23 avril 1898. En volume dans *Contes II. Masques et fantômes*, Montréal, Fides, coll. « Le Nénuphar », 1976.

————, « La mare au sorcier », dans *La Presse*, 8 octobre 1892 ; sous le titre « Le mangeur de grenouilles », dans *Le Soir*, 13 juin 1896. La dernière parution du vivant de l'auteur reprend le titre initial dans *Le Journal de Françoise*, 3 novembre 1906. En volume, sous le titre « Les mangeurs [*sic*] de grenouilles », dans *Contes II. Masques et fantômes*, Montréal, Fides, coll. « Le Nénuphar », 1976. (L'édition Fides donne le titre exact, *Le mangeur de grenouilles*, dans la bibliographie.)

————, « Tipite Vallerand », dans *La Presse*, 22 octobre 1892. En volume dans *Contes de Jos Violon*, Montréal, L'Aurore, 1974, et dans *Contes II. Masques et fantômes*, Montréal, Fides, coll. « Le Nénuphar », 1976.

————, « Le diable des Forges. Histoire de chantiers. », dans *La Presse*, 23 décembre 1899. En volume dans *Contes de Jos Violon*, Montréal, L'Aurore, 1974, et dans *Contes II. Masques et fantômes*, Montréal, Fides, coll. « Le Nénuphar », 1976.

————, « Les lutins. Histoire de chantiers. », dans l'*Almanach du peuple Beauchemin*, 1905. En volume dans *Contes de Jos Violon*, Montréal, L'Aurore, 1974, et dans *Contes II. Masques et fantômes*, Montréal, Fides, coll. « Le Nénuphar », 1976.

Le May, Pamphile, « Le loup-garou », dans *La Revue canadienne*, avril 1896. Nouvelle version en volume dans *Contes vrais* (1899), seconde édition, revue et augmentée, Montréal, Beauchemin, 1907 ; *Contes vrais*, Montréal, Presses de l'Université de Montréal, coll. « Bibliothèque du Nouveau Monde », 1993.

Taché, Joseph-Charles, « Ikès le jongleur », dans *Soirées canadiennes*, Québec, 1863. En volume, dans *Forestiers et voyageurs* (II, chap. 6), Montréal, Librairie Saint-Joseph, Cadieux et Derome, 1884 ; Montréal, Fides, coll. « Bibliothèque

québécoise», 1981 ; Montréal, Boréal, coll. «Boréal compact»,
2002.

————, « L'hôte à Valiquet», dans *Soirées canadiennes*, Québec,
1863. En volume, dans *Forestiers et voyageurs* (II, chap. 13,
extrait), Montréal, Librairie Saint-Joseph, Cadieux et Derome,
1884 ; Montréal, Fides, coll. « Bibliothèque québécoise», 1981.

Ouvrages et document consultés

BOIVIN, Aurélien, *Le conte littéraire québécois au XIXᵉ siècle, essai de
bibliographie critique et analytique*, Montréal, Fides, 1975.

BOSSÉ, Éveline, *Joseph-Charles Taché (1820-1894). Un grand
représentant de l'élite canadienne-française*, Québec, Garneau,
1971.

CASGRAIN, Abbé, *Œuvres complètes*, Montréal, Beauchemin, 1888.

COMMISSION DE TOPONYMIE DU QUÉBEC, *Noms et lieux du Québec.
Dictionnaire illustré*, Québec, Les publications du Québec,
1994.

DESRUISSEAUX, Pierre, *Dictionnaire des croyances et superstitions*,
Montréal, Triptyque, 1989.

DULONG, Gaston, *Dictionnaire des canadianismes*, Québec,
Larousse/Septentrion, 1989.

GAGNÉ, Suzanne, Michel PHANEUF et Robert PRÉVOST, *L'histoire de
l'alcool au Québec*, Montréal, Stanké, 1986.

HAMELIN, Jean, John HUOT et Marcel HAMELIN, *Aperçu de la politique canadienne au XIXᵉ siècle*, Québec, Presses de l'Université
Laval, 1965.

KLINCK, George Alfred, *Louis Fréchette, prosateur : une réestima-
tion de son œuvre*, Montréal, Le Quotidien, 1955.

LAFLEUR, Normand, *La drave en Mauricie des origines à nos jours :
histoire et traditions*, Trois-Rivières, Éditions Bien public, 1970.

————, *La vie traditionnelle du coureur des bois aux XIXᵉ et
XXᵉsiècles*, Montréal, Leméac, 1973.

LASNIER, Louis, *La magie de Charles Amand. Imaginaire et
alchimie dans « Le chercheur de trésors» de Philippe Aubert de
Gaspé*, Montréal, Québec/Amérique, 1980.

————, *Les noces chymiques de Philippe Aubert de Gaspé dans* L'influence d'un livre, Québec, Presses de l'Université Laval, 2002.

LÉGARÉ, Romain, *Pamphile Le May*, Montréal, Fides, 1969.

LINTEAU, Marc-André, René DUROCHER et Jean-Claude ROBERT, *Histoire du Québec contemporain I: de la Confédération à la crise*, Montréal, Boréal, 1979.

MAILHOT, Laurent, *La littérature québécoise*, Montréal, Typo, (1974) 1997.

PURKHARDT, Brigitte, *La chasse-galerie, de la légende au mythe: la symbolique du vol magique dans les récits québécois de la chasse-galerie*, Montréal, XYZ éditeur, 1992.

SOCIÉTÉ DU PARLER FRANÇAIS AU CANADA, *Glossaire du parler français au Canada, Québec*, Presses de l'Université Laval, (1930) 1968.

Table

Dossier d'accompagnement

Troisième tirage

Cet ouvrage
composé en Minion corps 10,5
a été achevé d'imprimer
en septembre deux mille sept
sur les presses de
Imprimerie Lebonfon inc.,
Lebonfon (Québec), Canada.